Ce cœur changeant

Du même auteur

Quelques minutes de bonheur absolu
Éditions de l'Olivier, 1993

Un secret sans importance
Éditions de l'Olivier, 1996
Prix du Livre Inter 1996

Cinq photos de ma femme
Éditions de l'Olivier, 1998

Les Bonnes Intentions
Éditions de l'Olivier, 2000

Le Principe de Frédelle
Éditions de l'Olivier, 2003

V.W. Le mélange des genres
(avec Geneviève Brisac)
Éditions de l'Olivier, 2004

Mangez-moi
Éditions de l'Olivier, 2006

Le Remplaçant
Éditions de l'Olivier, « Figures libres », 2009

Dans la nuit brune
Éditions de l'Olivier, 2010
Prix Renaudot des lycéens 2010

Une partie de chasse
Éditions de l'Olivier, 2012

Comment j'ai appris à lire
Stock, 2013
Points, 2014

Ce qui est arrivé aux Kempinski
Éditions de l'Olivier, 2014

AGNÈS DESARTHE

Ce cœur changeant

ÉDITIONS DE L'OLIVIER

Merci à Eva Kristina Vasarhelyi-Boulekbache pour le danois
et à Kristine Lucia Magtoto pour le temps.

ISBN 978-2-8236-0199-2

Des soldats passent et que n'ai-je
Un cœur à moi ce cœur changeant
Changeant et puis encor que sais-je.

« Marie », *Alcools*, Apollinaire

Sorø, Danemark, 1887

L'air est calme. Pas un souffle de vent, si bien que les grands arbres qui se reflètent dans l'eau du lac ont des contours plus définis à la surface de l'eau que dans l'air. René rame vigoureusement. Il espère impressionner Kristina par la souplesse de ses articulations, la force de ses bras, la longueur de son souffle. S'il le faut, il mènera cette barque jusqu'à la rive opposée sans marquer de pause, sans reprendre haleine. Ce qu'il respire n'est pas de l'oxygène, c'est de la beauté. La beauté du lac, de la forêt autour, de l'or menu des feuilles se détachant sur le plomb des nuages ourlés d'argent. La beauté de Kristina dans le combat que la jeune femme livre au panorama et que, levant de quelques centimètres le menton pour étirer son cou, elle remporte soudain, dans la même surprise cocasse que le knock-out infligé par un boxeur. René perd le rythme, engourdi, terrassé par le pouvoir de Kristina, qui penche encore un peu la tête vers l'arrière. Les poignets de René tremblent, le bois des rames dans ses mains devient liquide. Il imagine les seins de Kristina, entraînés par l'étirement, glisser hors du corset sous la combinaison, puis sous le taffetas de son corsage pour atteindre les clavicules, le téton se durcissant au contact de l'étoffe de soie serrée et crissante. Sans le vouloir, il avance vers elle qui se penche encore, comme si elle tombait très lentement dans un sommeil heureux, car ses lèvres s'entrouvrent sur un sourire qui découvre ses ravissantes dents nacrées, presque transparentes, semblables à celles d'un bébé. Les épaules de Kristina viennent toucher le bord de l'embarcation. D'un geste somnambulique, elle tire l'épingle en corne qui nouait son chignon. Sa chevelure, libérée, se déploie, hirsute, volcanique et, un instant, elle a l'air idiot d'un diablotin. Sous le poids des boucles auburn, la crinière ploie et plonge enfin dans l'eau. René observe, il réfléchit. Le lac gèlera bientôt. La surface se crispera dès le crépuscule, une soie qui se gaufre. Les cheveux de sa bien-aimée resteront prisonniers de la glace. « C'est le dernier beau jour avant l'hiver », lui a confié le gardien du domaine qui, par chance, est anglais, comme tout le personnel de la maison Matthisen. En prononçant le mot *winter*, cet homme à la mine pourtant hardie, aux longues, longues jambes faites pour engloutir les kilomètres, au torse court et large, à la grosse tête rouge ornée de sourcils libres et fournis comme des algues, a froncé le nez en une grimace douloureuse. « L'hiver ici est sombre, a-t-il ajouté, comme en Écosse. Moi, je suis originaire de Bournemouth. On a le soleil toute l'année. » René n'a pas été convaincu par les talents météorologiques du gardien. « J'arrive d'Afrique », lui a-t-il répondu. « Mouais, a fait l'autre. C'est sec, par là-bas. »

René lève les yeux vers le ciel pour espionner la course du soleil entre deux nuages. Le zénith est à peine passé. Il n'y a pas lieu de s'affoler. Le jeune homme tient à sa contenance, il veut faire preuve de sang-froid. Militaire de père en fils. Et son propre fils après lui… Ah, le fils que lui donnera Kristina, comme il sera grand, comme il sera beau. Il aura le cuivre foncé de ses cheveux à elle, et ce teint étonnant, presque méditerranéen, un teint de poterie ancienne, il aura aussi ses mains élégantes et déliées, aux jolis ongles bombés. Il ressemblera à sa mère, bien sûr. Pas le museau de son père, ni ses courts battoirs aux doigts raides. Mais pour cela, il faudra qu'elle l'aime. M'aimera-t-elle ? se demande René, redoublant son effort. La barque accélère d'un coup, les épaules de Kristina glissent vers l'eau. Elle serre la cheville de René entre ses bottines, croise ses pieds à l'arrière du mollet. Ses bras détendus traînent, majeurs à cinq millimètres de l'eau glacée, désinvoltes, comme dans la sieste ou dans la mort. René sent la cambrure du pied épouser son muscle soléaire. C'est leur premier contact. Kristina n'a pas daigné toucher la main qu'il lui tendait pour l'aider à monter dans la barque. Kristina est ainsi, l'intérieur de ses cuisses, la naissance de ses fesses, son vagin, son anus, ses genoux, elle les brade. Mais gare à qui voudrait la prendre par le bras. Voilà ce que son métatarse conte aux jumeaux ébahis de René. Y aller, donc ? se demande-t-il encore. Trousser la jupe et le jupon que le frottement des chevilles a commencé de soulever. Se glisser dans l'échancrure du pantalon. Mais comment sont-elles faites aussi, ces maudites culottes ? Y entre-t-on par le bas ou par le haut ? René l'ignore. Mylène n'en portait jamais, affirmant que sa peau rougissait au contact du coton. Et par-dessus le pantalon, n'y a-t-il pas la combinaison et l'armure du corset ? Jusqu'où cela descend-il et combien de lacets à défaire, à couper, à arracher d'un coup de dents ? Cet assaut requiert plus de feintes stratégiques que René n'en a apprises à l'école militaire. La surprise ? L'encerclement ? L'étau ?

Comment ? Mais nous ne sommes même pas fiancés ! songe-t-il, outré par l'indécence de Kristina, envoûté par son propre désir. Qui le saura ? Personne ne nous a vus partir pour le lac. Si je bondis vers elle, pense-t-il en éloignant les rames le plus loin possible de sa poitrine, en les ramenant vers ses côtes plus vigoureusement encore, que j'enfonce mon corps dans le sien (peu importe le chemin à suivre), que la barque chavire… Personne ne le saura. Nous mourrons. La perspective d'une mort prochaine n'a aucun poids. Elle se présente, inéluctable et morne, au côté du déshonneur de Kristina, du biffage du nom de René sur divers testaments, de son renvoi de l'armée, de la prison pour viol (un des frères de Kristina est avocat). Vétilles. Mourir de froid dans l'eau glacée, déshonorés, déshérités, renvoyés, condamnés. Faible prix à payer pour l'accomplissement de ce qui est, à l'instant où les rames se resserrent une fois de plus sur la poitrine de René, une urgence absolue. Alors qu'il les lâche pour prendre appui sur ses paumes, Kristina se redresse soudain, rabat ses cheveux dégouttant sur son visage, lève sa jupe et son jupon, genoux ouverts, s'exhibe – car elle aussi, comme Mylène, doit souffrir de cette intolérance au coton, pense une partie gourde du cerveau de René –, attrape la main de son promis, se la colle comme il faut, d'un coup, bien au fond, s'aidant d'une flexion rapide de ses jambes agiles en poussant un soupir victorieux.

Une chaleur à l'entrejambe, comme si un éclat d'obus venait de scier René en deux. La cuisse droite poissée, il regarde tantôt la forêt, tantôt le fond de la barque, puis sa main qui se retire et ne sait si elle doit se glisser dans l'eau, dans une poche, sous un mouchoir. René songe que Kristina est folle. Elle est folle, et ses cheveux mouillés nous trahiront. Je n'aurai pas le choix. Il faudra l'épouser.

*

Ainsi poussent les arbres généalogiques, par à-coups, par coups du sort. Le retour s'est effectué au son de la voix de Kristina qui chante *Ride ride ranke*, l'air absent. L'eau dans ses cheveux s'est changée en glace, des mèches comme des stalagmites se dressent sur son crâne, d'autres descendent dans son dos et la glace fond sur la pelisse que ses omoplates brûlantes réchauffent. René baisse les yeux tous les trois pas vers son pantalon. Pourvu qu'aucune auréole n'apparaisse. Pourvu qu'on ne l'invite pas à ôter sa veste. Pourvu que la terre s'ouvre et les engloutisse tous deux. Pourvu qu'un incendie ait ravagé le château. Si tout le monde est mort, alors ça ira. Il n'aura pas à trouver d'explications, d'excuses. Et si Kristina pouvait mourir avant les autres, immédiatement en fait, pour qu'il n'ait plus à la regarder, cesse de se demander quoi lui dire.

Sa chanson terminée, elle s'installe à l'avant de la calèche et fait signe à René de grimper à l'arrière. Elle donne un coup de cravache à la jument, se lève pour faire claquer les rênes de toute sa hauteur. René, projeté contre l'étroit dossier,

13

l'observe. Cette femme est un démon, pense-t-il. Et voilà que ça le reprend, l'envie de la tenir. Je suis donc maudit, songe-t-il en apercevant la silhouette de sa future belle-mère, au loin, son corps sans équivoque, énorme et flasque, même à l'horizon et malgré le sadisme des corsetiers, l'astuce des couturiers.

Mama Trude se tient sur le seuil. Elle annonce le menu du goûter à personne en particulier. Elle déclame : choux à la crème, babas, crêpes aux fruits rouges, entremets au miel... À chaque nouveau plat, elle exécute un léger moulinet du poignet. René se demande comment elle trouve la force de se mouvoir, à cause du poids, à cause des maladies mystérieuses qui la déforment. À mesure qu'ils approchent, il distingue, tout près d'elle, Miss Halfpenny, la minuscule pâtissière importée de Bakewell, une bourgade au sud de Sheffield réputée pour le Bakewell pudding. Tout ce qu'il sait de la famille Matthisen, René l'a appris par son père. Son père, militaire, qui ne fait jamais de phrases, pas le temps, nom d'un chien, chats à fouetter. Grande famille danoise, a-t-il dit à son fils. Le père Matthisen, un camarade. Cœur d'airain. À l'époque, Côte-de-l'Or danoise. Fort de Fredriksborg. Cœur d'airain. (René estime que répéter les choses représente une perte de temps plus douloureuse que former une phrase complète, mais son père et lui divergent sur cette question.) Frère d'armes. Très belle armée. Danemark, petit pays, grande royauté. Fille de ton âge. Dix ans de différence. (Sur les chiffres aussi il arrive au père et au fils de ne pas s'accorder. Pour Pierre de Maisonneuve, « Même âge » et « Dix ans de différence » sont compatibles et interchangeables. René espère qu'il s'agit de dix ans de moins.) Une beauté. Comme sa mère. Sa mère à l'époque. Nom d'un sabre en bois. Sabre en bois. Sabre en bois. Du mou et du tendon. Tout se croquait là-dedans. Sept enfants. Les quatre premiers morts du choléra en un mois. Plus la même après ça. Les femmes ! Les enfants ! Pauvre Trude. Kristina sa benjamine. Petit manoir au nord du Jutland en héritage. Les deux fils se partageront le domaine. Bien pour toi. Manoir ? Manoir ! L'oberstlojnant Edward Matthisen sur le déclin. Cœur d'airain sur le déclin. Deux aspirants pour lui enfiler ses chaussettes. Hop là ! Vite fait ! Edward, mère britannique. L'éducation anglaise. Fatras. La petite est rousse. Tu aimes ? Tu aimes. Ta mère... Bon. Les couleurs de la France ! Quinze jours de permission, deux jours sur place. Pas de gras, que du muscle. C'est papa qui paie. Ta mère... Bon. Tante Eulalie a promis pour la robe. Tu fais honneur. Une beauté, comme sa mère. Pauvre Trude.

À la gare un domestique attendait René, debout près d'un cabriolet. Moustache naissante sur un visage pourtant mûr. Yeux bruns et enfoncés affolés sous la casquette. Sans doute la peur de ne pas repérer l'hôte sur le quai. Mais René est le seul passager à descendre à la gare de Roskilde. « Long road to house ? » a-t-il demandé au vieil adolescent, espérant se faire comprendre grâce à son anglais rouillé d'écolier. « About an hour, Sir », a répondu l'autre en soulevant du sol la valise en cuir presque vide, alors que son bras s'attendait à hisser une enclume. Le bagage a failli s'envoler.

En le découvrant, René a été frappé par la couleur du château. Rien que des briques, pas une pierre. Un dessin austère.

Une tristesse de dimanche. Ils appellent ça un château ! a-t-il pensé. Chambord, oui. Cheverny, Valençay, Amboise, d'accord. Mais ça ? Cette énorme ferme rouge ? Quelques marches à l'entrée, pas vraiment de perron. Ne rien laisser paraître. Pas de mépris. Pas de jugement. C'est un rapt. Papa dit qu'il y a beaucoup d'argent. Deux jours pour convaincre. René a longuement réfléchi durant le trajet. Il a mis au point une tactique : laisser voguer la frégate et s'attaquer au vaisseau amiral.

La terminologie opère parfois des miracles. S'il s'était dit, plus simplement : je ne m'occupe pas de la fiancée et j'entreprends la belle-mère, il aurait sans doute eu un mouvement de recul en voyant apparaître Mama Trude, qui n'était pas belle et très peu maternelle ; tandis que les mots « vaisseau amiral » emmenaient l'imagination loin des dentelles, de la peau douce, de la tendresse, pour la guider vers le poids, la puissance, l'autorité.

Mama Trude est entrée par une porte à double battant, face à René, qu'une soubrette à tresses blondes et grosses joues violacées avait introduit dans le petit salon – c'est-à-dire le plus petit des cinq salons, comme René viendrait à l'apprendre –, une pièce à peine éclairée par trois fenêtres semblables à des meurtrières, avec une cheminée monumentale où brûlait un feu à faire frémir la plus audacieuse des sorcières : un bûcher véritable. La chaleur qui régnait dans la pièce était inquiétante. Allait-on rôtir ? Allait-on être dévoré ? Le velours pourpre qui tendait les fauteuils rembourrés à l'excès n'était pas rassurant, comme gorgé de sang frais. René a préféré ne pas s'asseoir. Il s'est placé de trois quarts dos par rapport au foyer dans le but d'éviter que son visage ne rougisse, tout en offrant le moins de surface possible à l'infernale fournaise. Il n'a attendu que quelques minutes. Elle est entrée, s'aidant de ses bras décollés du corps, comme qui se fraie un chemin dans des eaux boueuses ou infestées d'algues. Quelque chose résiste, mais ce n'est pas l'air, ni quoi que ce soit sur le sol. Ce qui entrave la marche, c'est la menace permanente de l'effondrement de chairs trop lourdes pour la frêle charpente du squelette. Comme elle a dû être menue, a pensé René. Et il a regardé la masse monstrueuse qui s'avançait vers lui avec l'œil attendri d'un amateur d'hirondelles. Mama Trude a marqué une hésitation. Elle a senti quelque chose. Un courant d'air, peut-être ? Impossible, elle a veillé à ce que les trois fenêtres, de ce qu'elle appelle en secret « le sauna », soient fermées depuis la veille au soir. Une voix d'enfant, alors ? Quelque chose de léger, en tout cas. Une plume ? Une plume qui descendrait le long de son dos ? Son dos dont les plis s'étagent en festons, comme faisaient les doubles-rideaux de l'ambassade d'Angleterre où elle avait jadis rencontré son mari. À cette époque, bien sûr, son dos était fort différent. À cette époque ? Oui, c'est cela, l'air, l'enfant, la plume : le passé. Son visage. Le visage de Mama Trude. Du vaisseau amiral au *Radeau de La Méduse*, il n'y a qu'un pas, que René franchit sans ciller. Il se rappelle ce tableau lors de sa visite du musée du Louvre. Un certain Géricault. Son père qui s'agace sur le vicomte de Chaumareys, irresponsable, centaines de morts, savoir naviguer, nom d'un casque à trous, casque à trous, à trous. René, adolescent qui s'exalte, cherche un sein dénudé parmi les corps en lutte. N'en trouve pas. Examine les sexes masculins, les compare mentalement au sien, puis se laisse saisir par le chaos, le tiraillement. Comme un feu d'artifice humain, se dit-il. Cela monte et cela chute. Le visage de Mama Trude est gouverné par la même contradiction. Le côté gauche tombe, paralysé peut-être, mort. Le côté droit s'enrage : sourcil en accent circonflexe, pommette saillante, narine retroussée, bouche tordue par un sourire qui pourrait précéder un hurlement, ou lui succéder. Un champ de bataille à la place de la tête, une scène de naufrage, songe René, se concentrant sur l'iris de l'œil droit afin de reconstituer, à partir de ce joyau unique, la tiare, le diadème. Ô, reine de beauté, chantonne-t-il en lui-même. René croit tout ce que dit son père, et papa a dit que Trude était une beauté. C'est ainsi que René la voit. René la contemple, et le sourire qui se dessine sur ses lèvres n'a rien de forcé, pas même de prémédité. Il voit la jeune fille joyeuse qu'elle a été. Elle croque des fraises et boit du lait. Elle est infatigable. Jamais elle ne marche, toujours elle court, elle saute. Quand elle danse, elle lève haut les genoux et tape des pieds. Son corps sait tout faire, c'est un arc, une fronde, une nasse, un javelot. Parfois, dans son lit, elle replie ses genoux contre sa poitrine sous sa robe de nuit ; ses cuisses frôlent ses côtes, elle rentre son ventre pour créer une caverne odorante au centre de son corps, elle s'adore. Tout le monde la regarde, les hommes, les femmes, les vieux, les jeunes. Elle ne pense jamais à sa beauté. Ce qu'elle aime dans son corps, c'est son fonctionnement. Il sait tout faire, digérer, chanter, grimper, enfanter. Enceinte, elle n'a pas de nausées. Son teint reste parfait, sa taille s'élargit à peine. De dos, c'est une enfant. Ses seins gonflent, ne se déforment pas. Sept bébés. Moins de cinq heures de travail en tout. Pas de douleurs. Jamais un rhume, pas une varice. Sa peau ne se ride pas. Elle l'enduit matin et soir d'une crème de sa composition. Elle ne croit pas aux vertus de l'élixir, mais elle en aime le parfum et se réjouit toujours de toucher son propre visage. « Bonnes joues ! » se dit-elle à elle-même. L'oberstlojnant Edward Matthisen pleure chaque fois qu'ils font l'amour. Comme je te comprends, lui glisse-t-elle à l'oreille, un sourire béat, légèrement imbécile aux lèvres. Bien sûr elle aime beaucoup son mari, mais il est plus rêche, plus anguleux qu'elle, et sa barbe pique.

Elle adore se promener dans le parc en tenant ses enfants par la main. Nombreux, ils avancent en farandole. Les deux plus jeunes de chaque côté d'elle. Parfois ils tombent, mais, soulevés par les autres, se relèvent bien vite. Elle aime surtout la couleur de leurs joues au retour. Si c'est l'hiver, elles sont rouge cerise. En été, elles brunissent vite, car ils partagent avec leur mère ce teint mat, une rareté, venue on ne sait d'où, un héritage lointain. Elle les fait asseoir sur le long banc en bois de la cuisine, pour le plaisir de les contempler. Un garçon, une fille, une fille, un garçon, un garçon, un garçon, une fille. Des yeux verts, bleus, bruns. Nez courts et droits, longs sourcils fins qu'elle redessine du bout de l'index mouillé de salive avant de déposer un baiser sur chaque front. Mon bataillon, dit-elle. Garde-à-vous ! Chacun saute alors au bas du banc. Les bébés dont les pieds ne touchent pas encore le sol se cassent la figure. Tout le monde rit. À table ! Les aînés déposent leurs jolis derrières sur les chaises, les plus jeunes escaladent. On mange le gâteau avec une fourchette, on l'écrase dans du lait si on n'a pas encore de dents. Ensuite, portes bien fermées, espions retenus dans les étages (Aérez les lits ! Repassez les chemises ! Dépoussiérez les rideaux !), on rampe sous la table où maman s'est glissée. Allongée par terre, elle fait la morte. À sept, ils l'embrassent, la caressent, la lèchent, la chatouillent, jusqu'à ce qu'elle ressuscite. C'est un secret. La nounou est partie chercher les pantoufles, la cuisinière est dans la souillarde, le petit monde du domaine est éparpillé dans la grande maison, et papa est si loin.

Mama Trude tend sa main à l'étranger. Le visage de René lui déplaît. On dirait une musaraigne. Elle plaint beaucoup sa mère. Soraya de Maisonneuve. Une originale, à ce qu'on lui a dit. Morte en couches. Très original. Pas étonnant, toutefois. Si j'avais mis au monde un enfant si laid, je serais morte, moi aussi, se dit Trude. Pourtant, au contact de cette patte de musaraigne, elle se sent vivre de nouveau. Un courant d'air, une voix d'enfant, une plume. René effleure de ses lèvres minces les doigts qu'on lui offre, et, aussitôt, relève la tête pour admirer la prunelle intacte, le vestige.

« Asseyez-vous ! lui ordonne Trude d'une voix qu'elle peine à reconnaître en s'installant face à lui.

— Votre français est excellent, la félicite René sur le ton qu'il aurait employé pour évoquer la grâce de ses traits.

— Quel âge avez-vous ? demande Trude.

— Vingt-sept ans.

— Grade ?

– Capitaine. »

Trude semble satisfaite. Elle s'adosse en soupirant. Des gouttes de sueur perlent sur son front. Elle regrette d'avoir choisi l'épreuve du sauna pour fêter l'arrivée de son hôte. La musaraigne n'est pas du genre à fondre. Ce garçon est stoïque. J'aime le stoïcisme, songe-t-elle. Les meilleurs philosophes, les seuls. Eux, au moins, vous aident à supporter la vie. Sinon, à quoi bon ? Mais comment le faire faillir ? Elle sonne, dit trois mots à la soubrette en tresses qui esquisse une révérence et part en trottinant. Quelques minutes plus tard, la jeune fille revient, poussant à bout de bras, comme s'il s'agissait d'une charrette emplie de moellons, une table roulante couverte d'un dôme d'argent. Elle s'y prend à deux mains pour dévoiler le plat et ressort, bien vite, la cloche en métal collée à son ventre, abdomen postiche.

« Le chariot des pâtisseries », clame Trude dont le léger accent est soudain plus perceptible, sans doute à cause de l'émotion que suscite toujours en elle le sucre.

René applaudit, se lève, se penche, examine, renifle.

« Lequel est votre préféré ? demande-t-il.

– Le baba ! répond Trude, déconcertée par l'audace du jeune homme.

– Moi aussi, fait-il, l'air malicieux, en attrapant le baba à pleine main. On partage ? »

L'éponge gorgée de rhum se déchire entre ses doigts, l'alcool coule dans sa manche, le long de son poignet. Jamais il n'osera, pense Trude qui ne s'est pas tant amusée depuis vingt ans, qui pas une seule fois n'a souri depuis l'épidémie de choléra.

Durant six mois après la mort des quatre aînés, elle avait prié pour que les trois plus jeunes disparaissent, et elle avec. En vain. Dieu était trop occupé à stopper le fléau pour exaucer son vœu. Elle avait survécu. Quelque chose dans sa bouche la gênait. Un muscle qui avait pris l'habitude de se tordre dans les sanglots, une sorte de crampe au palais ou à la langue. Elle avait remarqué que la douleur était soulagée par la mastication, alors elle s'était arrangée pour avoir toujours quelque chose dans la bouche. Elle avait noté que c'était plus efficace si la chose en question était sucrée, elle avait donc engagé une pâtissière à demeure.

René s'approche de Trude et présente la moitié du baba devant sa bouche. Jamais il n'osera, pense-t-elle de nouveau, alors que les doigts du jeune homme effleurent son menton, alors qu'elle-même ouvre les lèvres. René enfonce la pâtisserie entre les joues déformées, pendantes, flétries de sa future belle-mère. Un instant, elle se retrouve, sa poitrine s'envole, son ventre se plaque contre son dos, laissant un grand espace entre ses cuisses et ses côtes, assez pour y loger la tête de l'oberstlojnant Matthisen qui aimait paresser là et demandait à son épouse de bien l'écraser, de l'étouffer, et que je meure ! ajoutait-il. Comme il faut être gai et insouciant pour pouvoir se livrer à ces jeux. Une fois que la mort vous a dégrisé, impossible. Alors, à quoi bon conserver un corps apte ?

La déformation a mis un moment à s'installer car Trude avait un excellent tempérament. Quinze ans après l'épidémie de choléra, le sucre n'a toujours pas gâté ses dents, mais il a abîmé ses reins, ses veines, sa peau ; le beurre et la crème l'y ont aidé. La graisse s'est immiscée entre les muscles et le derme, l'enrobant joliment dans les premiers temps. Au début, pendant quelques mois, elle avait semblé prospérer : ses joues pleines, sa poitrine ronde, ses fesses dansantes lui donnaient un air joyeux. L'absence de sommeil avait fini par enrayer la machine. Au bout de trois ans, elle se levait quatre fois par nuit pour uriner, soulevant sa panse à deux mains pour s'asseoir. Des petits vaisseaux avaient éclaté sous son crâne, son visage s'était tordu, elle s'était mise à faire des rêves compliqués dans lesquels elle était l'architecte responsable de la construction d'une ville engloutie par les eaux ; elle établissait des plans, calculait, discutait avec des géomètres. Ses règles ont disparu, puis elle avait saigné, six semaines durant, des torrents de sang. Son corps a changé d'odeur. Personne ne s'en est aperçu. Edward ne venait plus glisser sa tête entre ses cuisses et ses côtes. Il n'y avait plus d'espace pour cela et il préférait le whisky. Ses ivresses étaient douces, elles faisaient ressortir son affabilité naturelle. Aimé par ses hommes, il en était devenu l'idole, et c'était étrange de voir comme ses troupes lui obéissaient alors que sa diction s'était dissoute dans l'alcool. Ses troupes n'exécutaient pas tous ses ordres, car certains étaient extrêmement fantaisistes, mais son kaptajn, son commandant, faisait le tri et les interprétait quand c'était nécessaire. L'ancien meneur d'hommes était toujours présent dans les rangs, comme un membre fantôme de la troupe, et la tragédie qui s'était abattue sur sa famille lors de l'épidémie de choléra en Europe émouvait les cœurs naïfs des soldats qui, bien que formés à tuer et à mourir, redoutaient les malheurs et pleuraient souvent, car eux aussi étaient loin des leurs. Les jeunes hommes ne se lassaient pas de répéter entre eux : « Et dire que c'est pour des raisons de santé que les enfants ont quitté l'Afrique avec leurs mères ! L'hygiène, les insectes, les maladies ! » Plus de dix ans après, les nouveaux appelés entendaient toujours parler de la légende des Matthisen. Le fait que Trude eût été une beauté participait à un émerveillement proche de l'ensorcellement. Les plus âgés racontaient aux plus jeunes la fameuse scène du télégramme.

Le directeur de la Great Northern Telegraph Company était un ami de la famille Matthisen. Le frère de Trude était allé lui rendre visite pour lui demander de contacter son beau-frère. Il aurait mieux fait de se rendre à un guichet, car l'ami en question avait refusé d'envoyer la nouvelle de la mort de l'aîné des enfants Matthisen. « Ce n'est pas à cela que doit servir la modernité », avait-il déclaré. Quand la plus âgée des filles avait décédé, la semaine suivante, l'oncle revint à la charge. « Va au guichet, lui disait sa femme. Fais comme tout le monde. » Ce n'est que trois jours après la mort de son quatrième enfant qu'Edward Matthisen reçut la nouvelle à l'état-major. « Un télégramme pour vous. » L'oberstlojnant lève un sourcil (toujours le gauche) et lit *Suite à épidémie de choléra, Jesper, Kirsten, Lone, Svend rappelés auprès de Notre-Seigneur*. Il toussote, et un son très aigu, dont l'officier chargé des transmissions croit qu'il vient d'une de ses machines, s'échappe de sa gorge. L'oberstlojnant s'assied sur le sol, sans un mot. Il refuse de bouger. Deux hommes finissent par le porter. Il n'entend plus, ne voit plus, ne parle plus, mais il respire. « Ce qui ne

24

nous tue pas nous rend plus fort ! » lui assure le médecin
militaire. « Vraiment ? » voudrait demander Edward, mais
quelque chose s'est coincé entre ses cordes vocales, un pétale,
une boucle de cheveux d'enfant, un flocon de neige. Il obtient
une permission de deux mois pour rejoindre sa femme, lui
explique-t-on. Quand Trude et lui se retrouvent face à face,
dans le hall du château, ils ne peuvent s'étreindre, ni même
se saluer. Ce qu'ils voudraient c'est prendre un sabre et se
l'enfoncer dans les entrailles, l'un l'autre. Kristina a entendu
du bruit. Elle sent que c'est son papa qui est rentré, on l'avait
prévenue qu'il serait de retour avant ses quatre ans. Elle
s'échappe de la nurserie. Dévale les étages, tombe, roule, se
relève, ne pleure pas, reprend sa traversée solitaire des couloirs,
descend d'autres escaliers, voit ses parents dans le hall. Elle se
jette contre les genoux de son père qui ne sent pas sa présence.
Elle attrape la main qui pend le long de sa redingote. La main
est morte. Kristina la secoue. Rien. On soulève l'enfant du sol
et on l'emporte. De retour dans la nurserie, elle se demande
quelle faute elle a commise. Elle prend ses ours, ses poupées,
les empile et pousse le tas derrière le rideau.

« Que fais-tu ? lui demande sa gouvernante.

– Je range, répond la fillette d'un ton docte. Désormais, je
veux que ma chambre soit toujours rangée. »

*

« Regarde ma tête de méduse ! » dit Kristına en danois à sa
mère qui continue d'énumérer les gâteaux. Trude ne regarde

pas sa fille. Elle attend que Kristina arrive à son niveau et, avec une rapidité féline, attrape une mèche de cheveux gelés sur laquelle elle tire de toutes ses forces.

« Ma fille a le diable au corps, dit-elle en français à René. Vous ne vous ennuierez jamais. »

Kristina ne se débat pas, elle tourne sur elle-même pour essorer ses cheveux, à mesure que la glace fond dans la paume serrée de sa mère.

« Le thé sera servi à cinq heures moins le quart, je vous attends dans le salon bleu, ajoute Trude en libérant sa fille. Il faut que nous parlions. »

René lui baise la main en s'inclinant profondément. Relevant le front, il espère capter le regard de Trude, polir le joyau, lire dans le cristallin comme dans une minuscule boule de cristal qui dévoilerait de nouveau le passé. Elle ne lui en laisse pas l'occasion, toute à sa liste. Contrarié, il suit un instant Kristina qui, à quelques pas devant lui, s'exclame, assez fort pour que sa mère restée sur le seuil l'entende :

« Pour la robe, tu peux dire à tante Eulalie qu'elle donne la sienne aux pauvres. Moi, je veux de la dentelle de Calais ! Des pieds à la tête ! Sinon, à quoi bon épouser un Français ? »

Comment sait-elle ? se demande René. Qui lui a dit pour la robe ? La robe de mariée de sa propre mère, léguée à sa mort à tante Eulalie. Une robe taillée dans une soie rare importée de Saigon. Et comment peut-elle parler de leurs noces comme d'une affaire réglée ? Il s'attendait à devoir convaincre, il s'attendait à devoir séduire, il partait en campagne et voilà que l'ennemi se rendait sans combattre.

Une fois seul dans sa chambre, René déplie la lettre trouvée la veille au soir sur son oreiller. Il relit les mots *demain, trois heures, au bout de l'allée de hêtres*. La palpitation est plus intense encore qu'à la première lecture car, hier, il n'était pas certain de savoir reconnaître l'arbre en question. Les feuilles de chêne, il les voit, mamelonnées, étroites, les aiguilles de pin aussi, mais le hêtre, à quoi ressemble-t-il ? Il craignait de se tromper et d'attendre son rendez-vous à l'ombre d'ormes, d'acacias ou de peupliers. Il regrettait de ne pas avoir reçu de formation botanique digne de ce nom. Ayant grandi en Afrique, il est familier du cèdre, de l'acajou, du cotonnier à soie géant, du manguier, du yucca. Mais le hêtre ? Un nom d'arbre écrit en français par une jeune fille danoise qui n'a parlé qu'anglais (quatre ou cinq mots seulement) lors du dîner. Le hêtre, comment savoir si elle-même ne l'a pas confondu avec un érable ? À table, il avait remarqué la façon particulière qu'elle avait de tracer des arabesques dans son assiette avec la pointe de son couteau, les dents de sa fourchette, sans produire le moindre crissement, pour le plaisir du patinage. Les aliments s'en trouvaient relégués sur les côtés, en remblai. Une congère en purée de pomme, un ruisseau d'airelles écrasées, des champignons en fagots, des morceaux de bœuf bouilli aussi élastiques que de la chair de crocodile en pyramides vers le centre. Elle mastiquait une miette de pain, longuement, les yeux au plafond, comme si elle avait été chargée de définir la provenance de la farine, le poids de la meule, plissant parfois les paupières, dans l'attente d'une illumination. René tentait de ne pas trop la regarder, mais sa peau au grain si serré qu'elle semblait avoir la texture d'un abricot captait habilement la lumière et créait un pôle de clarté dans la pièce, une sombre salle à manger toute en panneaux de bois sculptés et en voix tonitruantes des frères, deux basses profondes qui s'efforçaient de masquer le silence alcoolisé de leur père (yeux bleus, injectés de sang sous un voile nacré), l'appétit effroyable de leur mère (à peine le temps de respirer entre deux bouchées, les joues encore pleines, que déjà la fourchette s'abat dans l'assiette et harponne à tout-va), la virginité bientôt mise aux enchères de leur sœur (apparente candeur d'enfant, infinie, magnifique, mariée à une pudeur de fillette, inexistante). René et Kristina n'avaient pas échangé une parole, un regard. René avait plusieurs fois dit « Merci » en voyant un nouveau mets arriver devant lui, une parole presque inaudible que son torse accompagnait d'un léger sursaut, un mouvement salutaire qui le distrayait ponctuellement de la question à laquelle il ne parvenait pas à répondre : faut-il que je tente d'engager une conversation ? Accompagnée de son corollaire : et si oui, en quelle langue ?

Il replie la lettre, l'ouvre de nouveau, la replie, la baptise « fleur de désir », ricane, se moque de lui-même, songe qu'il est l'homme le plus chanceux du monde, et le plus malheureux aussi car les cheveux de Kristina les ont trahis, que Mama Trude est jalouse, qu'elle s'opposera peut-être, que sa future femme a le feu aux entrailles, qu'il ignorait qu'une jeune fille pouvait... savait... Un danger comme épouse d'officier. Impossible qu'il détienne le sésame unique commandant l'ouverture de ses cuisses. Elle ne doit pas être regardante quant à la nature de la graine. Tournesol, lin, pavot, tout y passe sans doute. Elle sera infidèle. Je serai ridicule. Mieux vaut que Mama Trude me renvoie. C'est parfait ainsi. Je me change, je plie mes affaires et je pars. Quel soulagement ! Sauvé par la raison. Il retire son pantalon souillé, son caleçon raidi. Les pans de sa chemise descendent jusqu'au milieu de ses cuisses et c'est heureux, car Mama Trude entre sans frapper.

« Permettez ? » dit-elle en s'asseyant sur le lit.

D'un doigt impérieux, elle désigne des coussins que René doit immédiatement lui caler dans le dos. Il s'exécute, tout en maintenant les pans de sa chemise en place. Elle cesse sa grimace, soupire d'aise et l'interrompt alors qu'il lui demande la permission de s'absenter une minute pour...

« Restez là. Arrêtez de gesticuler. Vous pourriez bien être nu, pour ce que ça me fait. Vous savez, ici, ce n'est pas comme en France. Nous sommes différents. Mais peut-être vous considérez-vous comme africain ? Ma fille, Kristina, n'allez pas croire. C'est une innocente. Il ne passe jamais personne dans nos bois. Je ne vous dis pas que ses frères n'ont pas... Nous sommes, voyez-vous, très isolés dans la région. Vous serez bon pour elle. Vous êtes un garçon droit. Un stoïcien, je me trompe ?

— J'ai lu Épictète. Enfin, pas tout.

— Et Descartes, j'imagine. Vous êtes français, oui ou non ? Vous vivez selon la raison ?

— Plus à la manière de Spinoza, nuance René, toujours à moitié nu, étonné par cette conversation, démuni face à l'autorité de Trude.

– Ah non ! Pas Spinoza. Pas stoïque, Spinoza. Trop d'espoir. Trop de joie chez Spinoza. Je ne peux pas me le permettre. Une page de Spinoza, c'est ma ciguë.

– Pourtant, la joie… tente timidement René.

– Finie pour moi, mon enfant. Je survis, je persiste. Je ne fais presque rien pour. Je ne hâte pas ma mort, mais je n'améliore pas ma vie.

– Alors à quoi bon ? »

René, troublé, se demande s'il a déjà parlé à qui que ce soit d'un cœur aussi ouvert, sans craindre d'être jugé, sans chercher à masquer une faille quelconque de son caractère. Il s'interroge. Est-ce l'effet du désespoir ? Le désespoir comme un révélateur, ou plutôt comme une licence.

« Il n'y a pas de but », répond Trude en masquant à grand-peine un rot puissant. Elle se gratte le menton, quelque part entre les plis de chair, ouvre deux boutons de son col haut, fermé côté nuque, et qui la comprime au point qu'elle change littéralement de couleur après avoir procédé à cette opération, puis elle poursuit, dans ce français limpide dont René ignore comment elle l'a acquis. « Je n'attends aucune amélioration, aucune surprise. Il n'y aura pas de temps meilleurs. Pires, peut-être, mais à partir d'un certain degré de douleur… Non. Je suis orgueilleuse, vaniteuse, plutôt. C'est le mot juste, n'est-ce pas ? »

René hoche doucement la tête. Elle poursuit.

« C'est une vanité plus laide encore que les autres que de tirer une fierté de ses malheurs. On devrait être puni pour ça. Je suis habile à me punir moi-même, ne vous en faites pas.

Il n'y a plus de but, vous disais-je, plus d'objectif. Mais il y a encore un but en soi, contenu dans le fait même de vivre. C'est un état minimal de l'être, inférieur, bien inférieur à celui de l'animal. Une forme d'ataraxie que seules connaissent les méduses ou les anémones, ces créatures privées de cervelle. Par une attention constante à mon souffle, je me concentre sur le fait d'exister. Pendant que je vous parle, je pense à mon souffle. *Anima.* Mon âme réduite à presque rien et qui m'obsède. Cela s'appelle de la méditation. Êtes-vous déjà allé en Inde ? »

René, parfaitement immobile, ne songe pas à répondre, ni même à réagir.

« Je vous fais peur. Vous devriez vous voir. On croirait un chat débusqué dans une armoire à linge. Vous êtes en train de vous dire que je suis folle. Une vieille folle. Mais non. Ce serait un tel soulagement de perdre l'esprit. Ou seulement la mémoire. Je vous explique ce qui arrive après qu'on a survécu à une immense souffrance, au cas où. Vous voyez, c'est une sorte de conseil d'amie. Non que je vous souhaite de souffrir. Même dans les moments les plus terribles, je n'ai jamais exprimé pareil vœu. Au contraire, je voulais à tout prix éviter la contagion. Je n'ai pas touché Kristina depuis plus de dix ans. Ni ses grands frères. Leur peau m'est interdite. Leurs corps aussi. Pas d'étreintes. Pas de baisers. Après la mort de mes aînés, je suis allée rendre visite au docteur Pacini à Florence, puis, il y a quelques années, j'ai assisté à la conférence du docteur Koch, à Berlin. Je voulais comprendre. La compréhension guérit-elle du chagrin ? Je l'ignore. C'est le mouvement, l'activité, la recherche qui l'atténuent parfois. Un simple effet de distraction, peut-être. Je suis détachée, désormais. Détachée de mon mari, de mes enfants. Parfois, je pense que je les hais. Je ne leur pardonne pas de me rappeler ma vie d'avant. J'aurais dû m'enfuir. Partir loin, devenir un mausolée. Je suis un mausolée. Mais je suis restée. »

René en a le souffle coupé. Jamais personne ne lui a parlé aussi longtemps. Il ignorait même que ce fût possible. Il se demande s'il est privilégié. Si Mama Trude l'a élu, et si oui, pour quelle raison.

« Un stoïcien, dit-elle, comme si elle avait perçu son questionnement muet. On ne pouvait pas mieux tomber. Je l'ai su tout de suite. Dès que je vous ai vu. C'était avant notre rencontre. D'abord sur un médaillon que m'avait envoyé votre père. On ne voyait pas votre visage, pas distinctement, mais une posture dit tout. Et puis après, par la fenêtre de l'office, la tête un peu en arrière des épaules, ça vous dessine un petit double menton, vraiment charmant. Ça vous donne cet air dubitatif. Au salon… j'ai été rebutée par votre laideur. Je ne suis pas habituée. Mais maintenant, vous me plaisez tout à fait. Votre museau, car, vous le savez sans doute, vous ressemblez à une musaraigne ; cela ne peut pas vous vexer, c'est un constat – votre museau est tout différent à présent que je vous connais, à présent que nous nous sommes parlé. Vous avez ce qu'on appelle un physique ingrat, c'est-à-dire une physionomie qui ne vous rend pas justice.

– Mama ! »

René sursaute. Depuis combien de temps Kristina est-elle

dans la pièce ? Qu'a-t-elle entendu ? Que voit-elle ? Sa mère
sur le lit et lui, en caleçon et chaussettes.

« J'ai horreur du vaudeville », s'écrie Trude en se levant
du lit.

Mais elle ne possède malheureusement pas la force nécessaire à soulever son poids puis à rétablir son propre équilibre,
si bien qu'à peine levée, elle retombe sur les coussins qui
glissent derrière elle, pour se retrouver presque allongée, les
pieds légèrement décollés du sol, dans une position équivoque
et grotesque.

René songe qu'il s'agit d'une scène d'humiliation. Le rouge
lui monte aux joues. Mais tandis que la honte l'envahit, il ne
saurait dire qui en est la victime. Trude, ridicule, interrompue, gauche ? Lui-même, en caleçon devant deux femmes
qui entrent dans sa chambre comme s'il n'était encore qu'un
enfant, et dont une lui parle de son physique ingrat ? Ou
encore Kristina, la promise pour qui rien ne miroite, tenue à
l'écart, trompée avant ses noces ?

*

Au dîner, les femmes se taisent, immobiles et en alerte,
comme deux araignées face à face, chacune sur sa toile. Un des
frères a posé son code civil sur la table. L'avocat, pense René.
Attend-il de moi que j'expose mes galons ? Mais c'est l'autre
qui prend la parole. En anglais. Il s'adresse au père, l'oberstlojnant Edward Matthisen, qui suçote un cigare éteint avec
une moue rebutante de bébé, les yeux mi-clos. Il est question

du manoir dans le Jutland, d'une chasse dans une région dont il ne connaît pas le nom, peut-être est-ce en Angleterre, de la rédaction d'un contrat en sept points, de l'avantage qu'il y a à rester entre soi – il évoque l'armée que son frère aîné a dû quitter, mais dans laquelle il compte lui-même faire carrière. Il affirme l'absolue nécessité que le mariage ait lieu au domaine, l'accord du père de René, certaines conditions que le fiancé remplit, et une dernière chose concernant la dégradation, ou est-ce la dépravation, de Kristina. René n'est pas certain d'avoir bien entendu, il pourrait tout aussi bien s'agir de l'appréciation. D'ailleurs Jörn, l'avocat, se tourne à cet instant vers sa sœur et l'interroge du regard. Elle doit donner son avis sur cette union déjà ratifiée. La jeune fille mâchonne ses lèvres, les avance comme pour un baiser, hausse légèrement les épaules. Elle aimerait tant rougir. Elle aimerait trembler et sentir son cœur se serrer dans sa poitrine. Où est la chaleur ? Où est l'inquiétude ? L'impatience ? L'envie ? La peur ?

Dix-neuf mois plus tard, un enfant naquit. Une fille. On la prénomma Rose.

Paris, France, 1909

Rose avait voyagé toute la nuit. Lorsqu'elle sortit de la gare de Lyon, elle cligna des paupières, aveuglée par le soleil blanc d'automne. De dos, on ne lui aurait pas donné plus de douze ans, à cause de sa petite taille et de son squelette menu, à cause aussi de la grâce inaltérée de son port de tête, haute et droite sur la colonne, prête pour l'étonnement. De face, on l'aurait crue âgée de seize ans, car elle avait encore des joues, et quelque chose dans son œil, une lueur spéculative, indiquait un souci du monde que seuls les adolescents possèdent. En réalité, elle avait vingt ans. Elle connaissait plusieurs pays, plusieurs continents, avait mangé du serpent, du singe, patiné sur des lacs gelés, bu du champagne, de l'aquavit, porté un costume militaire, chassé le lion, dormi sous une tente, elle parlait le danois, le français, l'anglais, prononçait avec talent plusieurs mots de dioula, avait lu Alexandre Dumas, récitait joliment les sonnets de Shakespeare, les déclinaisons latines, quelques proverbes, se prenait souvent pour une héroïne de Hans Christian Andersen, savait nager sur le ventre et sur le dos, monter à cheval, jouer au croquet, tricoter à quatre aiguilles, arranger des bouquets. Mais elle ne savait rien de l'argent, des hommes, de la politique, du sexe.

Elle leva les yeux vers le beffroi où l'horloge monumentale indiquait neuf heures et six minutes. Il lui restait une dizaine d'heures pour trouver un travail et un lit. Elle souleva son sac en tapisserie, d'un côté une tête de hibou brune sur fond vert, de l'autre un bouquet de fleurs mauves, pourpres et orange sur fond jaune. Ce sac lui ressemblait, pensait-elle souvent, il était comme un emblème, un blason. En s'installant sur sa couchette dans le train, elle avait disposé la face hibou vers les autres voyageurs, façon de leur signifier : je ne dors que d'un œil, créature nocturne, je me défendrai s'il le faut. Elle faisait confiance au regard glauque du volatile, à son air pas commode, pour décourager les importuns.

Au bas des marches de la gare, elle fit une halte et présenta son sac côté bouquet de fleurs à l'intention des rares passants, envoyant cette fois-ci un message de sympathie : « Bonjour, amis parisiens ! Je suis de retour dans la contrée de mes ancêtres. Après trois ans d'absence, j'arrive de la lointaine Afrique… » Elle interrompit son adresse mentale, l'estimant trop pompeuse. Tout ce temps passé dans une garnison lui avait façonné l'esprit, forgé une langue, donné un air martial qu'elle ne parvenait pas toujours à contrôler ni à employer à bon escient. Rose posa son sac et ajusta avec peine son chapeau sur son lourd chignon ; c'était une toque de feutre gris qu'elle avait conservée de son précédent séjour à Paris. « Eh bien comme ça, tu as complètement l'air d'une souris ! Ne te manque que la queue », aimait lui dire sa mère, à l'époque, avec un sourire qui se voulait tendre mais qui ne parvenait à exprimer que le mépris.

Quelques semaines plus tôt, Kristina avait annoncé, dans une lettre savamment mélodramatique, son retour au Danemark. *Quel est le sens de ma vie, ici ? Dans le pays d'un mari qui m'a reniée, seule, sans ma fille qui m'a abandonnée ?* écrivait-elle avec cette calligraphie désordonnée, ronde et puérile qui trahissait une éducation approximative. En vérité, elle s'était volontairement écartée de son mari et de sa fille, mais personne n'était censé s'en être rendu compte. Kristina vivait dans un monde entièrement régi par des règles qu'elle inventait au fur et à mesure, selon le besoin et la fantaisie de l'instant. Elle s'arrangeait, toutefois, pour les faire résonner comme autant de énièmes commandements. La volonté du ciel ou la sienne, quelle différence ? Aussitôt informée de ce départ, Rose avait organisé son propre voyage. Sa mère partie, Paris lui appartiendrait enfin. C'était là que sa vie se déploierait, elle en était convaincue. Loin de ses parents, loin de sa famille, au pays de la fraternité, car n'ayant ni frères ni sœurs, elle considérait la devise de cette nation comme une réparation bien méritée.

Paris, pensa-t-elle. J'y suis. C'est aujourd'hui que ma vie commence. Mais où aller ? Descendre la rue du Faubourg-Saint-Martin ? Comme lorsque nous avions quitté le Danemark, via Hambourg ? Ma mère avait indiqué cette direction au cocher qui devait nous conduire à Saint-Germain-en-Laye. Nous étions arrivés par la gare de l'Est. J'avais six ans, mais je m'en souviens, à cause de ce mot, « Est », si plein d'espoir, à demi scientifique. Sauf que, cette fois, mon bateau a accosté à Marseille, et c'est de là que j'ai pris le train. Marseille est au sud. Nulle part Rose n'avait vu écrit gare du Sud. Elle avait entendu des personnes au guichet de la PLM parler de la gare de Lyon, mais n'avait pas bien compris. Pour elle, un lyon était un lion. Un animal presque aussi familier que le chien sous d'autres latitudes. En Afrique, elle en avait entendus, vus et même chassés. Son père l'avait déguisée en jeune soldat, la faisant passer pour son aide de camp, lors d'une visite dans un fort voisin. Elle adorait son uniforme, ne se lassait pas d'ouvrir les genoux, d'écarter les jambes. Elle aurait voulu danser le cancan. Le pantalon, mal ajusté, trop large à la taille et légèrement étroit aux cuisses, entravait ses mouvements, mais comme c'était pratique !

« Oh, papa, s'il te plaît, je peux le garder ?

– Quoi, mon enfant ?

– Le pantalon, papa. Je l'aime tant. Je voudrais toujours m'habiller ainsi.

– Pourquoi pas ? Si ta mère était là, elle craindrait que ça jase. Mais pour ce que ça me fait. »

Rose s'était sentie à la fois ravie et déconcertée. Le lendemain, au moment d'enfiler son costume, alors qu'ils étaient de retour de la chasse et que rien ne justifiait plus son travestissement, elle avait éprouvé une étrange déception. Quelque chose de la magie des derniers jours avait disparu. C'était la tristesse, ou plus précisément l'indifférence triste de son père (« pour ce que ça me fait ») qui avait terni la couleur de la toile, usé l'épais coton. Rose avait remis sa jupe.

La descente de la rue du Faubourg-Saint-Martin constituait à la fois son plus lointain et son meilleur souvenir de la capitale. Ils avaient grimpé dans un fiacre, tandis que les bagages étaient hissés sur une charrette. « À l'Opéra ! » avait ordonné Kristina. René avait demandé à l'oreille du cocher : « Est-ce bien la route pour Saint-Germain-en-Laye ? » et le cocher avait fait claquer son fouet en guise de réponse. L'odeur de la ville : un trésor. Les yeux fermés, les narines et la bouche ouvertes, Rose inhalait, avalait des effluves dont elle ne pouvait nommer l'origine, certains âcres, d'autres trop doux, jusqu'à l'écœurement, fumée de charbon, ordures ménagères macérées entre les hautes ridelles d'une énorme voiture qu'un cheval à crinière blanche tirait en soufflant, légumes tombés de la brouette d'un maraîcher, écrasés par une roue en bois sur le pavé neuf, picorés par un oiseau. L'odeur de la terre était présente aussi, mais pas comme à Sorø, humide et fraîche, évoquant l'intérieur d'une main de bébé, ni comme en Afrique, cacaotée et sèche, vite changée en poussière. La terre de la ville sentait la limaille de fer et le sang épandu dans les abattoirs de la périphérie. Kristina avait sorti son mouchoir brodé pour se l'appliquer sur le visage, terrifiée par les miasmes. Mais lorsque l'Opéra Garnier était apparu, à la sortie d'un grand boulevard, sur la droite, elle avait lâché son carré de batiste et, se dressant dans le fiacre, avait entonné *La Mamma morta*, une aria d'*Andrea Chénier* qu'elle avait entendue à sa création, quelques mois plus tôt à la Scala de Milan.

Kristina avait une oreille pour la musique. Il lui suffisait d'entendre une mélodie une fois pour la mémoriser et la reproduire. Sa voix n'était pas agréable, pointue, nasale, mais elle avait ce que René appelait « la folie du chant », car elle avait toujours l'air d'une folle quand elle chantait. Le contraste était d'autant plus fort que, le reste du temps, elle semblait maîtriser chacun de ses gestes jusqu'à l'obsession. Elle n'aimait pas le mouvement et, dès qu'elle devait remuer, elle se crispait, laissant une infime grimace la défigurer. Immobile, elle possédait une beauté de statue. Experte en poses, elle contrôlait l'incidence de la lumière, l'angle entre son menton et son épaule, entre son torse et ses cuisses. Elle se tenait prête à être peinte par les plus grands artistes. Sa sortie favorite à Copenhague consistait à se rendre chez les photographes (une fois en Afrique, elle en avait même déniché un à Abidjan). Face à leur objectif, elle entrait dans une transe de fixité. Les portraits d'elle siégeaient dans les vitrines des studios car elle ne demandait jamais de tirage. Elle goûtait l'apnée de plusieurs secondes à laquelle elle se contraignait pour que sa beauté parût fidèlement sur le cliché. Elle éprouvait toujours un vertige, juste après, au moment où la tête du photographe émergeait de sous la cape noire, à cause du manque d'oxygène et de l'extase de sa propre splendeur qu'elle venait d'offrir. Elle croyait sentir la caresse froide de la plaque, imaginait l'écrasement de ses pores, de sa chair, de ses organes dans l'épaisseur du papier au moment du tirage. « Allons boulevard des Capucines, avait-elle dit au cocher. Savez-vous où se trouve l'atelier de monsieur Nadar ? » Le cocher n'en avait pas la moindre idée, mais l'enfant à tête de souris pensait et repensait à ce nom prononcé par sa mère avec tant d'ardeur. De qui pouvait-il bien s'agir ? Car jamais Kristina ne manifestait d'enthousiasme. Elle avait ses « moments », quand elle chantait, quand elle posait. Le reste du temps, elle gardait une distance qu'elle aurait voulue ironique (car elle ne manquait pas de goût), mais qui n'était que vide (car elle manquait de cœur). Nadar, avait répété mentalement l'enfant Rose, sous son béguin. Le cheval avait crotté au même instant et le parfum délicieux de la déjection s'était ainsi et pour toujours mêlé au pseudonyme de Gaspard-Félix Tournachon.

« La rue du Faubourg-Saint-Martin, s'il vous plaît ? » demanda Rose à un laitier d'une quinzaine d'années.

Plusieurs fois, elle s'était apprêtée à poser sa question aux piétons qui circulaient aux abords de la gare, mais les messieurs étaient trop pressés et les dames trop belles.

« Vous n'êtes pas rendue. Faut prendre l'omnibus.

– Et si je veux y aller à pied ? »

En regardant dans la direction indiquée par le garçon, Rose aperçut une voiture fermée, pareille à un wagon, qui cahotait sur les pavés et dans laquelle les passagers, comme agités de spasmes nerveux, semblaient victimes d'une expérience visant à tester la résistance des tissus humains. Les joues et les mentons étaient soumis à rude épreuve.

« C'est toujours tout droit, lui dit l'adolescent, mais c'est loin. D'abord vous arriverez à la Bastille, et ensuite, faudra encore continuer au-delà de la République. »

Rose avait joint les mains de plaisir. C'était un cours d'histoire, pas le plan d'une ville. La Bastille et puis la République, la révolution et la fin de la royauté. Pas besoin de jambes pour se transporter jusque-là : elle volerait. Le froid pinçait, comme en début d'hiver, air craquant et limpide. Elle ne connaissait personne, ne savait pas où elle dormirait, n'avait presque pas d'argent et à peine de quoi se changer, mais Dieu l'aiderait.

Zelada le lui avait dit : « Dieu ne t'abandonnera jamais » et Rose ne se l'imaginait pas autrement que sous les traits de celle-là même qui lui en avait fait la promesse. Dans son esprit, Dieu et Zelada n'étaient qu'une seule et même personne. Une créature sublime. Dieu et sa nounou au ciel ou sur la terre, car comment savoir ce qu'il était advenu de Zelada et comment être certaine que Dieu séjournait dans l'éther ?

Elle se mit en route, balançant les bras, changeant son sac de voyage de main quand il pesait trop sur ses phalanges. Elle aurait voulu courir ou gambader en sautant d'un pied sur l'autre comme font les enfants, mais elle était une jeune fille et devait prendre garde à bien se tenir. Ses bottines résonnaient sur les trottoirs, petits claquements légers et joyeux. Elle regardait, confiante, les façades haussmanniennes qui se dressaient de chaque côté des larges boulevards, appréciait les tons de sable si purs, si poreux, comme si la ville avait eu une peau, comme si chaque maison avait été un long visage. Elle se sentait en sécurité, contaminée par la rectitude des bâtiments, l'épaisseur des pierres de taille, l'harmonie des ornements.

Place de la Bastille, alors que le soleil commençait à se cacher derrière de menaçants nuages violacés, Rose leva les yeux vers l'angelot, dont elle ignorait qu'on l'appelait génie, et songea au manuel d'histoire de France qu'elle avait étudié en cours moyen à l'école de filles de la rue de La Salle, à Saint-Germain-en-Laye. Les révolutionnaires y étaient représentés sur de plaisantes images très colorées où dominaient le bleu roi, le caramel, le rouge et le crème. Elle se rappelait la forme

énigmatique des bonnets phrygiens, le visage exsangue de
Marat mort dans sa baignoire, un chiffon taché de sang à la
main, un portrait de Danton qui lui évoquait fortement sa
grand-mère maternelle.

Habitée par ces souvenirs, elle ne réfléchit pas à la meilleure
façon de franchir la place (c'est-à-dire en la longeant par la
périphérie) et se lança droit devant elle à partir de la gare
Bastille-Vincennes, forcée de zigzaguer entre les charrettes, les
chevaux et les omnibus. La pluie se mit à tomber au moment
où elle atteignait le centre de la place. Elle se tint un instant
au pied de la colonne et tira de son bagage une ombrelle
chinoise en papier huilé qui, pensa-t-elle, saurait la protéger
des ondées parisiennes aussi efficacement que du soleil africain. Ainsi armée, Rose reprit vaillamment sa route, demanda
de nouveau son chemin à une marchande de fleurs pressée de
remballer pour se mettre à l'abri d'une marquise. La fleuriste
lui conseilla d'attendre à ses côtés la fin de l'averse.

« Tu n'iras pas loin avec ça, lui fit-elle remarquer en détachant un lambeau de papier entre deux baleines de bambou
sur l'ombrelle qui fondait à vue d'œil.

— Elle est morte ? s'inquiéta Rose, effarée.

— Je crois bien », dit la fleuriste.

Elles s'étaient réfugiées sous l'auvent d'un marchand de
pipes, et Rose tenait à bout de bras son vestige chinois, dégou-
linant d'eau, percé de mille trous, dont il ne resterait bientôt
plus qu'une carcasse.

« Que dois-je faire ? s'enquit-elle, ne sachant si elle pouvait se contenter de simplement jeter l'objet au pied de l'im-

meuble, sur la chaussée, ou si elle devait plutôt attendre de trouver un tas d'ordures où le déposer.

– C'est joli, remarqua la fleuriste en se saisissant de l'ombrelle pour la faire tourner devant elle. On dirait un moulin. Je te l'achète contre un œillet. J'y ferai pousser une clématite. »

Avec beaucoup de sérieux, Rose choisit un œillet dans l'un des pots de la jeune fille. Il était d'un blanc délicat, tirant sur l'ivoire.

« Très bon choix ! Laisse-moi le fixer à ton col. Là. Tu as l'air d'une vraie dame. Où vas-tu comme ça, sous la pluie ? »

La simplicité de la question et la bonhomie du ton sur lequel elle lui était posée firent comprendre à Rose d'un seul coup la difficulté de sa situation. Elle ignorait quoi répondre. Elle se dirigeait vers la rue du Faubourg-Saint-Martin sans savoir ce qu'elle ferait, arrivée là. C'était la première fois de son existence qu'il lui revenait de décider pour elle-même et elle n'avait pas mesuré la complexité qu'engendrait l'absence de contraintes. Elle s'étonna aussi, dans un mouvement de stupeur simultané, que son père l'eût laissé partir. Je suis si jeune, se dit-elle et je ne sais rien faire.

« Je cherche du travail, répondit-elle d'une voix blanche.

– Dans la danse ? lui demanda la fleuriste avec une expression trouble que Rose ne parvint pas à déchiffrer.

– Non, je ne sais pas danser. Je n'ai pas appris.

– Qu'as-tu appris, alors ?

– Je parle trois langues, répliqua Rose, possédée par une soudaine fierté. Je serai interprète », ajouta-t-elle en quittant l'abri pour continuer son chemin sous la pluie.

C'était une citation empruntée au souvenir d'une conversation entre son père et un homme dont elle ne connaissait pas l'identité, mais qui l'avait marquée à cause du fort contraste entre ses yeux bleus et sa peau brune. L'homme prétendait qu'il pourrait servir d'interprète. Dans sa voix, on décelait à la fois le ton désespéré de celui qui cherche un emploi depuis trop longtemps pour espérer en trouver un et l'arrogance du quémandeur qui se sait plus doué (beauté, rapidité, intelligence) que son interlocuteur.

« Nous sommes français, monsieur, lui avait répondu le commandant de Maisonneuve, nous n'avons pas besoin d'interprète !

— Mais je parle sept langues, dont le dioula », avait répondu l'homme.

Rose ne l'avait jamais revu. Elle l'avait regardé s'éloigner depuis la véranda sans parvenir à savoir s'il était européen, arabe ou métisse, osseux et souple à la fois dans sa robe qui tenait autant du surplus que du boubou. Elle en avait fait un aventurier et pensait souvent à lui le soir avant de s'endormir, se demandant s'il aurait pu être le prince charmant dont lui parlait Zelada, celui qui saurait la trouver, viendrait la chercher et l'élèverait parmi toutes les femmes car il ferait d'elle une princesse.

En Afrique, à cause de la chaleur, à cause des traditions, à cause d'elle ne savait trop quoi, tout avait lieu dehors, devant les cases, sur les marches et les perrons des maisons coloniales, parfois au beau milieu de la route, entre les échoppes des marchands. Rose avait, en trois ans, perdu le contact avec la notion d'intérieur, d'espace privé. À l'époque où elle avait quitté la France, ces distinctions lui étaient égales. Le dehors, le dedans, cela importait peu tant qu'on était en sécurité, qu'on pouvait lire, jouer, entendre de la musique et regarder Zelada faire la poussière et repasser les draps. Aujourd'hui, les choses étaient différentes : Rose cherchait un travail. Elle aimait prononcer cette phrase pour elle-même, « Je cherche un travail », cela lui donnait l'impression d'être à la fois adulte et pauvre, deux états qu'elle n'avait encore jamais connus et qui lui paraissaient particulièrement intéressants. Il y avait quelque chose de sérieux, de presque solennel dans cette sentence, la sensation aussi de posséder enfin un contour, comme si la situation l'extrayait de sa famille, la détourait de la masse, faisait d'elle un individu. Et quelle force cela lui procurait ! Elle en était époustouflée. Une énergie, une audace ! Irait-elle jusqu'à pousser des portes ? Car les bureaux susceptibles d'employer des interprètes trilingues n'avaient pas pignon sur rue. Les entreprises ne fleurissaient pas sur le trottoir, à ciel ouvert comme en Afrique. Il y avait une barrière à franchir. Mais comment savoir où se cachaient ces fameux bureaux ? Nulle part Rose ne voyait d'enseignes, de plaques indiquant quelles officines se logeaient dans les étages. Tout en continuant à marcher à grandes enjambées sous la pluie qui n'était plus qu'une bruine, les bras raides et mobiles comme des baguettes de métronome malgré la lourdeur du sac, elle tentait de réunir dans son esprit des scènes de roman dans lesquelles un personnage aurait cherché et, de préférence, trouvé un emploi. Il y avait les garçons et les filles de ferme, mais c'était sans avenir en ville. Les gouvernantes et les majordomes, mais pour cela il fallait des références. (Ah, le moment où le seigneur ou la maîtresse des lieux lisait ces lettres ! C'était toujours d'un palpitant !) Dans la plupart des livres qu'elle avait lus, les femmes ne travaillaient pas. On cherchait à les marier, elles héritaient, vivaient avec leur vieille tante, dilapidaient une fortune. Rose se marierait-elle un jour ? Elle ne parvenait pas à imaginer la chose. Un homme, auprès d'elle, jour et nuit, dans son lit avec elle, qu'elle devrait servir, dont elle dépendrait, qui la connaîtrait, l'appellerait mon épouse, ma femme, comme on dit « mon chapeau » ou « mon chien ». Mais elle aussi, après tout, pourrait l'appeler mon époux, mon mari, comme on dit « ma pelote », « mon cadre à broder ». De plus, ce n'étaient pas toujours les hommes qui régnaient. Dans sa famille, Mama Trude était un genre d'impératrice et Kristina une reine. Les hommes... Les hommes de sa famille... Son grand-père, mort quand elle était encore toute petite, avant leur départ pour la France. Elle s'asseyait sur l'accoudoir de son fauteuil dans le château de Sorø ; sur ses genoux, c'était impossible à cause de l'odeur dont elle avait fini par comprendre, des années plus tard, que c'était celle de l'alcool, mais qu'elle identifiait à l'époque comme une résultante de la décomposition des chairs. Les paupières de l'oberstlojnant Matthisen, toujours mi-closes, si douces ; elle les caressait du bout de l'index en pensant qu'elles étaient des pétales de rose. Quant à son père, son papa adoré, le commandant de Maisonneuve, il avait toujours tort. C'était comme une maladie bizarre. René était intelligent et même vif, mais à l'instant de prendre une décision, de faire un choix, d'exprimer une opinion, il optait systématiquement pour la mauvaise solution. Même les rares fois où il avait raison, quelque chose, une manière de s'excuser, lui donnait l'air d'avoir tort. Il parlait beaucoup de Spinoza à sa fille. Spinoza était un familier, le héros de l'histoire du soir, un compagnon. Dans les premières années, Rose se le représentait coiffé d'un grand chapeau qui le faisait ressembler à un champignon. Longtemps, elle avait cru que c'était un pseudonyme qu'aurait adopté son père, par pudeur, pour lui parler du monde en se faisant passer pour ce subtil alter ego qui, lui, à ce qu'il semblait, avait toujours raison. Pour ses quinze ans, René lui avait offert *L'Éthique* en français. Elle avait caressé la couverture du livre, admiré la reliure, comprenant que ce personnage qui avait hanté son enfance avait réellement existé, qu'il était écrivain. Elle savait déjà qu'il était philosophe, car son père le lui avait dit, et, d'une certaine façon, elle savait aussi qu'il avait existé avant de recevoir ce cadeau, mais elle n'en était pas absolument certaine et chérissait l'autre version selon laquelle il aurait été un avatar de René. Après qu'elle eut longuement contemplé le volume sans toutefois l'ouvrir, son père le lui avait repris. « Tu ne peux bien sûr pas le lire maintenant, lui avait-il dit. Tu es trop immature et je ne sais pas si c'est une bonne chose de lire de la philosophie pour une jeune fille. Il est préférable que je le garde. » Sans doute, avait-elle pensé. Sans doute était-ce préférable, mais son père avait hésité un instant, tirant sur sa moustache. Quoique... s'était dit Rose. Voilà que c'était reparti, le balancement, l'impossible résolution. Valait-il mieux ou ne valait-il pas mieux ? Elle repensait à cette phrase si ronde, si belle, « L'homme se croit un empire dans un empire », et à la comparaison entre le destin de l'homme et celui de la pierre qui, lancée par une main humaine, croit pourtant se mouvoir par sa propre volonté. Son père, elle le savait, essayait sans cesse d'échapper à sa trajectoire prédéterminée, car il s'était à ce point identifié à la pierre qu'il se prenait lui-même pour un objet et ne pouvait s'empêcher, par bravade, d'opter pour le contre-pied, jusqu'à se dédire, jusqu'à paraître inconstant ; tout cela au nom du libre arbitre.

René de Maisonneuve avait mauvaise réputation. Certes, l'homme n'était pas fiable, mais c'était pour une raison si noble ! Pourquoi les gens ne s'en rendaient-ils pas compte ? Rose aurait parfois aimé, lors des scènes humiliantes, des confrontations qui faisaient passer son père pour un tire-au-flanc ou un manipulateur, évoquer auprès de ses accusateurs les merveilleuses histoires de Spinoza dont il l'avait abreuvée. Il lui semblait, à travers ces allégories, ces préceptes et ces définitions qui lui tenaient lieu de proverbes, qu'elle entrait en contact avec une forme de sagesse universelle, de justice suprême. Pourquoi les autres ne le voyaient-ils pas ?

Elle se rendit soudain compte que le fait d'être loin de son père la soulageait d'un poids, car à présent, là où elle se trouvait, elle n'aurait plus à le défendre. Non pas qu'il le lui ait jamais demandé. Le commandant de Maisonneuve n'était pas du genre à mendier l'aide de quiconque, encore moins celle de sa propre fille, une enfant. Mais Rose se sentait responsable de lui à cause de leur affinité d'esprit, parce qu'elle le comprenait, qu'elle se sentait apte à expliquer à qui lui en aurait donné l'occasion les méandres absurdes suivis par les raisonnements paternels.

Et quand j'aurai un mari ? se demanda-t-elle de nouveau. Si toutefois j'en ai un. Devrai-je aussi le défendre ? Non. Sûrement pas. Le prince décrit par Zelada, celui qui m'élèvera au-dessus de toutes les femmes, n'aura nul besoin que je lutte pour lui. C'est lui qui se battra pour moi. Comment vivrons-nous ? Partagerons-nous la même chambre, le même lit ? Ferons-nous ensemble ce que Victorine Casadesus, la nièce du major Casadesus, m'a dit que les époux faisaient ? Impossible. Que dirait maman et que penserait papa ? Mais pourquoi se torturer avec ces questions sans réponses alors qu'elle était à Paris et que la première urgence était de trouver un travail et un toit ?

Lorsqu'elle atteignit la rue du Faubourg-Saint-Martin, le soleil reparut. Un signe, songea-t-elle. Je continue tout droit. Elle emprunta le boulevard Saint-Denis, se rappelant peut-être que la calèche, quatorze ans plus tôt, avait suivi le même chemin en direction de l'Opéra. Les trottoirs étaient larges, certains des arbres avaient encore leurs feuilles. Les marquises rayées rouge et blanc, les kiosques à journaux autour desquels s'attroupaient les passants, le claquement doux des sabots sur la chaussée, fondu dans le ronron des roues. Que de majesté, que de joie ! Boulevard de Bonne-Nouvelle, Rose se persuada qu'elle était bénie. Une force veillait sur elle. Cette bonne nouvelle était un présage et tous les élégants des boulevards, ses futurs amis. Que pouvait-il arriver de mal dans un environnement pareil ? Sans doute était-il temps de faire une pause, de s'asseoir pour croquer un morceau. Voilà que sur la droite apparaissait le café Zéphyr. Si seulement elle avait eu assez d'argent. Elle rêva à sa commande : un chocolat chaud, un petit pain, une coupe de fruits rafraîchis, avec peut-être une ou deux petites meringues sur le côté de l'assiette. En attendant qu'elle amasse une fortune, un banc ferait l'affaire. Elle en choisit un au soleil et s'installa face à la chaussée. Elle ouvrit son sac en tapisserie et en sortit une pomme qu'elle avait achetée à Marseille. Le fruit avait voyagé avec elle, enroulé dans un bas de laine. Il était un peu farineux, le goût décevait, mais le jus était réconfortant et Rose contempla la rue avec un regard neuf, celui que procurent un estomac plein et une soif étanchée. Elle écarquilla les yeux en voyant passer un autobus à étage. Comment les gens osaient-ils grimper là-dedans ? Surtout qu'il n'y avait pas de cheval pour le tirer. Quelle idée d'y mettre un moteur, toujours prêt à exploser, à prendre feu ?

Quand elle avait quitté la France, trois ans plus tôt, ils habitaient Saint-Germain-en-Laye. Ce n'était pas la ville, plutôt la campagne, avec la forêt toute proche, comme à Sorø. Elle s'y promenait, sa main dans la main de Zelada, châtaigne dans sa bogue, et puis, un jour, Zelada avait lâché cette main que Rose avait l'habitude de tendre tous doigts ouverts, pour le simple plaisir de les sentir se replier dans la pogne de sa nounou. Rose avait entre onze et douze ans, et voilà que Zelada la repoussait. Mais le malentendu n'avait duré qu'un instant. Une seconde plus tard, Zelada s'emparait de nouveau de cette main avide pour la coller au creux de son bras replié. « Ainsi font les demoiselles », avait-elle commenté. Et quelle métamorphose soudain ! Rose en était ébahie. Le bras enlacé dans celui de sa gouvernante, elle se sentait tout autre, incroyablement grandie, respectable et respectée.

« Vous voilà bien changée, n'est-ce pas ? lui glissa Zelada, sensible aux moindres variations dans la physionomie et le corps de sa protégée.

– Tu me dis vous ? s'indigna Rose en riant, car elle ne pouvait y croire tout à fait.

– Ainsi fait-on avec les demoiselles, répondit Zelada.

– Et moi, alors, je vais devoir te vouvoyer ?

– Vous ferez selon votre caprice, mademoiselle, car ainsi font les demoiselles.

– Mais tu ne vas quand même pas m'appeler mademoiselle tout le temps. Il faut absolument que tu m'appelles Rose sinon, sinon... »

Elle se mit à pleurer, incapable de dire que ce serait comme la fois où la fontaine n'avait pas donné d'eau. Elle avait beau actionner le bras, rien ne coulait par la gueule en bronze. Un rat mort s'était coincé dans le conduit, lui avait-on expliqué, et la vision de ce rat mort entre elle et Zelada fit redoubler ses sanglots.

« Disons, fit Zelada pour la consoler, que je ne t'appellerai par ton prénom qu'à la tombée du jour. La nuit, tu seras Rose.

– Nous sommes des loups-garous, alors ! Vous et moi, s'exclama Rose en séchant ses larmes. Ah, chère madame, comme cela me sied ! » ajouta-t-elle, enthousiaste, toute à son nouveau rôle.

Sur son banc parisien, Rose se demandait d'où Zelada tirait

ses préceptes. Comment et d'après quels critères prenait-elle ses décisions ? Il était impossible d'imaginer Kristina l'orientant, la conseillant, car Kristina n'avait aucune idée de la façon dont il convenait d'élever un enfant, et s'en désintéressait avec la détermination obstinée d'une coquette. Pourtant, Zelada ne cessait de faire des choix, d'avancer des propositions audacieuses, de suivre des axes innovants. Un jour, c'était la gymnastique, à laquelle il fallait dorénavant s'astreindre une demi-heure tous les matins. En chemise et culotte, les bas roulés sur les chevilles, la grande femme charnue – dont les jambes ressemblaient à de jeunes troncs de charme et dont les bras puissants paraissaient capables de soulever toutes les charges – et la fillette trop laxe, aux genoux en X, aux épaules chétives, à la poitrine creuse et au ventre de bébé récalcitrant (Mais quand donc le perdra-t-elle ? se lamentait Kristina, les rares fois où elle s'aventurait à visiter sa fille à l'heure du bain) s'installaient face à face pour se livrer à divers étirements, exercices d'adresse, de souplesse et de maintien exécutés à l'aide de cannes en bambou que Zelada avait empruntées au jardinier et dont elle connaissait l'efficacité grâce aux travaux de Phokion Heinrich Clias, promoteur de la callisthénie. Rose peinait, la plupart du temps, à exécuter les postures indiquées par sa nounou, non seulement parce que sa musculature était, dans un mystérieux retard de croissance, demeurée celle de ses toutes premières années (« On dirait une poupée de chiffon », lui disait souvent Zelada et Rose riait, riait), mais surtout parce que son énergie était presque entièrement consumée dans la contemplation du corps immense de son modèle qui égrenait les poses avec autant d'autorité et de clarté que les lettres se succédant au sein d'un alphabet.

La semaine suivante Zelada misait tout sur l'étude de la botanique et les après-midi étaient consacrés à la récolte de feuilles, d'étamines, de pistils, de tiges, puis à la confection d'herbiers savants qui n'avaient rien à envier à ceux de Jean-Jacques Rousseau, un autre maître à penser de l'inventive nounou. Rose se pliait volontiers à tous les programmes, étude des religions, astronomie, tisane d'ortie, point de croix, ornithologie… mais s'il lui prenait l'idée de demander conseil à Zelada pour une version latine, celle-ci ouvrait de grands yeux, levait ses longs rameaux de bras au ciel et s'écriait : « Comment voulez-vous que je vous aide en cette matière ? Je sais à peine lire ! » Elle était pourtant, aux yeux de sa pupille, la plus savante, la plus instruite, la plus cultivée des femmes.

« Mais tout ce que vous savez, où l'avez-vous appris ? lui demandait Rose.

— À l'école des nounous, répondait Zelada d'une voix volontairement stupide. Là où c'est qu'on forme les filles dont y a rien d'aut' à faire ! » ajoutait-elle en abîmant sa syntaxe, par ailleurs impeccable, s'efforçant d'incarner aussi véridiquement que possible son personnage d'ignorante.

L'imitation, les yeux qui louchaient, ainsi que l'expression d'imbécillité contrefaite à la perfection faisaient tant rire la jeune fille qu'elle ne songeait pas à enquêter plus avant.

Il est si difficile, se dit Rose en se levant enfin du banc, ayant croqué la pomme jusqu'au trognon et gardant la mince queue de bois pour la suçoter tout en marchant, de savoir s'y prendre dans le monde. Par où commencer et comment s'y faire une place ? À ce moment précis, elle aurait aimé pouvoir glisser son bras dans l'arceau formé par celui de Zelada et, comme au cours de leurs innombrables promenades, se laisser guider.

Elle reprit sa route (qui, pour en mériter le nom, aurait nécessité qu'elle en connût la destination) d'un pas plus circonspect, soudain inquiète des regards qui se posaient sur elle, parce que la pluie avait ruiné sa mise, que le retour du soleil lui avait rougi le nez et les joues et que de la jeune voyageuse pimpante à la vagabonde éplorée, il n'y avait parfois qu'un fil. Alors qu'elle hésitait à un croisement de rues, elle lut sur la plaque bleu nuit le nom de Richelieu. Après le cours d'histoire, voilà que débutait le cours de littérature. Le cardinal de Richelieu, ses intrigues, son pouvoir, ses erreurs. Alexandre Dumas la prenait par la main. Les aventures, c'était à son tour de les vivre. Il ne fallait pas les craindre. Il suffisait de se fier à la nécessité et au hasard, comme l'avait fait d'Artagnan à son arrivée dans la capitale. Il n'était pas beaucoup plus vieux qu'elle et pas plus argenté. Lui aussi venait d'ailleurs et ignorait les règles.

Un beau monsieur, en redingote et haut-de-forme, apparut sur le trottoir de la rue soudain déserte. Mais quelle était cette rue ? Étroite, sombre, avec des relents de vieux linge et d'urine. Rose avait-elle obliqué sans y penser ? Distraite par sa rêverie, elle avait quitté la large voie rectiligne menant des boulevards au Palais-Royal. Seuls ses talons résonnaient à présent sur le pavé, entre les trottoirs étroits qui se rapprochaient, prêts à se refermer sur elle, comme une mâchoire. Le beau monsieur la regardait, elle le sentait, sans pouvoir lever les yeux sur lui. Que convenait-il de faire ? Jamais elle n'avait envisagé cette situation, car d'Artagnan était un homme et elle, une femme, et donc... Mon Dieu, comment se comporter ? Faire demi-tour ? Accélérer ? Saluer l'inconnu ? Le cœur de Rose battait si fort, elle croyait l'entendre. Sans doute sa poitrine tremblait-elle. C'était visible à l'œil nu, surtout ne pas baisser les yeux vers sa gorge, pas d'indécence, pas de provocation. C'était son premier jour, son tout premier jour et voilà que par bêtise, par étourderie, elle avait pris la mauvaise rue. Et qui savait ce qui lui arriverait ? Si ce monsieur décidait d'un seul coup de s'emparer d'elle, de l'enlever, de la vendre, elle perdrait tout. Comme Milady, elle recevrait la marque de l'infamie, mais jamais elle ne parviendrait à être aussi malfaisante, car elle s'était toujours reconnue dans les traits de la pauvre Constance. Milady, c'était Kristina, capable des pires méchancetés. Un génie du mal, disait d'elle son propre mari. Rose se rendit compte alors qu'elle ne s'était jamais imaginé Lady de Winter autrement qu'avec le visage de maman. La beauté absolue, une beauté qui a le pouvoir de pervertir un cœur, de le corrompre, ou, tout au moins, de le fléchir. Kristina possédait cette arme. On voulait la tuer et la seconde d'après (il suffisait de la regarder), on voulait l'étreindre. Le monsieur en chapeau ne la quittait pas des yeux. Rose pressa le pas. Un fumet pénétra dans ses narines. Une odeur familière quoique fort ancienne, évoquant celle que dégageait l'oberstlojnant Matthisen. La pourriture, la mort, l'alcool. C'en était fini d'elle. Son tout premier jour ! Quelle oie. Zelada l'appelait « ma petite pintade » et elle avait raison. Rose n'était pas plus avisée qu'une volaille.

« Alors, mignonne, on prend l'air ? » fit la voix sous le chapeau au moment où Rose arrivait à hauteur de l'inconnu.

Répondre. Ne pas répondre. Montrer que l'on n'a pas peur.
Comme avec un chien. Comme avec un cheval. Se redresser.
Lever le menton. Tenter une remarque spirituelle. Une porte
se dessina dans le mur. L'imposte vitrée était habillée de cre-
tonne à damier rouge et blanc. Une simple poignée en bois
commandait l'ouverture. Par un interstice, Rose aperçut une
grande femme en tablier. Elle entra. À l'intérieur, ça sentait
la poudre de riz et les fruits mûrs. Trois femmes étaient atta-
blées dans une alcôve du fond. La patronne, haute de taille,
un torchon passé sur l'épaule, essuyait des verres, les levant
un à un à la lumière pour s'assurer que le chiffon ne laissait
pas de traces. Rose avait tant de fois admiré Zelada lorsqu'elle
exécutait ce geste, quasiment aussi noble que celui de l'astro-
nome tendant sa lunette vers les étoiles. Elle s'avança à pas
lents, ivre de soulagement. Elle était sauvée. Personne ne la
regardait, ni les dames du fond, ni celle derrière le bar. Elle
était devenue invisible. Peut-être, se dit-elle, que si je m'as-
sieds là, quelques minutes, on ne me dira rien. Je reprendrai
mon souffle, j'attendrai gentiment et le monsieur partira. Elle
voyait encore sa silhouette à travers les rideaux froncés qui
protégeaient les clients des regards indiscrets. Qui était-il ?
Rose fit défiler des mots dans son esprit, comme si le fait de
nommer l'inconnu avait pu neutraliser sa faculté de nuire. Le
bon mot et *pic* ! l'aiguille s'enfonçait. Brigand, bandit, escroc,
malfrat, ivrogne, assassin… Rose plissait les yeux, concentrée,
feuilletant mentalement des milliers de pages, consultant le

catalogue de vices qu'offrait la littérature... délateur, traître, souteneur, meurtrier, vagabond. Rien ne collait. Tous ces termes semblaient trop limités et trop vagues à la fois. La menace continuait de papillonner. C'était un homme qui... se répétait-elle, un homme à... un homme dont... Un homme. Le mot seul contenait tant de dangers. Inutile de lui adjoindre un qualificatif. L'homme était le prédateur, elle était la proie.

« Qu'est-ce qu'on boit, Marmousette ? »

La femme au tablier s'était penchée vers Rose, les poings plantés dans le plateau de la table. Ses lèvres mauves étaient mobiles et pleines, deux serpents en cavale. Les pommettes hautes et très marquées, les yeux enfoncés profond dans les orbites, comme si chacun avait reçu un coup, cernés qu'ils étaient de multiples anneaux allant du rose à l'indigo, elle avait une beauté grotesque de masque. Rose ne comprenait pas la question. Était-ce une devinette ? De qui la patronne parlait-elle ? Et qu'était-ce au juste qu'une marmousette ? Sans doute un genre de souris, un rongeur en tout cas. « Qu'est-ce qu'on boit ? » Mais qui était ce « on » ? Les Parisiens ? Les Français ?

« Du vin ? répondit Rose d'un ton hésitant.

– Du lait, tu veux dire. Du vin ? Non mais ! Qu'est-ce que t'as dans le carafon ? »

Le carafon ? Où était-il ce fichu carafon ? Contenait-il du lait ? Était-ce un piège ? Que se passerait-il si elle ne répondait pas correctement à cette deuxième question ? Les énigmes de la femme en tablier étaient sans fin. Rose cherchait partout des yeux une carafe, une cruche, n'importe quel objet ou indice. Son cœur se remit à battre trop fort, et voilà que, pour couronner le tout, l'homme au chapeau s'approchait de la porte. Il allait entrer. Il l'emporterait. Si seulement elle avait répondu comme il fallait ! Peut-être aurait-elle bénéficié d'une protection, d'une indulgence. La porte s'ouvrit, l'homme passa la tête dans l'entrebâillement. Dès qu'elle le vit, la patronne le chassa en sifflant entre ses dents, comme on le fait pour un chat. Tant d'éléments échappaient à Rose pour comprendre cette scène qu'elle cessa de s'y employer. Elle relâcha son effort, mais, ce faisant, laissa tout lui échapper. Les rênes qu'elle avait eues jusque-là bien en main, celles qui guidaient le poney tenace de sa volonté, tombèrent sur l'encolure. Elle ne maîtrisait plus rien, n'avait plus la force. Les larmes lui montèrent aux yeux.

Comme la ville était dure. Comme il était périlleux d'être seule. Comment son père avait-il pu ? Comment ne s'était-il pas douté ?

C'était pourtant simple. Elle lui avait annoncé son départ, il en avait blêmi d'effroi, avait pensé la retenir près de lui, lui interdire de le quitter, la prévenir des nombreux dangers, mais aussitôt, une voix adverse, celle que Rose connaissait si bien, lui avait ordonné le contraire. René, toujours méfiant face à son premier mouvement – qui ne pouvait être que celui de l'instinct, autrement dit celui de la pierre lancée par une main insouciante –, s'était empressé d'adopter la posture inverse. L'estomac tordu par un spasme, la gorge enflée par des sanglots qu'il avait pris l'habitude de réprimer, il avait donné sa bénédiction à la prunelle de ses yeux. « Va, mon enfant ! lui avait-il dit. Il est grand temps que tu voles de tes propres ailes. » Il avait beau regarder son oisillon, dont le duvet neuf et le bec tendre témoignaient d'une incapacité flagrante à prendre son essor, sa conviction qu'il fallait, coûte que coûte et en toute circonstance, exercer le libre choix avait forcé son index à pousser d'une chiquenaude absurde le poussin hors du nid. Rose avait fait ses bagages, tandis que le commandant de Maisonneuve tirait sur un cigare éteint tout en fredonnant une vieille ritournelle danoise. *Ride ride ranke*, chantonnait-il, étonné lui-même de se rappeler cette mélodie d'autrefois. Cet accord avait été donné suite à un jeu faussé entre contraposées boiteuses. Comment Rose ne s'en était-elle pas aperçue ? S'il est vrai que grande fille peut partir, alors il est vrai que petite fille ne doit pas rester. René avait une façon tout à lui de tordre la logique. Dans son esprit, les séries d'implications se succédaient, victimes de légères et presque imperceptibles distorsions, comme la baguette qui, pourtant droite dans l'air, dessine un angle une fois plongée dans l'eau. Pour cette raison, il était vain (et éreintant) de discuter avec lui. Il abondait dans votre sens et, alors qu'il paraissait répéter mot pour mot votre argument, il le modifiait imperceptiblement, sans forcément s'en rendre compte lui-même, et vous le rendait tout abîmé, méconnaissable, mâchonné par l'inlassable broyeuse de ce qu'il pensait être son doute méthodique, mais qui n'était en réalité qu'une lèpre de la pensée. À qui faire confiance, et comment savoir si elle-même ne souffrait pas d'une semblable infirmité ? se demandait Rose.

« Alors, Marmousette, on a perdu sa langue ? »

Oui, voilà, je comprends, songea Rose. « Marmousette »,

c'est moi, c'est comme marmot, c'est gentil. Et « on », c'est encore moi. Une troisième personne de majesté, mais sans la noblesse. Elle se risqua à répondre.

« Non, c'est seulement que je suis fatiguée. J'ai beaucoup marché et… Je cherche un travail.

— Que sais-tu faire, mon petit ? lui demanda la patronne.

— Je parle trois langues, sans compter le dioula. Je suis bien éduquée. Je voudrais être interprète.

— Sais-tu remplir un seau et le vider ?

— Je crois, oui.

— Alors lève-toi. Les chaises, c'est pour les clientes. Tu fais le pavé. Tant que les braves cracheront par terre et que les gamines pisseront pas droit, y aura du travail. »

Rose bondit aussitôt. Devait-elle accepter ? Elle pensa à l'homme au chapeau, se dit qu'elle était en danger ; cette grande femme en tablier était son seul recours. Elle songea aussi qu'il ne lui restait plus beaucoup de temps pour trouver une autre place, se rappela qu'elle n'avait nulle part où loger, qu'elle était quasi orpheline.

« Où dois-je mettre mes affaires ?

— Je m'appelle Marthe, lui dit la patronne, sans prendre la peine de répondre à sa question. Tu as de la chance. Frimousse, qui était maîtresse baquet jusqu'à la semaine dernière, est retournée en Bretagne épouser son cousin. »

Du côté de l'alcôve, un éclat de voix fusa.

« Oh, ma limonade ! » pleurnicha une des trois femmes dans un bruit de verre brisé.

Rose prit un tablier au clou, fourra son sac, son manteau

et son chapeau sous un guéridon, empoigna un seau en fer, un balai, une serpillière et un tapon, puis se dirigea vers le fond de la salle d'un pas valeureux. Ainsi marchait Zelada quand elle allait éponger le vomi de maman. Jamais lasse, jamais dégoûtée, heureuse à l'idée de la prompte et parfaite réparation. Kristina vomissait comme d'autres bâillent, par désœuvrement. Elle n'en concevait aucune honte et faisait passer cela pour une délicatesse d'estomac qui la rapprochait, selon elle, des princesses les plus raffinées.

Les trois femmes observaient Rose, tout en faisant semblant de ne pas la voir. Ce jeu de regards aussi lui était familier. La jeune fille avait souvent remarqué cette façon qu'avaient sa mère et ses amies de rendre les domestiques inexistants en évitant avec méticulosité et naturel de poser l'œil sur eux. Elle ploya le haut de son corps pour plonger la serpillière dans l'eau, comme elle avait vu Zelada le faire, puis s'accroupit, le baquet entre les genoux, pour essorer jusqu'à la dernière goutte. « Le ménage, disait sa nounou, c'est de la gymnastique. Si on le fait comme il faut, il est bon pour le corps. Il n'y a rien de dégradant dans ces tâches. Il suffit de bien beurrer ses mains le soir et de plier les genoux autant que possible. Pense à rentrer ton ventre ma minette, ajoutait-elle à l'adresse d'une Rose de six ans qui imitait chacun de ses gestes. Ce n'est pas une critique, c'est pour ton dos. Tu comprendras quand tu seras grande. » Rose sentit ses muscles abdominaux répondre et se tendre. Une paume douce et étonnamment chaude se glissa sous sa jupe pour lui tâter l'intérieur de la cuisse.

« Impossible de mettre la main sur mon porte-monnaie », s'écria la propriétaire de ladite paume, comme pour justifier son exploration. C'était une jeune femme svelte, au nez pointu dans un visage poupin, au large sourire lumineux.

Les autres éclatèrent de rire. Rose passa la serpillière à deux reprises pour bien dissoudre le sucre de la boisson, puis se servit du tapon afin de sécher parfaitement le sol et d'éviter ainsi les chutes.

« Tiens, souricette, voilà pour ta peine », lui dit la plus grosse des trois femmes en lui collant une pièce au creux de la main. Elle fit semblant de perdre l'équilibre en enfilant son manteau et se raccrocha à Rose, l'enlaça presque, tâtant sa poitrine au passage. Elle s'empara de l'œillet blanc qui ornait sa boutonnière et le glissa entre ses lèvres. Ses deux amies la félicitèrent à leur tour et toutes trois partirent en cancanant, jetant à la jeune fille des regards par-dessus leur épaule. Rose remarqua qu'elles avaient toutes la même fleur artificielle fixée à leur chapeau, une orchidée rose pâle en velours qui lui évoqua la gueule d'un petit animal, un chaton ou peut-être autre chose. Les clientes parties, la salle se trouva vide. Marthe défit son tablier, retira les épingles de son chignon et se passa les mains sur le crâne. Ses cheveux se déroulèrent jusqu'à sa taille. Une raie se dessina en leur milieu. Rose remarqua quelques fils blancs, mais la patronne avait l'air plus jeune ainsi décoiffée, peut-être parce qu'elle s'abandonnait au sommeil, avec un peu d'avance, debout, face à sa nouvelle employée, sans bâiller, sans parler, se contentant de l'observer tout en laissant ses paupières se fermer de plus en plus longuement. Enfin, sans avoir prononcé un seul mot, elle tourna les talons, emprunta une porte vitrée à droite du bar et disparut.

Rose avait trouvé un travail. C'était sa première victoire. Elle se sentait fière et regrettait de ne pouvoir partager son exaltation. C'était peut-être cela, la solitude : vivre les choses sans pouvoir les raconter. Et si on ne les racontait pas, existaient-elles vraiment ? Voilà que sa fierté, si récente pourtant, commençait déjà à faiblir. Ne nous laissons pas abattre, se dit-elle. Je n'aurai qu'à les écrire. Les yeux sautant d'un coin à l'autre de la pièce, au plafond, sous les banquettes, aux pieds des tables, elle décida de se mettre au travail. Maîtresse baquet, c'était une responsabilité. Toujours commencer par le haut, se rappela-t-elle. Dépoussiérer les corniches, faire la chasse aux toiles d'araignée, passer un coup sur les miroirs, ne pas oublier les niches, les consoles, les moulures, astiquer les tables, faire briller le zinc, changer l'eau souvent. Derrière le bar, comble du luxe, courait un long plan de pierre percé d'une cuve où le bec d'un cygne crachait de l'eau lorsqu'on actionnait l'une de ses ailes situées à la base du robinet. Cette créature de métal devint aussitôt l'amie de Rose et son interlocutrice privilégiée car, comme Zelada, elle aimait parler en travaillant. Ce n'était qu'à la toute fin que l'on jetait l'eau sur le pavé, le plus vigoureusement possible, afin d'utiliser la force du courant pour déloger la saleté résiduelle. Rose se rappelait ses cours de ménage comme un étudiant en théologie se souviendrait de la vie des saints, avec ravissement, précision, respect et sérieux. Beaucoup plus petite que ne l'avait été son maître, elle devait grimper sur une chaise et parfois même sauter pour atteindre les endroits les plus élevés, mais son geste était le même que celui de Zelada quand, armée du chiffon humide (sur lequel elle avait déposé quelques gouttes d'essence de lavande – son initiative personnelle), celle-ci balançait son bras tendu en utilisant tout l'éventail de son épaule, toute l'amplitude de son articulation afin de dessiner des arcs de propreté successifs du haut vers le bas pour les murs et du centre vers les bords pour les tables. Pourvu que personne n'entre, songeait-elle. Pourvu que Marthe dorme longtemps. Car ce nettoyage était une œuvre au service de laquelle Rose avait mis toute sa méthode, sa concentration et sa force physique. Il lui importait de l'achever comme il importe à l'artiste de poursuivre son dessein jusqu'à épuisement du corps et, au-delà, jusqu'à épuisement de l'idée. C'était du moins ce que Rose se racontait, pensant à Michel-Ange. N'avait-il pas peint la coupole d'une église, tout contorsionné sur son échafaudage, sans cesse occupé à en descendre et à remonter dessus pour apprécier son trait de loin, étudier la lumière sur ses couleurs ? Rose aussi pratiquait ces allers-retours, prenant de la distance, repérant les endroits où le chiffon avait laissé des traces, se ruant vers la zone coupable au plus vite, afin de ne pas perdre de vue les gouttelettes séchées qui, de près, disparaissaient mystérieusement. Elle frottait alors en aveugle et, pour s'assurer qu'elle avait vaincu l'ennemi, descendait de sa chaise et reprenait les trois pas de recul réglementaires. Chacun de ses gestes lui évoquait le ballet quotidien qu'effectuait sa nounou, car Zelada ne faisait pas confiance aux bonnes pour nettoyer la maison et passait systématiquement derrière elles dans le plus grand secret. Personne ne devait le savoir, ni les soubrettes négligentes qu'elle ne tenait pas à se mettre à dos, ni surtout Kristina dont il était inadmissible que l'esprit s'encombrât de pareils détails.

Rose, dès qu'elle avait su marcher à quatre pattes, la suivait partout (sans doute qu'avant cela, Zelada la portait sur son dos, à la manière des Africaines dont elle avait adopté certaines pratiques). L'ingénieuse nounou avait cousu pour son bébé des genouillères taillées dans de vieux lainages et bourrées de crin, ainsi que d'élégantes mitaines de la même facture, permettant à l'enfant de faire reluire les parquets cirés tout en évitant les cales et les échardes. Un peu plus tard, se mettant debout, Rose avait appris à marcher en s'agrippant aux mollets de Zelada des deux mains, glissée sous la lourde jupe et les deux jupons. La tête entre les cuisses de sa géante, elle avançait, yeux grands ouverts au cœur de ce tipi sombre et parfumé. Zelada la laissait faire, sans jamais se sentir entravée, jusqu'au jour où la tête de la fillette (devenue une marcheuse aguerrie) était venue lui cogner les fesses. « Tu es bien grande, à présent, ma minette. Il est temps de m'aider pour de bon. Sors de mes jupes et attrape un chiffon. » Rose avait regretté quelque temps le doux molleton des cuisses, leur saveur salée, leur confort ineffable, mais elle s'était consolée en trouvant un autre jeu. À croupetons, face à sa nounou, alors qu'elles nettoyaient ensemble les interstices entre les planches disjointes de doussié ou de bubinga qui tentaient d'imiter, dans l'étonnante demeure coloniale, les sols lisses et clairs en chêne du manoir de Sorø, Rose surveillait le décolleté de Zelada. Si l'un de ses seins lourds s'échappait du caraco, il revenait à Rose de le secourir. Des deux mains, elle remettait le rebelle en place, comme elle l'aurait fait d'une colombe dans son pigeonnier. Zelada riait et Rose apprenait ce que jamais elle n'aurait pu découvrir au contact de Kristina, car sa mère, la seule fois où la fillette avait tenté de la toucher (petite main potelée sur gorge plate), lui avait décoché un coup de genou dans le ventre qui l'avait envoyée valser à plusieurs mètres, assorti d'un coup de pied dans l'épaule, signifiant assez clairement qu'il n'était pas question de recommencer. Lorsque, le visage ravagé par les larmes, Rose s'était réfugiée dans les bras de Zelada pour lui raconter ce terrible malheur, cette injustice effroyable, la nounou lui avait simplement dit : « Quand on a la chance d'avoir une aussi jolie maman, on ne l'abîme pas avec ses petites pattes sales », lesquelles pattes sales avaient été si longuement et si goulûment embrassées que le fou rire l'avait emporté sur le chagrin.

*

« À quelle huître est-ce que je dois cette perle ? » s'écria Marthe en riant, au réveil de sa sieste, les deux mains à plat sur le zinc étincelant.

Rose sursauta. Elle ne l'avait pas entendue revenir, perdue dans ses pensées, comme Hansel et Gretel au cœur de la forêt. Et moi qui prétendais devenir interprète, songea la jeune fille, honteuse. Je ne suis même pas capable de comprendre le français de ma patronne. Elle se souvint alors du dioula, de l'anglais, ces langues qu'elle avait apprises sans le faire exprès en

68

se contentant de les laisser pénétrer dans son oreille. Les mots clandestins, les mots étrangers passaient et repassaient dans la conversation et, à force, on les reconnaissait, ils n'étaient plus étrangers et plus si clandestins, parfois ils apparaissaient légèrement modifiés à la faveur d'une conjugaison, d'un pluriel, mais ne pas les identifier aurait été comme ignorer son voisin sous prétexte que la veille il paradait col ouvert, alors qu'il vous saluait, ce jour, le cou orné d'un papillon.

Rose regarda sa patronne, ses pommettes, son menton pointu, ses longs cheveux qu'elle n'avait pas encore rattachés. Elle vit son sourire émerveillé, un rayon de candeur inattendu sur ses traits fatigués.

« Je suis originaire du Danemark, dit la jeune fille, croyant ainsi élucider l'énigme de l'huître perlière.

— Où qu'c'est qu'c'est, ça, le Danemark ? C'est le pays de la propreté ?

— C'est au nord, juste au-dessus de l'Allemagne, pas loin de la Suède. Mais j'ai surtout vécu en Afrique.

— Serpents et sauvages ! fit Marthe en écarquillant les yeux.

— C'est ce que disait ma mère. Elle ne voulait pas y aller. J'avais neuf mois quand on a rejoint mon père là-bas. Elle disait que le bébé ne survivrait pas. Le bébé, c'était moi.

— Mais elle est partie quand même ? Partie en Afrique ?

— Et quand j'ai eu quatre ans, on est rentrées, elle et moi, au Danemark.

— Et ton père, alors ? Il est mort ? Tu m'as l'air d'une orpheline.

— Vraiment ?

– J'aurais pu être inspecteur de police, si j'avais voulu, sais-tu ? C'est pas compliqué, en même temps. Regarde-toi ! Tu débarques ici sans bagages, bien vêtue, parlant trois langues et un sabir. Tu as grandi dans la soie, ça saute aux yeux. Mais tu astiques comme une fille du peuple, *ergo* : tu es déchue. Tes parents t'ont trimballée partout, ils ont manqué de prévoyance et ils sont morts sans rien te laisser. Dis-moi si c'est pas vrai que Marthe, elle lit dans les pensées. Inspecteur de police ou diseuse de bonne aventure, en fait.

– Mon père est vivant. J'aimerais lui écrire.

– Tu ne t'es pas enfuie de chez toi, au moins ? Tu n'es pas recherchée par la police ? »

Rose secoua la tête. Elle n'était recherchée par personne.

« Va faire les cabinets.

– Les cabinets ?

– Qu'est-ce que tu crois ? Qu'on pisse par la fenêtre chez moi ? Café Moderne, y a marqué sur l'enseigne. Mo-derne ! Tu sais ce que ça veut dire, Marmousette ? Ça veut dire pas comme en Afrique ! Tiens, voilà Dora. »

Une femme d'une cinquantaine d'années, mince, épaules larges et bassin étroit, poussa la porte. Un effluve de gardénia la préréda. Rose ne connaissait pas le nom de cette fleur, encore moins son parfum. Elle songea simplement, en dilatant ses narines, qu'elle aurait tout donné pour demeurer dans ce halo.

« Un blanc, ma grande », lança Dora d'une voix grave, comme jamais Rose n'en avait entendu dans la bouche d'une femme.

70

La jeune fille ne pouvait quitter la nouvelle cliente des yeux. Elle la dévisageait, étonnée, admirative.

« Alors, Frimousse, lui dit Dora. Tu gobes les nuages ? »

En prononçant ces mots, elle dégrafa une pochette à sequins, en tira un porte-cigarette et y introduisit une Amazone que Marthe alluma.

« Frimousse est retournée en Bretagne pour épouser son cousin », bredouilla Rose.

Dora hocha la tête et sourit.

« Alors c'est toi, la nouvelle ? Comment t'appelles-tu ? »

Rose hésita, regarda Marthe qui, le menton en avant, semblait la tester, puis tourna les yeux vers Dora dont le visage, plat et noble comme une lune de juin, l'inspirait.

« Rose, répondit la jeune fille.

— Comme cela te va mal, fit Dora attendrie. Les roses sont des fleurs épaisses, trafiquées, domestiquées, d'une complexité inutile. Elles sont si bêtes avec leur grosse tête de bourgeoise au bout d'une tige en bois. »

Rose n'osait rien répondre. Elle avait toujours aimé son prénom et ce qu'il désignait. Elle se pâmait, enfant, le nez plongé dans les corolles. Elle sut pourtant, à cet instant, que plus jamais elle ne goûterait ce parfum et que son nom lui pèserait dorénavant sur les épaules comme une pelisse ingrate.

« Si nous étions en Angleterre, je t'aurais rebaptisée Poppy, déclara Dora. Mais nous ne sommes pas en Angleterre, soupira-t-elle avec un regard entendu, un air de connivence qui acheva de dérouter la novice. Quant à Louise, elle te trouve des allures de myosotis, dirait-on. *Forget me not.* »

Qui était Louise ? Rose ne le savait pas. Il y avait tant de choses qu'elle ignorait et qu'elle aurait dû connaître. À quel moment, à quel endroit cet effroyable retard s'était-il accumulé ? *Forget me not*, Ne m'oublie pas. Cela, au moins, était clair. Il fallait être patiente. Le reste finirait par s'élucider.

*

Comment font-ils ? se demanda Rose. Comment font ces insectes pour toujours savoir où je suis ? Elle avait pourtant soufflé sa bougie. Voyaient-ils dans le noir ? En Afrique, les bestioles étaient si grosses qu'on les entendait arriver, leurs pattes épaisses comme des allumettes martelaient le bois des meubles dans la maison, la poussière des chemins et les herbes séchées à l'extérieur. On les évitait facilement, et la nuit, il y avait la moustiquaire. À Saint-Germain-en-Laye, comme à Sorø, on ne craignait que les mouches et leur agaçante manie de se poser cent fois au même endroit, et de s'y poser de nouveau à peine chassées. Les moustiques, plus rarement, seulement certains soirs d'été où l'on s'attardait sous les tilleuls ; c'était déconseillé mais si tentant, on sentait sa poitrine se gonfler d'une langueur et d'un espoir immenses, rien qu'à cause de l'air encore tiède malgré le crépuscule, qui est si différent dans les pays tempérés et dans les pays chauds, selon qu'on recherche la chaleur ou qu'on la fuit. Rose roulait sur son matelas, tout en se livrant à ses songeries entomologiques, mais toujours elle revenait au centre, dans la rigole que son corps pourtant si léger creusait dans le lit. Un lit miraculeux, car elle n'avait pas eu à le demander. Marthe le lui avait offert.

« Pas d'argent entre nous, Marmousette. On ne va pas se salir les mains avec ça. Logée nourrie, voilà ce que je te propose. Un lit et une soupe. Du pain tant que tu veux. Mélasse le matin et un bon café de salade – je torréfie moi-même –, tu sais ce que ça veut dire ? Peu importe. Ce qui compte, c'est de bien dormir et de bien manger. Les sous gâtent tout. Pas vrai ? »

Quelle sagesse possède cette femme ! avait pensé Rose, reconnaissante au destin de l'avoir éloignée de la philosophie sinueuse de son père pour la mettre en présence d'une science si pure, d'une pensée dont la rectitude la bouleversait. Qu'aurait-elle fait de l'argent ? Puisqu'elle avait une chambre et de quoi manger. Elle avait spontanément tendu à Marthe la pièce que lui avait donnée la grosse femme au chapeau orné d'une orchidée. Mais Marthe l'avait – bonté suprême associée à sa droiture d'esprit – refusée.

« Pas d'argent entre nous, j'ai dit. Garde ça. Chez moi, tu feras des économies et bientôt, tu verras, tu seras à la tête d'une fortune. »

Une fortune ? songea Rose, qui après avoir été accablée par les punaises (celles qui sautaient depuis le plafond, celles qui remontaient par le sommier en paille), sentait à présent quelque chose d'humide et de froid se faufiler le long de son dos. Il ne pouvait s'agir d'un serpent, se dit-elle pour se rassurer. Pas de mouvement, pas de glissement, seulement une impression. Elle glissa une main sous ses reins, tâta sa chemise, tourna la paume, pressa le matelas. Ses doigts étaient trempés. Était-ce du sang ? Mais comment se serait-il répandu si vite ? Dans l'obscurité, presque paralysée par l'appréhension, elle glissa son autre main entre ses jambes. Rien de ce côté-là. Elle respira plus calmement en songeant qu'elle n'avait pas souillé les draps de sa chère patronne dès le premier soir. Elle se leva de son lit, toucha, en aveugle, diverses zones du matelas, étudia les textures, les odeurs. Sa chambre étant située au sous-sol (« Ce n'est pas une cave, lui avait précisé Marthe. C'est entièrement aménagé. Tu as même une table où poser ta brosse à cheveux. J'y dormirais moi-même si je ne devais pas surveiller le café ! »), aucune lumière n'y pénétrait, pas même celle de la lune. Rose ne craignait pas l'obscurité. Petite, elle aimait se déplacer les yeux fermés, reconnaître les objets à tâtons ; c'était un exercice qu'elle s'imposait sans vraiment savoir pourquoi. Une expérience plutôt, dans laquelle Zelada l'encourageait. « Tu peux même courir sans y voir, lui avait-elle appris. Question d'entraînement. » Alors la fillette s'était attelée à ce nouveau défi. Guidée par la voix de sa nounou, elle avait commencé par trottiner maladroitement, les épaules crispées, la tête tordue sur l'axe du cou, comme si elle avait tenté de s'échapper de son propre corps. Puis elle avait gagné en confiance, aidée par les observations de Zelada et, au bout de quelques mois, avait été capable de courir un cent mètres en ligne droite à pleine vitesse, pourvu qu'elle ait eu le temps d'étudier longuement le terrain et qu'elle pût être guidée par des encouragements vociférés depuis la ligne d'arrivée.

Après un examen méticuleux de la situation, Rose conclut

qu'il y avait un problème général d'humidité dans son logement. Le lit était une éponge. Les murs suintaient. Le sol
sentait les champignons aussi fortement qu'un sous-bois en
automne. Que faire ? s'interrogea-t-elle, accroupie sur le coin
le plus sec de son matelas. Où aller ? À qui demander de
l'aide ? Toutes ces questions s'additionnaient, accroissant la
distance qui séparait mademoiselle de Maisonneuve de la
jeune fille à tête de souris qui serrait ses genoux contre sa
poitrine en s'efforçant de ne pas pleurer. Rose sentit le danger
qu'il y aurait à se laisser envahir par la tornade des interroga-
tions ; dès qu'elle suivait cette pente, le visage de son père lui
apparaissait, cette façon qu'il avait de plisser un œil et de lever
le sourcil opposé en déclarant : « Réfléchissons ! » Ce mot,
si innocent pour d'autres, sonnait aux oreilles de la fille du
commandant comme un tocsin et parfois même comme un
glas. Il aurait aussi bien pu dire « Jetons-nous par la fenêtre ! »
ou « Couchons-nous sur les rails à l'approche du train ! » car
ses raisonnements étaient plus périlleux que tout. Heureusement avertie, la jeune fille respira profondément et passa à
l'action ; seuls les gestes, elle le savait, possédaient un véritable
pouvoir sur le cerveau ; comme si l'énergie mentale requise
pour les diriger permettait d'inhiber les autres fonctions. Elle
bondit de son lit, se dirigea d'un pas décidé, sans rencontrer le
moindre obstacle, vers la table où elle avait posé son manteau
et son bagage, s'empara de tout le linge qu'elle put trouver,
l'entassa au centre de son matelas, s'étendit dessus et relut
mentalement la lettre qu'elle avait écrite à son père, afin de
détourner ses pensées des conséquences sans doute terribles

qu'aurait la macération de ses maigres biens dans le creuset trempé de son grabat.

Cher papa,

J'espère que tu te portes bien. Je t'écris dès mon arrivée pour te dire combien le sort m'est favorable ! Une chance pareille, c'est tout bonnement inouï. Le destin a voulu que, dans le train de Marseille, je partage le même compartiment qu'une dame qui dirige le bureau des interprètes à l'ambassade du Danemark. J'ai été aussitôt engagée. J'emménage donc dans le quartier consulaire de la capitale (tu vois sûrement où il se trouve, pas la peine que je te donne des noms de rue). Car figure-toi que cette femme s'est prise d'une telle amitié pour moi qu'elle m'a offert un logement de fonction ! Comme tu peux le constater, tu as eu cent fois raison de laisser partir ta petite fille à l'assaut de la capitale. Rien ne me résiste. Comme à toi, mon cher papa. Je ne commencerai à travailler que la semaine prochaine car, pour le moment, ma patronne (mais je la considère davantage comme une camarade ou une marraine) tient à me faire profiter de la vie parisienne. Cet après-midi, elle m'a offert un chocolat chaud au café Zéphyr, sur les Grands Boulevards, avec petit pain, fruits rafraîchis et meringuettes. Du grand style ! Et quel régal ! Elle a aussi tenu à renouveler ma garde-robe. Il faut dire que je suis loin d'approcher le « dernier cri » (tu vois que je parle déjà comme une Parisienne). Bref, ma vie est une suite d'enchantements. Quand je pense que je redoutais la traversée en bateau ! Nous avons si follement ri avec les jeunes filles rencontrées à bord. Toutes d'excellente famille. Nous avons d'ailleurs prévu de nous réunir bientôt car la plupart sont de grandes voyageuses incapables de résister (ce sont leurs propres mots) à l'attrait de la Ville lumière. Je n'ai même pas eu le mal de mer et les cabines étaient si propres ! Je dois te laisser, mon cher petit papa, car Marta (te rends-tu compte que j'appelle ma patronne par son prénom ?!) m'attend pour m'emmener dîner.

Je t'embrasse tendrement et t'enverrai sous peu mon adresse définitive (il est question d'un déménagement prochain aux Tuileries, je crois. Demeure royale pour ta petite Rose qui est accueillie comme une princesse). Réponds-moi poste restante.

Ta fille qui t'aime et te souhaite tout le meilleur.

N'ayant pas de timbre, elle avait confié l'enveloppe à Marthe qui, étudiant l'adresse, avait déclaré :

« Fille de militaire… Hum.

– Mon père est commandant, avait précisé Rose.

– Et ma mère caporal », avait répondu Marthe.

Comme elle est franche, songeait Rose qui peinait à trouver le sommeil, malgré le confort nouveau de sa couche.

Franche, oui, c'était le mot. Cela représentait une aubaine véritable pour Rose.

Pourtant, après une semaine à dormir dans « l'atelier » – c'est ainsi que Marthe aimait qualifier la chambre au sous-sol –, Rose crut perdre courage. À son réveil, ses vêtements étaient toujours trempés. Elle n'avait plus rien à se mettre pour travailler : ses jupes, ses camisoles, son châle, les uns après les autres avaient servi à éponger l'eau qui remontait de son matelas, attirée par la faible chaleur que diffusait son corps. Elle avait beau étendre son linge sur les montants du lit, sur les barreaux de l'échelle, il refusait de sécher. Au septième jour, elle ouvrit la trappe qui chapeautait l'escalier de meunier afin d'examiner, dans le faible rayon de lumière tombant du café, l'état de ses biens. Cela ruisselait, sentait le chien mouillé, la paille pourrissante. Plusieurs chemises avaient jauni au contact du grabat, les lainages s'étaient mystérieusement durcis, les bas avaient pris une teinte douteuse, son chapeau était tout déformé. C'est la fin, pensa-t-elle. Je vais mourir ou, du moins, m'efforcer de perdre la vie le plus rapidement possible car il n'existe aucune issue à ma situation. C'était la quatrième fois depuis son départ d'Afrique qu'elle prenait cette ferme résolution. Quoique, à y réfléchir, il s'agissait peut-être de la cinquième occurrence, ou même de la sixième si l'on comptait le moment où elle n'avait plus retrouvé son billet de bateau, et celui où elle avait découvert que pour la catégorie qu'elle avait choisie – le prix semblait pourtant faramineux –, le voyageur ne disposait pas d'une cabine mais devait s'entasser avec la foule dans d'immenses dortoirs sans toilettes. Mourir lui était apparu à plusieurs reprises comme l'unique solution à ses malheurs sans qu'elle trépasse pour autant. « Tu n'en mourras pas », lui disait souvent Zelada pour la convaincre qu'elle était capable de supporter telle épreuve ou d'accomplir telle action. Et c'était vrai. On ne mourait, finalement, de presque rien. Ravigotée par cette constatation, Rose se convainquit que, cette fois encore, une solution alternative se présenterait à elle. Elle n'eut pas à attendre bien longtemps. À peine grelottait-elle depuis dix minutes que Marthe lui lança par la trappe un paquet emballé dans du papier journal et noué d'une ficelle.

« L'uniforme est fourni par la direction, lui dit-elle. Tu as
intérêt à y faire attention. Je t'engage pour de bon, mais gare
à toi si tu me déçois. » Rose défit la rosette, déplia le journal et
trouva de quoi échapper au triste destin qui se dessinait devant
elle quelques instants plus tôt : d'épais bas gris, un jupon
de lin – mais n'était-ce pas plutôt du jute ? –, une chemise
raccommodée plusieurs fois et joliment reprisée aux coudes,
un gilet d'homme rayé noir et blanc et une jupe en flanelle
vert bouteille. Le tout était à sa taille, et le gilet était même
ajusté (s'agissait-il d'un vêtement d'enfant ?). Les serveurs
du Zéphyr en portaient de semblables, mais certainement
pas d'aussi petits. Quelle savante femme que cette Marthe,
capable de prendre les mesures d'un corps sans mètre de cou-
turier et de dégoter des articles aussi singuliers qu'un gilet de
maître d'hôtel pour garçonnet de douze ans. Ainsi vêtue, Rose
avait une assez drôle d'allure, amplifiée à partir de la taille
par les innombrables fronces qui multipliaient le volume de
ses hanches par deux, et diminuée, à l'inverse, au niveau des
côtes, par l'étoffe soyeuse de la jaquette sans manches qui
faisait paraître sa poitrine aussi étroite et plate que celle d'un
enfant. « Et si on te coupait les cheveux ! proposa Marthe en
voyant cette créature nouvelle prendre place dans le décor.
Tourne voir, par là. Oui. Coupons tes cheveux. Veux-tu ?
Ça les rendra simplement folles », ajouta-t-elle en pressant
ses mains autour de la taille menue de la jeune fille, tâtant
son corps de bas en haut et de haut en bas, enthousiasmée
par sa création comme s'il s'était agi d'une chimère ou d'une
sirène, d'un être mythique, inconnu, entièrement fabriqué

par elle. Rose n'avait pas la moindre idée de qui étaient ces personnes qu'elle allait rendre folles, mais elle ne pouvait rien refuser à Marthe. Marthe qui la logeait, la nourrissait et, à présent, l'habillait. Et puis c'était si bon, après tout ce temps, de sentir une main amie sur soi, le contact d'une paume qui englobe, estime, s'attarde et rassure. Une statuette de glaise sous les doigts d'un sculpteur ne se sentirait pas plus choyée, songea Rose.

« A-t-on le temps ? se demanda Marthe en regardant le mur comme si une horloge y avait été accrochée. Je n'ai qu'un rasoir… et des ciseaux à broder.

– Et si quelqu'un entrait ? fit Rose, d'une voix timide.

– On est chez nous ! » répliqua Marthe.

Chez nous, se répéta Rose. Nous, Marthe et moi. J'ai donc trouvé une nouvelle maison. Si vite, du premier coup. Un conte de fées.

Marthe ouvrit une longue boîte en bois rouge dont le couvercle était pourvu d'un miroir sur sa face interne. Au-dedans, un fouillis de pinces, de brosses, de rubans, de fils, d'écussons, de boutons en nacre et en corne, de clous de tapissier, d'épingles. Tout cela tintant, cliquetant, se froissant sous ses longs doigts. Après avoir réuni le matériel nécessaire, Marthe installa son employée sur un haut tabouret face au zinc.

« Tiens, lui dit-elle en plaçant la boîte ouverte entre ses mains. Regarde-toi dans la glace et ne bouge pas la tête, je suis armée. »

Elle ouvrit alors son coupe-chou avec l'arrogance d'une Sévillane qui déploie son éventail. Rose fut déçue de ne pas voir scintiller la lame dans le miroir. Le métal était terne, d'un gris de plomb. Marthe le posa un instant pour défaire le chignon de Rose qui, bien qu'aussi serré que possible (elle ne le défaisait pas pour dormir), avait la taille et l'aspect d'une brioche pour six.

« Bon sang de bonsoir, cette crinière que tu as, s'exclama Marthe après avoir retiré une à une les trois épingles qui suffisaient à comprimer la liane brune. Une Négresse ! Es-tu sûre que ta mère n'a pas tu-vois-ce-que-je-veux-dire avec un gars de là-bas ? C'est pas des cheveux, ça, c'est... »

Et tout en parlant, elle les ébouriffait, les faisait gonfler, les déployait, les déroulait, les pressait, les tirait. Chaque millimètre de peau chahutée depuis les racines s'irriguait de caresses, le crâne de Rose ondoyait et coulait, vibrait et s'alanguissait, la fontanelle ouverte comme une seconde bouche, les tempes écartées, la nuque molle. C'était comme un après-midi de printemps, allongée sur le fond d'une barque, les yeux clos, une brise sur le visage rosi par le premier soleil. Badroulboudour au creux de son lit volant, enlevée par Aladin sous une pluie d'étoiles, parmi les senteurs de jasmin. Une sieste. Un verre d'eau. Un bourdon. Un arôme. Marthe s'empara du rasoir, leva la main droite et entama la masse que l'arceau de sa main gauche ne suffisait pas à retenir. Un bruit douloureux, comme celui d'une scie mal aiguisée sur du bois vert, d'un vieux drap qu'on déchire ou, mieux, d'une botte qui écrase la première neige d'hiver, s'éleva et faillit la faire renoncer. Quelque chose vivait dans cette forêt brune, la crinière était comme un être indépendant. C'était une bête, une ourse maussade. Sa matière résistait sous le fil émoussé, qui glissait et rebondissait, animé lui aussi d'une vie autonome, refusant son office. Quant à Rose, elle divaguait. Dès que l'on touchait ses cheveux, les battements de son cœur ralentissaient, sa mâchoire se desserrait, son corps semblait se dilater et s'élargir. C'était une détente proche de l'endormissement, mais mêlée d'exaltation et d'un sentiment de beauté si fort qu'il vous pulvérisait, vous tuait, vous administrait une bonne mort, onctueuse et ample. Et puis ce bruit si doux et si poignant à la fois, la neige fraîche entamée par une lourde semelle, de ses cheveux taillés, dont elle n'égalisait les pointes que tous les quatre ans et qui descendaient jusqu'à la moitié de ses cuisses sans perdre en boucles ni en ressort. Personne ne lui en avait parlé, pas même Zelada, elle le découvrait à l'instant de les perdre : ses cheveux constituaient un véritable trophée, ses cheveux étaient un trésor. Trop tard. Ils tombaient en lourds écheveaux, silencieusement, épais mais sans poids, jonchant le sol, figurant sur le carrelage une espèce d'insecte géant, un monstre informe et poilu. Une splendeur puis, la seconde d'après, une dépouille immonde. Qu'ai-je perdu ? se dit Rose, encore un peu ivre, mais l'esprit piqué, à travers l'étoffe épaisse de la volupté, par une sorte d'inquiétude qui n'était pas tout à fait de la tristesse, ni complètement du regret, car un espoir y luisait, enfoui, reflet de l'œil qui la scrutait dans l'eau lointaine au fond d'un puits. À mesure que le rasoir les coupait, les mèches, allégées des neuf dixièmes de leur poids, se dressaient autour de la tête de Rose, lui dessinant une auréole, une corolle parcourue par un mouvement spontané de joie.

Nous sommes libres, semblaient crier les boucles rescapées, fleurissons ! Mais Marthe, saisie par l'horreur de son crime – une horreur proche du sublime, ou, en tout cas, d'une certaine grandeur –, les tailla avec une vigueur hantée. Hantée ? se demanda-t-elle, examinant ses mains comme si elle s'était attendue à les voir couvertes de sang. Quel mot étrange et d'où me vient-il ? Elle l'ignorait – et comment l'aurait-elle su car la victime elle-même n'était pas consciente de la nature du mal qu'on lui infligeait ?

Dans la famille de Rose, du côté de sa mère, les femmes gardaient leurs cheveux, y touchaient le moins possible, les transmettaient à leurs filles. Durant plusieurs siècles, une croyance selon laquelle les demoiselles de cette lignée ayant eu le malheur de naître avec les cheveux fins ou raides mouraient dans leurs trois premières années s'était vérifiée. Ainsi la chevelure avait-elle, sans que personne n'en parlât, valeur de talisman. Le silence même qui régnait autour de cette force, comme la morbidité qui découlait de son absence, constituait une des nombreuses règles muettes tournant toujours autour des tabous. Les cheveux, il ne fallait ni les couper ni les mettre en valeur. Il convenait de les conserver, d'en prendre soin. On ne devait pas s'en servir comme d'un ornement. Les méthodes pour en détourner les regards, pour éviter les compliments étaient nombreuses et transmises secrètement, avec la crinière elle-même.

Quand elle en vint aux finitions, Marthe paya d'une nausée sa transgression. Alors qu'elle maniait les ciseaux à broder – qui évoquaient à Rose de multiples becs d'oiselets lui picorant le crâne –, son estomac se serra dans sa poitrine. Elle le sentait à présent, pressé contre le diaphragme, prêt à se déverser. Sa vue se brouillait. Chaque fois que les deux fines lames se rencontraient, un spasme oculaire la contraignait à fermer les paupières, comme si le massacre auquel elle se livrait devait échapper à ses propres yeux.

« Comme je suis changée ! » s'exclama Rose en contemplant son image dans le miroir au tain inégal qui tapissait le couvercle de la boîte.

Sa tête était si petite et ses yeux, sa bouche, son nez si grands. C'était comme si elle se voyait pour la première fois. De grosses larmes qu'elle n'attendait pas jaillirent soudain. Ce n'était pas du chagrin. C'était le choc et puis aussi une pensée insoutenable, un constat qui, pour une raison qu'elle n'aurait su nommer, l'épouvantait.

Dora poussa la porte à cet instant. Elle observa la scène. Marthe ne la salua pas. Immobile, elle respirait à peine. Au bout de quelques secondes, elle se décida à poser les minuscules ciseaux sur le zinc. Le tintement des métaux l'un contre l'autre sortit la jeune fille de sa transe. Elle tourna son visage vers la cliente.

« Quelle beauté », remarqua Dora de sa voix rendue encore plus grave par la solennité.

En entendant ce mot, Rose se remit à pleurer. Personne ne tenta de la consoler. Dora défit le châle qu'elle portait noué autour des épaules et s'agenouilla pour collecter les cheveux de la jeune fille. Ni l'employée ni la patronne ne dirent un mot pour l'empêcher ou même la questionner. Dora ramassa tout, jusqu'à la plus petite bouclette. Puis elle referma son grand foulard, en fit un balluchon qu'elle bascula sur son épaule, aussi léger qu'il était encombrant, et sortit du café sans un mot de plus, comme si elle venait d'accomplir le dernier acte d'une cérémonie dont le sens ne devait en aucun cas être révélé.

Voilà ce qui arrive, songea Rose, engourdie, passant une main timide sur son crâne qui offrait sous la paume le labyrinthe moelleux d'une fourrure d'astrakan. Voilà ce qui arrive, se dit-elle de nouveau, quand on quitte les siens. Jamais elle n'avait senti aussi clairement l'abattement de l'exil. Elle était seule pour la première fois de sa vie, isolée. Plus personne ne la connaissait et elle ne connaissait plus personne. Ce n'était pourtant pas son premier déracinement. Il y avait eu le départ de Sorø, noyé dans ses vagissements de nourrisson – Zelada lui avait raconté qu'elle avait hurlé durant tout le voyage : « Plus d'une semaine à pleurer sans cesse, même dans ton sommeil. Ta mère t'aurait volontiers jetée par la fenêtre du train, par-dessus bord ensuite. Je te gardais contre moi et je chantais. Je savais que cela ne servait à rien. Tu ne te calmerais pas. Cela me servait à moi. C'était ma façon de pleurer avec toi. Et puis quand nous avons débarqué à Grand-Bassam, une femme t'a tendu un trognon d'ananas à sucer. C'était une vieille femme, avec une jolie robe à large col et un chignon très haut, d'où pendaient des chaînettes d'or. Elle ne s'intéressait à personne d'autre qu'à toi. C'était une indigène vêtue à l'occidentale. Sa peau avait la couleur et le lissé d'un grain de café. Elle t'a parlé dans sa langue et t'a donné ce bâton jaune et juteux. Tu as immédiatement arrêté de pleurer. » Ensuite, il y avait eu le retour à Sorø, à cause d'une épidémie de typhus, puis l'installation à Paris, ou plutôt à Saint-Germain-en-Laye, et enfin, le retour en Afrique. Même en quittant son père quelques semaines plus tôt, Rose ne s'était pas sentie coupée de sa famille ; un lien les unissait. Il lui semblait qu'un fil aussi long et fragile, mais aussi fiable que celui d'Ariane, courait dans les airs, sous la terre, et dans le fond des océans ; un fil qui se séparait en trois : la première extrémité dans la main de papa, la deuxième dans celle de Zelada et la troisième au petit doigt ou à l'orteil de maman. Maman n'en voulait pas, elle l'arrachait fréquemment, comme elle le faisait avec ceux, en coton ou en soie, qui s'échappaient parfois de ses dentelles. Elle tirait jusqu'à les briser, ruinant le motif, détruisant les intrications fleuries que Zelada peinait ensuite à reconstituer, patiemment, à l'aide de fuseaux ou d'un crochet, selon le style. Sans le savoir, Rose s'était inspirée de ce modèle et s'obstinait à rembobiner une pelote que, sans relâche, sa mère débobinait. Mais voilà. Voilà ce qui arrive. On pousse une porte et, le lendemain, vos cheveux sont emportés, et avec vos cheveux, c'est tout le passé qui s'en va, votre nom, votre identité. C'est une naissance, et c'est joyeux, comme se doivent d'être les naissances, mais c'est douloureux et triste, comme elles le sont en vérité, la plupart du temps.

Marthe, son ouvrage terminé, déclara qu'elle était fatiguée ; elle était vraiment trop bonne de s'être occupée ainsi d'une employée, d'une inconnue, d'une moins que rien. Elle insulta Rose, lui frappa la main avec un torchon mouillé et alla se recoucher. Pendant plusieurs jours elle eut de la fièvre. Ses paupières, plus violettes que jamais, étaient gonflées, son souffle court et irrégulier. Elle bavait. Rose veillait sur elle, lui rinçait le visage, lui frictionnait la poitrine, les mains, les pieds avec du pétrole, du vinaigre, ce qu'elle dégotait. Elle est victime d'un sortilège, avait conclu la jeune fille, ayant connu plusieurs cas d'envoûtement dans son adolescence et ignorant que la veille, Marthe s'était gavée d'huîtres tièdes au goût fort. Un médecin n'était d'aucun secours. Rose prit en mains le café, servit, desservit, encaissa, nettoya, comme si, de son côté, elle était possédée par l'esprit de Marthe. L'endroit n'avait aucun secret pour elle et personne ne s'inquiétait de l'absence de la patronne. Les habituées s'adressaient à Rose comme si de rien n'était, passé le premier choc que leur causait son étonnante apparence. Des mains s'attardaient sur ses joues, dans son cou, on lui caressait la tête, on lui enserrait la taille. Une rumeur se forma. Au Café Moderne se trouvait un véritable chérubin ! Cherubino, comme dans *Les Noces*. Rue d'Amboise, rue Favart, rue Saint-Marc on entendait des voix avinées chanter à tue-tête *Voi che sapete*.

« Pourquoi ne vient-il que des femmes, ici ? demanda Rose à Marthe lorsque la fièvre fut tombée.

— Passe-moi le miroir, fit la patronne, esquivant la question. Je veux voir mes dartres. »

Rose obéit. Elle observa Marthe qui examinait la peau de son visage, de son cou, de son décolleté. Partout, des petites plaques rondes, rouges et sèches. La jeune fille nota cependant, dans le regard de la convalescente, que celle-ci puisait un grand réconfort dans la contemplation de son reflet. Comme maman, pensa Rose. Maman qui, dès qu'elle avait une crise, exigeait son face-à-main (elle rechignait à dire « miroir » qui portait malheur, et jugeait plus élégante cette appellation empruntée à la lunetterie). Aussitôt, Zelada courait lui chercher l'objet : au dos de la glace, sur un ovale en argent légèrement bombé, étaient gravées trois lettres C, O, K, dont Rose ignorait la signification. Le long du manche, une guirlande de fleurs et de feuilles en métal repoussé serpentait jusqu'au cadre. Maman arrachait le miroir des mains de la nounou et le plaçait face à elle, respirant plus calmement, aussitôt apaisée par ce qu'elle y voyait. Mais qu'y voyait-elle ? s'interrogeait Rose, aussi déconcertée par ce geste que par l'indéchiffrable acronyme. Sans doute autre chose que son propre visage. S'agissait-il d'un miroir magique ? Oui, bien sûr, et c'est pour cette raison qu'il était si précieux et devait rester caché dans la coiffeuse dont la clé pendait au cou de Zelada. Rose rêvait longuement à l'image qui s'y trouvait celée. Dans son esprit, elle faisait défiler des paysages : tantôt une forêt, tantôt une cascade, mais le plus souvent, elle arrêtait son choix sur la vision d'un fjord. C'était lors d'un voyage en Norvège. Ils voguaient, son père, sa mère et elle, à bord d'un cat-boat dont la voile écarlate ouvrait une échancrure violente sur le ciel bleu dur. Kristina et René échangeaient des paroles que Rose ne comprenait pas. La voix de maman était rieuse et douce, pourtant papa fronçait les sourcils et des larmes lui montaient aux yeux. Rose, à demi allongée dans un couffin, babillait, mais s'était soudain tue, consciente d'un danger imminent et innommable. Le bateau filait trop vite. Le froid s'engouffrait sous la fourrure de son col. On allait la jeter dans l'eau glacée.

« Pourquoi ne vient-il que des femmes, ici ? répéta-t-elle.

– Et s'il ne venait que des hommes, répliqua Marthe en se redressant sur ses oreillers, poserais-tu la même question ? »

Rose, n'obtenant pas de réponse, renonça à poursuivre son enquête.

En quelques semaines, le monde s'était à la fois considérablement rétréci et immensément élargi. Le Danemark n'existait plus. Le vieux pays reposait dans la mémoire de Rose comme un jouet au fond d'un coffre que l'on n'ouvre pas, sur lequel on s'assied, qui fait office de banc, de marchepied, que l'on couvre d'un plaid, dont on oublie qu'il est creux et qu'en dedans se cachent des objets autrefois chéris. L'Afrique était le manque ; un continent entier englouti dans une inquiétude fugace : où est passée la lumière ? Qu'a-t-on fait de la vive chaleur, comme une claque sur le front, dès que l'on quitte l'ombre ? Les trois années passées à Abidjan s'étaient bizarrement concentrées en quelques sensations : l'odeur de la toile de tente chauffée, le poids des armes à feu dans la main, la fraîcheur d'une chemise au moment de l'enfiler et, quelques minutes plus tard, le même coton, moite, terni, trempé, l'épaisseur des pétales de fleurs.

Bientôt il faudrait écrire à maman… oui, mais son visage était devenu minuscule, une tête d'épingle au cœur d'une prairie. Papa avait répondu à la première lettre, de sa belle écriture nerveuse et maigre, quelques lignes absurdes, froides, sans âme. Mon Dieu ! Comme il m'aime ! avait pensé Rose, habituée au fonctionnement tortueux de René. Elle se l'imaginait, versant des larmes, une photo de son enfant face à lui, et écrivant :

Ma chère fille,

Votre lettre m'a trouvé en bonne santé, mais fort occupé à diverses affaires avec lesquelles je ne vous ennuierai pas. Je suis satisfait d'apprendre que tout se déroule comme attendu. Prenez soin de vous et pensez à écrire régulièrement. Dans le cas où vous auriez besoin d'argent, merci de me le faire savoir au moins trois semaines à l'avance afin que je puisse prendre mes dispositions.

À l'inverse, la rue d'Amboise avait enflé. Elle était devenue l'univers et ne cessait de s'étendre. Rose ne sortait que rarement du café (balancer un seau d'ordures, rabattre un volet, faire une course de l'autre côté du boulevard), mais elle avait l'impression de dominer un empire, aussi fortement qu'elle était dominée par lui. Toujours il fallait monter, descendre, s'agenouiller, s'accroupir, se relever, soulever, porter, obéir à Marthe, l'admirer, écouter le récit de sa vie, louer son courage, connaître les clientes, savoir quand les appeler par leur prénom, répéter ce prénom autant de fois que possible dans la phrase (Alors Hortense, qu'est-ce qui vous ferait plaisir, Hortense ?), les cajoler, ne pas poser de questions (Comment se fait-il que Marguerite et Yvonne s'embrassent ainsi ? N'ont-elles pas de mari ?), garder le roquet de l'une, les secrets de l'autre, transmettre des messages, compter les verres de blanc, faire des légumes en saumure.

« Et pourquoi ne servirait-on pas du hareng ? demanda Rose un beau matin. C'est bon. Ça se conserve bien. C'est salé. Ça donne soif.

90

– Drôle d'idée. Où tu en trouves, toi, du hareng ? Ça vient de ton pays ? »

Marthe la laissa faire. Une fois par mois, Rose se rendait aux halles, et achetait plusieurs kilos de poissons qu'elle salait, marinait, puis fumait. Les voisins se plaignaient, à cause de l'odeur, à cause de la place qu'occupait dans la cour le fumoir que Rose avait construit de ses propres mains.

Où avait-elle appris ? Chaque jour, ou presque, elle découvrait en elle-même un nouveau savoir-faire, une connaissance ignorée jusqu'au moment où celle-ci lui devenait indispensable. Elle n'était pas toujours capable de retrouver dans ses souvenirs le moment de l'apprentissage. Elle avait la sensation d'avoir vécu son enfance dans un nuage d'ouate, à l'abri de sa propre rêverie qui se dressait comme un écran, ou plutôt fabriquait une cloche opaque et protectrice la séparant du monde et de ses contingences. Que sais-je ? se demandait-elle parfois. Rien, répondait-elle silencieusement. Qu'ai-je compris ? Rien. Pourtant, ses mains, son nez, sa peau possédaient une science dont elle découvrait l'usage à mesure que la nécessité pressait. C'était ce qui s'était passé avec son linge. Quand ses yeux avaient identifié les filaments poudreux de moisissure qui s'étaient développés en quelques jours dans les plis des tissus, ses bras avaient posé sur une flamme vive un grand baquet rempli d'eau et de vinaigre additionné de bicarbonate de sodium dans lequel elle avait tout mis à bouillir, touillant avec une longue spatule en bois. L'effluve acide l'avait aussitôt transportée à Sorø, mais malgré ses efforts de mémoire, dans un premier temps, elle n'était parvenue à identifier aucun des personnages présents dans cette scène. Elle ne voyait que des mains, rouges et fortes, des mains d'homme et elle entendait une voix répéter « Ah, mon juif ! » Qui parlait ? Et de quoi pouvait-il bien s'agir ? Les mains étaient celle d'un homme, mais la voix était féminine. Une voix à la fois exaltée et languissante, sévère et lasse, la voix de Kristina. Et voilà que cela lui revenait, lentement, quelques jours plus tard, alors qu'elle peinait à s'endormir dans un lit pourtant sec – car elle avait réussi, en fourrant son sommier de papier journal et en saupoudrant son matelas de sciure, à assécher le tout, non sans avoir, auparavant, enduit ses murs à la chaux et percé l'ancien soupirail donnant sur la rue –, alors qu'elle peinait donc à s'endormir et qu'elle pensait à son linge étendu dans la cour, propre et frais comme à son arrivée, l'effluve envolé de vinaigre bouillant avait fait revivre la voix de sa mère. « Ah, mon juif ! » disait-elle. Puis une autre bribe suivait : « Jamais aimé comme j'ai aimé mon juif ! » Un juif. Rose se rappelait à présent que, petite, elle avait échafaudé de nombreuses hypothèses autour du sens de ce mot. Sa mère qui n'aimait rien, que tout dégoûtait, avait aimé un juif. Mais que désignait ce substantif ? C'était sans doute un objet, se disait la fillette, quelque chose comme son fameux face-à-main, un article de toilette. Un peigne, peut-être. Un matin, elle avait tenté sa chance et demandé à la bonne : « Passe-moi mon juif, que je refasse ma tresse. » La soubrette n'avait rien répondu, se contentant d'arranger les cheveux de l'enfant, sans toutefois y passer trop de temps car les cheveux dans cette famille… Afin de percer l'énigme, Rose écoutait et réécoutait mentalement le soupir poussé cette unique fois par sa mère : « Jamais aimé comme j'ai aimé mon juif. » L'objet appartenait au passé, c'était certain, car il y avait une véritable charge de nostalgie (un sentiment que Rose parvenait à identifier sans pourtant connaître le terme) dans le souffle qui portait la formule.

Juif. En grandissant, Rose avait appris que ce mot, qui filait à ses oreilles comme les épillets de plantain qu'on fait glisser entre le pouce et l'index pour en déshabiller la tige, désignait une personne. Mais vers cinq ans, elle était convaincue qu'il s'agissait d'un jouet perdu, d'un ours en peluche, d'une toupie, d'un hochet. Rose aurait tant aimé pouvoir se rendre chez le grand marchand de jouets de Copenhague, où son père l'avait emmenée un Noël, pour demander à la vendeuse de lui montrer les nouveaux modèles de juif. Juif, juif, juif se répétait-elle en voyant sur son présentoir mental orné de soie blanche des artefacts variés, allant, selon l'inspiration de l'instant, d'un couteau à manche de nacre, à un col de vison, en passant par des jumelles de théâtre, sans oublier la draisienne à bec de canard, le coffret violoné en marqueterie Boulle dite « à la Reine ». Rien n'était assez beau pour justifier l'engouement de Kristina.

Durant plusieurs années, elle n'y avait plus pensé. Certains mots, comme des acteurs sur une scène de théâtre, occupent tantôt l'avant-scène, tantôt la coulisse. Ils apparaissent puis disparaissent, sont remplacés par d'autres, et, durant un temps, tombent dans l'oubli. Le déménagement en France avait ainsi constitué un nouvel acte dans la vie de Rose, effaçant *lac*, *traîneau*, *galoche*, *pain noir*, *anguille*, *airelle* et d'autres encore. *Juif* faisait partie du lot. Jusqu'au moment où il avait ressurgi.

Saint-Germain-en-Laye, France, 1906

Rose repose, roulée en boule dans le panier de Slavka, le labrador sable de son père. C'est défendu. Ça sent mauvais, c'est plein de poils. Même Zelada le lui interdit. Mais il est indispensable, aujourd'hui, jour de la fête nationale, que Rose se blottisse quelque part. Malgré sa petite taille pour ses dix-sept ans, ses pieds, qui ont toujours été un peu longs, dépassent légèrement. Elle ferme les yeux, s'imagine ailleurs, autrement. La maison de Saint-Germain-en-Laye est froide, trop claire et trop sonore. Partout d'immenses fenêtres, des baies vitrées, des bow-windows, des verrières. On croirait une serre tropicale. Maman se tient sous le lustre à cinquante-six pendeloques de cristal qu'elle a fait fabriquer spécialement pour l'entrée par un artisan verrier de Murano. Il a coûté presque autant que la maison. Rose a entendu son père en faire la remarque lors de l'installation. En journée, les médaillons transparents diffractent les rayons du soleil et déversent une pluie de lumière. Le soir venu, la fée électricité vient enflammer les filaments des vingt-quatre ampoules et c'est un dôme d'or qui naît au centre du vestibule. C'est là que Kristina accueille ses fournisseurs, ses hôtes, ses amis, c'est aussi depuis ce poste qu'elle donne ses ordres pour le fonctionnement de la maisonnée. Elle est comme ces danseuses automates, se dit parfois Rose, qui tournent sur elles-mêmes, lèvent un bras, une jambe, mais dont un des pieds reste planté dans la plateforme qui recouvre le mécanisme. Ce matin, Kristina a pris position avant même le petit déjeuner. Rose l'a aperçue, depuis le haut de l'escalier, en chemise de nuit, son cou charmant, sa nuque gracieuse légèrement dénudée par le lourd tombé de dentelle au col de sa robe de chambre. La jeune fille a admiré l'arrangement des nombreux rubans blancs et bleus sur les épaules de sa mère, aussi perplexe que toujours devant cette perfection : port de tête, fierté du buste, mains fines et à peine dansantes. Elle a vu Kristina avancer lentement le menton, rejeter la tête en arrière et lever les bras vers son lustre adoré. Quelque chose se prépare, s'est dit Rose, et aussitôt son ventre s'est serré, la forçant à se plier en deux pour apaiser la douleur.

Il n'y avait pas d'autre témoin. Elle a assisté seule à l'incantation muette de Kristina, vestale inspirée. Le sentiment de la catastrophe imminente a continué d'envahir son corps. J'ai dix-sept ans, a-t-elle pensé, un an de plus que la Belle au bois dormant quand... sauf que dans son histoire, ce n'est jamais elle la princesse. J'ai dix-sept ans, se dit de nouveau Rose à l'abri des regards, sous l'escalier de service à l'arrière de la cuisine, dans le panier du chien. La veille on avait décoré le parc de centaines de fanions tricolores, des tables avaient été montées, couvertes de lourdes nappes blanches, blocs de banquises qui, aux alentours de neuf heures, dans le jour déclinant, semblaient plus éclatants, plus indestructibles que jamais, alors qu'ils flottaient sur le gazon dont le vert avait déjà viré au marine. Les coupes pour le champagne portant l'inscription AD 1906 avaient été empilées en pyramide dès l'aube sur le damas immaculé. Rose avait assisté à la livraison. Deux cents petites trompettes transparentes, d'une finesse inquiétante, arrivées à dos d'homme elle ne savait d'où, chacune gravée, non pas dans la partie plus épaisse que constitue le disque sur lequel repose le pied, mais dans celle qui semble aussi friable que du sucre filé, à l'endroit où les lèvres se posent, l'endroit où elles déposeront un baiser en l'honneur d'un certain AD. Rose n'a aucun doute sur le fait que ces lettres désignent une personne et encore moins sur l'appartenance de ladite personne au genre masculin. Elle tire sa conviction de la langueur avec laquelle sa mère a collé sa propre bouche aux initiales au moment où le premier verre a été déballé. Le calice était comme chevelu, encore orné des serpentins en fibre de bois qui protégeaient la marchandise pendant le transport. Kristina s'en est emparée, l'a fait tourner sur lui-même, l'a approché de son visage, puis éloigné brusquement pour l'embrasser enfin. Sa langue s'est immiscée entre la nacre de ses dents pour lécher le A et le D. Rose était suffisamment près pour observer les détails. Sa mère ne semblait pas consciente de sa présence. Elle était dans l'un de ses moments, une transe. « Kristina n'est pas folle, disait le docteur Prilépine à René. Elle est infiniment sensible. » Rose entendait, depuis sa chambre, depuis le couloir, depuis la salle d'eau. Cette maison de verre était incroyablement indiscrète. Rose était d'ailleurs certaine que Kristina elle-même surprenait les conversations censément privées que le médecin avait avec son mari.

96

« Je n'ai jamais dit qu'elle était folle, se défendait Maison-neuve.

– Vous ne le dites pas, mais vous le pensez, affirmait le médecin. Vous vous effrayez à la moindre crise. Notez que ce ne sont pas mes mots. Crise est bien au-delà de…

– Ce ne sont pas les miens non plus, bégayait l'époux.

– Toujours est-il que vous me faites appeler dès que… dès qu'elle… mais vous faites bien. Cette chère Kristina a grand besoin d'une épaule contre laquelle s'appuyer et surtout d'une oreille. Être à l'écoute. À l'écoute d'une femme. Ce n'est pas à la portée de tout le monde et, bien souvent, pas à la portée des maris. Vous suivez, j'imagine, les travaux du professeur viennois ?

– Viennois, dites-vous ?

– Peu importe. Kristina est une femme exceptionnelle. Un être à part. Il faut impérativement qu'elle boive du lait. Beaucoup de lait.

– Mais elle ne le digère pas.

– Elle n'est pas censée le digérer, cher ami. Les vertus du lait, comme je le prescris, ne sont pas nutritives, elles sont neuropsychiques.

– Mais elle vomit.

– Et alors, qu'elle vomisse, si ça lui fait du bien. Les femmes aiment vomir, le saviez-vous ? Certaines de mes patientes m'ont même avoué ressentir quelque chose de l'ordre de l'orgasme au moment de rendre… »

Et blablabla… pensait Rose, cessant d'écouter, reconnais-sant trop bien la carte perforée qui nourrissait l'orgue des amoureux éconduits par Kristina, encouragés par Kristina. « Kristina est comme si, elle est comme ça, elle est si patati, elle est si patata. » Et moi, se demandait Rose, comment suis-je ? Et comment saurais-je comment je suis puisque personne ne parle jamais de moi ? Elle se sentait alors disparaître, tel le chef de gare sur un quai alors que le train s'éloigne. Bientôt, pour les voyageurs qui filent vers leur destination, il n'est plus qu'un point.

« Les eaux ! avait fini par conseiller le docteur Prilépine, à court de décoctions. Mais quand je dis "les eaux", je ne parle pas des mornes eaux de source, des puantes eaux soufrées, des brunes eaux tourbeuses. Je parle des eaux vivantes et vivifiantes de l'océan. Qu'en pensez-vous, René ? Vous permettez que je vous appelle René ? »

Le calme semblait s'être installé. Dans la grande maison de Saint-Germain-en-Laye, on parlait du miracle prochain des bains de mer et Rose avait prié, sans grand entrain – car elle craignait les déceptions – pour qu'il s'accomplît.

Elles avaient pris le train pour Deauville.

C'était à la mi-septembre de l'année 1905. Après les orages de l'été, la chaleur restait accrochée aux côtes. On ne pouvait se promener sans ombrelle. Maman, Zelada, Bertille (la camériste, comme aimait à dire Kristina) et Rose étaient logées au Grand Hôtel du Casino. La cure devait durer quinze jours. Rose aurait préféré rester à la maison, préparer sa rentrée, mais sa mère n'avait pas écouté sa requête. Parfois lorsque Rose parlait, Kristina la regardait, l'air concentré, le visage légèrement tourné de trois quarts, comme pour signifier qu'elle lui prêtait « physiquement » l'oreille. Puis, lorsque sa fille avait terminé sa phrase, elle ouvrait légèrement la bouche – à la manière lente d'un poisson –, la refermait et se levait pour quitter la pièce, sans répondre, sans faire le moindre commentaire. Les études de sa fille ne la passionnaient pas. Ce qu'elle aurait aimé, c'est que Rose lui ressemblât. Rien ne pouvait se passer entre elles à cause de l'étonnement et de la déception chaque fois renouvelés qu'éprouvait la mère en regardant sa fille. Cette stupeur sempiternelle gelait leurs relations, comme pour deux étrangers qui ne dépasseraient jamais le stade des présentations. « How do you do ? », à quoi l'autre ne pouvait que répondre « How do you do ? »

Le premier jour de la cure, Kristina avait déboulé dans la chambre de sa fille.

« Prends ton costume, ma chérie. Je ne peux pas y aller seule. C'est au-dessus de mes forces. J'ai si peur. Si terriblement peur.

– Mais Zelada…

– Zelada ne sait pas nager ! »

C'est pourtant elle qui m'a enseigné la natation, avait pensé Rose, sans oser contredire sa mère, envoûtée par l'odeur, le charme, la faiblesse de Kristina. Pauvre maman, pauvre maman, se répétait-elle en réunissant ses affaires aussi vite que possible.

Sur la plage, les cabines ressemblaient à des roulottes, mais aussi à des brouettes, car elles étaient munies de bras. Sans doute pouvait-on, grâce à cela, les déplacer au gré de la marée. Une femme coiffée d'une charlotte et portant un long manteau de drap par-dessus ses culottes les accueillit et demanda leur nom. Elle consulta son registre.

« Immersion totale », déclara-t-elle.

Kristina porta les mains à son visage en s'écriant :

« Je le savais, je le savais. »

Elle allait se mettre à hurler quand un genre d'Hercule à moustache en habit de marin la souleva de terre sans un mot. Rose suivit. Ils se dirigèrent vers une cabine, dont l'arrière se situait sur la grève et dont l'avant était battu par les vagues à l'endroit où elles se brisaient. Kristina ne se débattait pas, elle semblait évanouie, bras et jambes ballants. L'homme à la moustache pénétra dans l'habitacle et claqua la porte derrière lui d'un coup de pied habile. Rose resta dehors, les pieds sur le sable recouvert d'une mince pellicule d'eau. Elle remarqua qu'une forte chaîne accrochée à l'essieu d'une des roues permettait d'amarrer la cabine. Là où elle se tenait, des vaguelettes fraîches venaient lécher ses orteils, alors que là où une porte qu'elle ne pouvait voir s'ouvrait maintenant, à l'avant de la roulotte, des flots plus vifs et sans doute glacés venaient cogner contre le bois. Immersion totale, se répétait la jeune fille en essayant d'imaginer sa mère en noyée, sa mère en Ophélie, ses longs membres délicats flottant dans les eaux vertes, les eaux grises. Rose n'entendait que le ressac, puis les voix s'élevèrent. Celle de l'homme, puissante, mais indistincte. Celle de Kristina, plus menue, mais dont les aigus parvenaient à percer le vacarme.

« Oh ! » disait-elle. Et puis « Ah ? Oh ! Oui ! Oh ! Oh ! Aaaaaah ? »

Quelques minutes plus tard, l'Hercule ressortait par là où il était entré. Kristina toujours dans ses bras, la peau bleue, les lèvres violettes, les cheveux pleins de varech. Elle était morte. Pourtant Rose vit sa paupière droite se soulever légèrement et couler ce qu'elle n'aurait jamais osé appeler une « œillade » à son maître nageur. La jeune fille aperçut aussi un téton dénudé, d'un beau rouge corail qui paraissait exprimer elle n'aurait su dire quoi – enfin, le téton avait l'air bien vivant. Zelada accourut, visiblement contrariée de n'avoir pas été prévenue de cette escapade. Elle portait des peignoirs d'éponge, des châles en cachemire, et une houppelande en mouton doré. Elle arracha le corps de Kristina des bras de l'Hercule, qui, légèrement abasourdi, battit en retraite, puis elle s'affaira autour de sa maîtresse comme autour d'un nourrisson. On eût dit qu'elle la langeait. Elle lui frictionnait la poitrine, les membres. Elle termina en l'emballant de lainages et de la cape en fourrure, puis la souleva de terre pour la ramener dans sa chambre en ne cessant de marmonner des mots que Rose ne parvenait pas à entendre.

Après ça, la jeune fille avait traîné seule sur la plage, ramassant des coquillages, les disposant pour former des figures, des lettres.

« Vous devriez couvrir votre tête, lui dit un garçon de son âge étrangement pâle, les genoux en dedans, les épaules étroites. On ne craint jamais assez l'insolation. »

Elle avait écouté son conseil et s'était couvert le crâne à l'aide de son foulard à fleurettes, en regardant l'étrange jeune homme dont les yeux immenses, tristes et noirs lui avaient semblé deux gouttes de goudron.

La suite de la cure s'était déroulée de la même façon : enlèvement par l'Hercule, évanouissement, cris, pâmoison, surgissement furieux de Zelada, frictions, emballage, retour à la chambre. C'était comme revoir la même pièce de théâtre tous les soirs, s'était dit Rose. Quel intérêt ? Surtout lorsqu'on ne comprend rien à l'intrigue et que les personnages se contentent d'exécuter de grands gestes sans jamais s'expliquer. Elle avait cherché le garçon, pensant que l'heure était peut-être enfin venue, celle de la rencontre, celle de l'aventure, mais il n'avait pas reparu. Elle s'était contentée de rêver leurs conversations. J'aurais dû mieux le regarder, songeait-elle, ne conservant aucun souvenir de son visage, en dehors de sa pâleur et de la noirceur excessive de ses yeux. Dans ses songeries, elle lui parlait de Zelada, comme d'un amour révolu. Elle se trouvait très à son avantage dans ce rôle d'amante déçue. Il ne répondait pas grand-chose, il la regardait et elle se sentait bercée par les ténèbres de ses yeux.

Durant cette quinzaine, elle avait vécu en sauvageonne, ne partageant rien du quotidien des autres femmes, ni les repas ni la toilette. Elle ignorait pourquoi les choses se passaient ainsi. Il y avait un grand mystère et un grand silence, comme souvent autour de Kristina, c'était une aura qui se propageait à son abord, une émanation naturelle de son être. Rose n'y voyait pas d'inconvénient, au contraire, même. Elle découvrait, dans cette vacance sans nom, dans cette quasi-inexistence, une ressource dont elle n'avait jamais soupçonné la présence en elle. C'était un peu effrayant, mais plaisant aussi. À certains moments, elle s'était surprise à penser qu'on allait l'oublier là, sur la plage, que les trois autres rentreraient sans elle. Il n'en fut rien.

Dans le train du retour, Kristina s'était plainte de mille maux auxquels Zelada n'avait pratiquement pas prêté attention. Elle était redevenue la nounou de toujours. La confidente de Rose, son idole, son amie. Maman avait retrouvé sa place ordinaire tandis que la jeune fille et son ange gardien renouaient le fil de leur complicité. Rose n'avait pas cherché à éclaircir cette affaire. Elle s'en savait incapable et, surtout, elle ressentait par avance et comme par instinct le danger qu'il y aurait eu à soulever le couvercle de cette boîte. Depuis les bains, il n'y avait pas eu d'autre crise. Le docteur Prilépine avait triomphé. Il venait à présent prendre le thé les mardis et les jeudis et riait avec Kristina de l'inquiétude qu'elle leur avait causée.

« Et dire que vous avez été ma patiente ! s'étonnait-il en lui caressant la main.

— Votre patiente et votre amie, corrigeait-elle. Votre amie pleine de patience.

— Ne me parlez pas de patience, ma chère tendre.

— C'est pourtant la patience, votre patience, qui a été couronnée. »

Ils continuaient de se quereller, les mains entremêlées, tandis que Bertille versait un earl grey à peine infusé dans les tasses en porcelaine de Chine moins épaisse qu'une gaufrette, tandis que René dépliait son journal, l'ébrouait, le brandissait, le lissait, prêt à tout pour étouffer cette conversation à laquelle il était – magie magnétique – contraint d'assister, tandis que Rose, laissant fondre entre sa langue et son palais un sablé au beurre presque blanc, confectionné par la minuscule Miss Halfpenny, se demandait pourquoi et comment ce mot unique et apparemment innocent, *patience*, faisait l'effet d'un sabre s'abattant sur le crâne de son père, d'un couteau s'enfonçant entre ses côtes, d'une hache lui tranchant la gorge. À chaque fois que Kristina ou son docteur le prononçait, un coup de plus était porté à René.

De novembre à juin, la maisonnée avait vécu une trêve unique dans son histoire, rythmée par les visites du docteur promu au rang d'ami de la famille.

Kristina prenait des cours de chant. Son professeur, un garçon joufflu aux lèvres toujours humides et aux jolis yeux noisette, la félicitait pour sa mémoire parfaite et presque instantanée des airs. Au début de chaque leçon, il lui faisait monter et descendre des gammes, la guidant par des accords plaqués au piano. Kristina, les yeux révulsés, s'exécutait avec un mélange d'application et de désinvolture. La mollesse de son gosier faisait s'extasier le maître de musique. Pourtant, quelque chose n'allait pas. Alors que Kristina se hissait de note en note, avec cette justesse presque mécanique qui était la sienne, un décalage se produisait, créant un chaos rendu imperceptible par la prompte réaction de l'accompagnateur qui s'adaptait à cette claudication vocale. Rose mit plusieurs leçons à comprendre que le *fa* naturel manquait dans la voix de sa mère. Le *mi* était là, le *fa* dièse pareillement, mais le *fa* était blanc. La jeune fille ne se posait pas davantage de questions sur la musique, elle n'assistait à ces séances que dans l'idée de tomber amoureuse ou d'être courtisée. Les occasions n'étaient pas nombreuses pour elle de croiser un homme suffisamment jeune et qui ne fût pas de sa famille. Elle s'astreignait donc à saisir la moindre chance d'un rapprochement, dans l'idée que la chose finirait par arriver. Elle sentirait ses jambes faillir, son palais s'assécher. Elle avait collecté les symptômes au fil de ses lectures. Elle s'observait, mettait la main sur son cœur, le trouvait rarement (était-il retranché dans son dos ?) ; elle n'osait pas toucher sa poitrine, si elle se surprenait à penser au mot sein, elle était prise de vertiges. Le soir venu, elle essayait de rêver à Georges – c'était le nom du professeur. Elle lui confiait un cheval à monter, une lance à manier, le parait de divers costumes, lui faisait parfois prendre un accent anglais ou castillan. Jamais elle ne réussissait à fixer son attention. Elle s'ennuyait tant à cet exercice qu'elle finissait par s'endormir, un majeur sur le plexus (n'ayant pas renoncé à dénicher son cœur), la bouche ouverte et les genoux écartés, comme une petite fille, livrée à un sommeil gourmand qui la dévorait toute.

À la même époque, René entreprit d'inviter des relations. Dans la mesure où le commandant de Maisonneuve pâtissait d'une réputation d'homme peu fiable et prompt aux revirements, il ne parvenait pas à fraterniser avec ses pairs, moins encore avec ses supérieurs. Il était donc contraint de courtiser les moins gradés. Il conviait aussi un avocat, maître Binet, qu'il avait rencontré chez le bottier. Maître Binet avait vécu en Afrique.

On servait du café, du cognac, et des pains navettes au beurre d'anchois.

« Tu es sûre, pour le beurre d'anchois ? s'enquérait timidement René à Kristina. Avec le café, je veux dire. N'attendrait-on pas plutôt... je ne sais pas, moi, des madeleines ?

– Et pourquoi pas des tuiles ? riait Kristina. Depuis quand n'es-tu pas sorti dans le monde ? Les hommes ont soif de sel. Les biscuits, c'est bon pour les demoiselles et les grands-mères. »

René éprouvait un pincement chaque fois que la domestique apportait le plateau en argent garni de sandwiches. Je perds la face, se disait-il. Et l'expression n'était pas trop forte, car les traits de son visage se désorganisaient, tandis qu'il guettait la grimace de surprise ou de dégoût se peignant sur celui de ses hôtes. Ces messieurs venaient rarement une seconde fois. Sauf Binet qui était si vorace qu'il aurait mangé du liège. Binet qui demandait fréquemment des nouvelles de la petite Rose, parce que, disait-il, « Je n'ai pas eu la chance d'avoir de descendance », en vérité parce qu'il s'endormait en rêvant à la façon dont cette enfant si menue pourrait lui... pourrait le... Son tricot érotique était un vrai jacquard. Il se méfiait de Kristina et ne croisait son regard qu'à contrecœur, redoutant sans le formuler la pétrification. C'était un homme d'instinct et peut-être le seul ami que René se fît jamais. Avec lui, le commandant de Maisonneuve se sentait protégé. Kristina a son docteur, se disait-il, moi, j'ai mon avocat. L'unique fois où il avait eu recours à la médecine, c'était douze ans plus tôt. Il n'avait pas voulu consulter un praticien de l'armée et s'était adressé à un civil lors d'un séjour à Sorø. Le docteur Erikson avait une consultation célèbre à Copenhague. On le disait hypnotiseur.

« Alors, commandant, qu'est-ce qui vous amène ?

– C'est ma femme. Nous sommes mariés depuis un an et mon épouse a beaucoup de… de caractère, oui voilà. Elle est très…

– Je vous écoute.

– J'ignore comment sont vos patientes, mais la mienne, enfin, je veux dire ma femme a beaucoup de liberté dans sa façon de… C'est en fait… comment dire ? Que penseriez-vous de quelqu'un qui se nourrirait plusieurs fois par jour ?

– C'est le cas de la plupart des êtres humains.

– Non, je veux dire, dix fois, vingt fois par jour, qui mangerait un sanglier et une heure plus tard une assiette de beignets aux pommes.

– Je dirais que cette personne est gourmande.

– Oui, c'est ça. En somme, ma femme est gourmande.

– Et vous ?

– Moi, je l'étais.

– Auriez-vous été capable de dévorer un sanglier et, une heure après, une assiette de beignets aux pommes et, disons, un entremets au fromage dans la demi-heure suivante.

– Si c'était Kristina, enfin, je veux dire, ma femme qui les avait préparés, oui. Oui, bien sûr, j'aurais tout englouti.

– C'est donc que vous avez changé de cuisinière récemment ?

– Non.

– Votre femme reçoit-elle d'autres clients dans son restaurant, alors ?

– Pas que je sache.

— Avez-vous noté un changement dans sa façon de cuisiner ? Ou une quelconque modification dans...

— Un enfant est né. Une fille. Elle s'appelle Rose. J'avais toujours pensé que j'aurais un garçon. Trois garçons pour être précis. Thomas, Ange et Edgar. J'avais même choisi leurs prénoms. Ils auraient été vigoureux et cuivrés comme leur mère, avec ce teint hâlé propre aux Matthisen. Je crois beaucoup à l'héritage physiologique. Vous aussi, j'imagine. La nucléine, n'est-ce pas ? Nous aurions chassé sur le domaine. Chacun aurait pu intégrer un corps différent. Personnellement je regretterai toujours de n'avoir pas fait carrière dans la cavalerie. La petite est née et c'est étonnant comme elle me ressemble. C'est touchant en un sens. Comme si elle le faisait exprès. Comment l'enfant sélectionne-t-il son physique ? Je suis certain pour ma part que l'embryon effectue un choix. Qu'en pensez-vous ?

— C'est avant-gardiste et je pencherais pour une cure de poireaux.

— Pardon ?

— Poireaux, asperges, branches de céleri. Bananes aussi. »

Le traitement n'avait pas fonctionné. Erikson avait tenté l'hypnose. Dans ses songes, René de Maisonneuve chevauchait des Walkyries, des tribus entières d'Indiennes, des naines de Polynésie, mais le matin venu, il était aussi creux et vermoulu qu'un arbre mort.

La vengeance de Kristina, depuis, s'était incarnée de multiples façons, la dernière en date avait pris la forme des navettes aux anchois.

Quelques semaines avant la fête nationale, les crises avaient repris. Un jour, René avait invité, outre Binet, le capitaine Fervant et le lieutenant Raoul. Kristina avait porté le plateau elle-même afin de goûter, armée de sa nouvelle joie tranquille, la déconfiture de son mari. Les deux officiers lui avaient déplu au premier regard : vilaine peau, goitre naissant, moustache pauvre, quant à Binet, elle ne le voyait plus. Elle avait failli quitter le salon et renoncer au spectacle car déjà gagnée par l'ennui, mais une réflexion l'avait retenue, une phrase qu'avait prononcée Fervant. Ou était-ce Raoul ? Rose qui lisait *Les Aventures du capitaine Melchior autour de la terre* n'avait pas suffisamment prêté l'oreille pour s'en souvenir. Ce qu'elle se rappelait, c'était le mot *juif*, prononcé avec dégoût par un des militaires, et le silence qui avait suivi. Elle avait levé la tête, surpris un échange de regards entre son père et les officiers. Après quoi le tumulte s'était déchaîné au salon. Kristina avait renversé les petits pains sur le sol, les avait piétinés en hurlant, les mains dans ses cheveux, s'était jetée sur les hommes en les giflant à la volée. Zelada s'était précipitée pour la retenir. L'enserrant de ses bras puissants, elle l'avait emmenée hors de la pièce. Binet avait tenté un geste vers « la petite » qui s'était dérobée et enfuie, autant pour échapper à l'avocat qu'à l'effroi de son père.

Prilépine prescrivit des laitages, beaucoup de laitages et un repos total hors du lit, sur la méridienne, pieds soulevés à quarante-cinq degrés par un coussin en duvet pur. Juin passa. Début juillet, le docteur Prilépine nota un mieux.

« C'est sans aucun doute hormonal, dit-il à René. Juin, les grandes marées, l'équinoxe. Très perturbant pour la femme. Très dépendante de la lune, le saviez-vous ? Notre Kristina vit de ces tempêtes, de ces houles. Pardonnez-moi mon indiscrétion mais, au lit ? »

Était-ce une question ? René n'aurait su le dire. Il leva les sourcils. Prilépine poursuivit.

« Il faut la forcer si elle refuse, mon ami. Pudeur, caprice, enfantillage. Ne restez pas planté devant la porte, commandant. Enfoncez les lignes ennemies. Il faut lui remuer les entrailles à cette chère, si chère Kristina. Moui ? »

René aurait rougi si une colère glacée ne l'avait envahi. C'était à cause de ce « moui », puéril, méprisant. Quelles confidences Kristina avait-elle faites à son cher médecin, à son ami si patient ? Que savait-il de leurs nuits, des nuits qui l'une après l'autre se répétaient, identiques, pour n'en former qu'une, lande obscure et désertique, sans un souffle de vie, un sol asséché qui commençait à se craqueler ? Parfois, René aspirait aux lits jumeaux et, les soirs de grande espérance, à deux chambres à part. Alors, une partie de sa souffrance prendrait fin. Mais Kristina refusait. Il n'était pas nécessaire d'en parler pour le savoir. Au moment de changer leur ameublement passé de mode, elle avait choisi un cadre et un sommier plus étroit que le précédent, si bien que les époux n'avaient d'autre choix que de se toucher, à l'épaule, au coude, au genou. Les fakirs ne sont pas moins à l'aise sur leur planche à clous ou leur tapis de braises que moi dans les draps de ma femme, se disait René. Des draps toujours plus serrés, plus amidonnés, un lit comme une camisole. Dans la journée, il n'y pensait guère, ce qui lui donnait l'impression d'être un vampire ou un loup-garou, car, dès que le soleil déclinait, la peur de se retrouver face au mur lisse, à la paroi sans aspérité du ventre parfait de son épouse, se mettait à le tarauder. C'est pourtant une femme comme une autre, tentait-il de se persuader, munie d'orifices en nombre suffisant. Elle avait forcément un nombril. Toutefois, à présent, et depuis si longtemps maintenant, depuis que de ce ventre était sorti son enfant, sa petite jumelle à lui, il ne parvenait plus à voir le corps de sa femme que comme une gigantesque et impeccable plaque de glace.

À l'époque où René avait consulté le docteur Erikson, Kristina et lui vivaient séparés. Seul en Afrique, à l'abri du fort, et parfois même jusque dans le bateau qui le ramenait vers la France à l'occasion d'une permission, le commandant de Maisonneuve vivait l'intégrité de son corps ; la nuit d'un noir si velouté près des tropiques s'offrait à lui sans menaces, sans tractations préalables, accueillante, douillette. Il jouissait en elle sans l'aide de ses mains, ni même du pli d'un drap. Comme ça, nu sur son lit de toile, un sourire aux lèvres. Nombreux parmi ses collègues étaient ceux qui se languissaient de leur femme restée en France ; elles étaient peu à supporter l'exil. Pour Kristina et lui, c'était l'inverse, il avait aimé plus que tout cette merveilleuse période d'éloignement, après que son épouse et sa fille étaient reparties pour Sorø par crainte du typhus. Il s'était imaginé que Kristina éprouverait un soulagement semblable au sien. Il se savait peu et mal aimé. C'était elle, cependant, qui, à force de courriers, de visites à l'état-major, de rendez-vous avec le ministre de la Marine, avait obtenu le rapatriement de son mari. Elle avait su étirer son long cou au bon moment, laisser tomber sa main, paume ouverte un instant sur sa cuisse ; ses paupières s'étaient baissées, jetant une ombre sur le haut de ses pommettes ; à cela, personne ne pouvait résister.

« Quelque chose l'aura contrariée, avait expliqué Zelada à Rose, après la crise du salon.

– C'est une parole qu'a prononcée le capitaine Fervant ou le lieutenant Raoul.

– Comment vous rappelez-vous leur nom ?

– À cause du ridicule. Ce sont des noms ridicules. Les amis de mon père sont toujours particulièrement ridicules.

– Ne vous mêlez pas de ça, mon cœur. Ce sont des histoires politiques. Mais votre maman va mieux. Elle pense organiser une fête pour le 14 Juillet. Vous en a-t-elle parlé ?

– Non », avait murmuré Rose, heurtée par la fausse naïveté de cette question. Sa mère lui parlait-elle de quoi que ce soit ?

Chacun dans la maison, et Zelada mieux encore que les autres, savait la gêne et le désarroi qu'éprouvait la mère face à sa fille. Demande-t-on au râteau son avis sur la photosynthèse ?

La fête se prépare. Kristina, sous le lustre, indique les directions, le rythme. C'est à la fois un chef d'orchestre et un guetteur sémaphorique. René n'est pas sorti de la chambre à coucher. Son café refroidit sur un plateau posé devant la porte close. Slavka vient coller son museau frais sur la joue de Rose. Rends-moi mon panier, demande aimablement la chienne à la jeune fille. Rose s'exécute. Elle se laisse rouler sur le sol. Elle veut être petite et ne rien comprendre, ne rien prévoir. Quand elle était enfant, les catastrophes s'abattaient sur elle sans qu'elle s'y attende et c'était tellement préférable. Elle était noyée d'un coup, terrassée, anéantie. C'était douloureux, mais tellement moins que l'étau de l'anticipation. En grandissant, elle était devenue, sans le vouloir, une experte en météorologie maternelle. Elle savait, à l'odeur que dégageait Kristina, à la façon dont l'un de ses yeux s'inclinait parfois vers sa mâchoire, à son sourire – particulièrement lorsqu'il découvrait ses dents –, à l'agitation de ses mains, au son produit par ses expirations, que l'ouragan se levait. Le lent tourbillon de sa rage entamait son manège plusieurs jours, et parfois même plusieurs semaines, avant que la tempête n'éclate. La matière de l'air, son poids en étaient modifiés, comme si la maîtresse de maison, afin de mieux préparer son déchaînement, aspirait une grande partie de l'oxygène présent dans chaque pièce. On respirait alors une atmosphère raréfiée. Rien ne servait de le savoir, on ne pouvait que se soumettre et espérer survivre.

Une histoire politique, se dit Rose, qui ne peut s'empêcher d'admirer sa mère pour la vigueur de ses principes. Ses convictions sont multiples et secrètes, pourtant tout le monde les connaît. Rose sait que Kristina a pris part, dans sa jeunesse, à des actions contre l'esclavage. Elle a cru entendre dire qu'elle visitait des prisonniers. Elle ignore comment ces informations sont parvenues jusqu'à elle. Jamais, se dit Rose, je ne saurai quel parti prendre, car je suis comme mon père. Dans des moments comme celui-ci, elle aimerait saisir le noyau de doute qui germe en elle et l'arracher de son corps, quitte à s'ouvrir la tête ou le ventre en deux. Elle tente parfois de lire la presse, mais trop de mots demeurent opaques, elle a l'impression qu'on n'y parle pas la même langue que dans les livres et surtout pas la même que dans son esprit. Kristina collectionne les numéros de *La Fronde*, un journal qui évoque pour Rose l'histoire de David et Goliath, une de ses légendes bibliques favorites. Elle s'y est donc plongée, mais, là encore, elle a buté sur des termes comme « suffrage », ou « avortement », dont la signification lui échappe.

Les heures passent et Kristina est de plus en plus calme. Aux alentours de quinze heures, elle a quitté son poste sous le lustre. Elle s'est étendue sur la méridienne, dans l'espèce de galerie qu'elle se plaît à appeler « mon orangerie » à cause des nombreuses fenêtres en arche. Un verre à la main (une des fameuses coupes gravées), elle chantonne. Le verre est vide et envoie de menus éclats lumineux sur le mur. Rose s'approche, mesmérisée par ces papillons virtuels. Kristina la sent venir plus qu'elle ne l'entend.

« Vois-tu, petite, commence-t-elle (mais le mot petite entre ses lèvres est râpeux et épais, comme si elle devait cracher une bûche), certains artisans sont à mes yeux plus adroits et plus méritants que les plus grands artistes. Observe ce travail. N'aie pas peur, viens, regarde. »

Kristina fait tourner la coupe sur elle-même, l'oriente dans la lumière pour mieux faire apparaître l'inscription gravée dans l'épaisseur infime. AD 1906.

« Moins de trente heures pour deux cents coupes. C'est admirable, tu ne trouves pas ? Moins de trente heures, répète-t-elle. Ils n'ont pas dormi. Ils n'ont pas mangé. À peine ont-ils bu. Le premier qui cassera une de ces coupes devra le payer de son sang, ajoute-t-elle d'une voix douce. Une fortune. Tous mes bijoux, ceux dont tu aurais dû hériter, ma pauvre souricette, y sont passés. Tu aurais fait la même chose que moi, j'en suis certaine. À quoi sert l'argent ? Aujourd'hui il aura servi à honorer un homme déshonoré. La chute (elle mime en laissant tomber son bras levé l'instant d'avant au-dessus de sa tête) et le relèvement (elle mime en faisant voler sa main vers le plafond). Comme pour moi, vois-tu ? Je n'ai fait que chuter. On m'a déshonorée. Mais bientôt, très bientôt. »

Elle s'interrompt soudain, comme si elle prenait conscience qu'elle s'adressait à un vase, à un mur.

« Qui est AD ? demande Rose, abasourdie par sa propre audace.

– Alfred Dreyfus », murmure Kristina, avant d'articuler ce prénom et ce nom de nouveau sans émettre le moindre son, goûtant d'autant mieux le contact des syllabes contre son palais, sur sa langue, entre ses lèvres.

Il ne s'agit pas d'un membre de leur famille. Rose ne connaît personne de ce nom. Elle sait, cependant, qu'il est inutile de demander des précisions ; sacrilège serait un terme plus approprié. Il serait sacrilège de questionner sa mère, soudain exaspérée. Rose voit monter chez Kristina le dégoût qui s'empare d'elle chaque fois qu'elle se trouve trop longtemps en présence de sa fille. C'est le genre d'occasion qu'elle ponctue volontiers d'un vomissement. Rose bat en retraite. Dans sa chambre, elle découvre, posée sur le lit, la tenue que Bertille a préparée pour la fête. Est-ce une plaisanterie ? Il s'agit d'un habit complet. Autant dire d'un déguisement, composé d'une robe en voile à taille haute, sur laquelle on a cousu, appliquée en travers, une écharpe tricolore. Le bonnet phrygien, qui achève la tenue, ressemble à un champignon mortel. Je n'irai pas, se dit Rose. Je me coucherai. J'aurai de la fièvre.

Alors qu'elle s'apprête à se mettre au lit, on frappe à sa porte. Une fillette en robe rose se tient sur le seuil. C'est ta cousine, lui dit-on en poussant la gamine dans le dos. Elle s'appelle Eva Jensen. Les yeux baissés, elle respire avec difficulté. Elle s'ennuie. Rose dévisage l'enfant qu'elle n'a aperçue qu'une fois, quelques années plus tôt, à un pique-nique en forêt. Ses parents, Agata et Ole, jeunes, farouches, très amoureux, lui avaient demandé de surveiller le landau dans lequel le grand bébé dormait, avant de s'éclipser. Rose n'avait pas apprécié qu'on exige d'elle ce service ; elle avait douze ans à l'époque, besoin de courir, et aurait préféré jouer à cache-cache avec les parents.

En représailles, elle décide que, cette fois, elle ne s'occupera pas d'Eva. Quelqu'un à punir, c'est exactement ce qu'il lui faut. Avant de lui tourner le dos, alors qu'on a refermé la porte sur elles, Rose saisit le menton d'Eva et la force à lever les yeux.

« Quel âge tu as ?

— Six ans, murmure la fillette, engoncée dans sa robe trop rose.

– Moi, fait Rose, j'ai dix-sept ans. Tu comprends ce que ça signifie ?

– Oui.

– Qu'est-ce que ça signifie, alors ? Dis-le-moi, puisque tu le sais. »

Eva Jensen murmure quelques paroles inaudibles.

« Répète, ordonne Rose. Je n'ai pas entendu.

– Ça veut dire que tu ne joueras pas avec moi. »

Rose est séduite par la clairvoyance de sa cousine. Elle aimerait l'accueillir comme il faut, lui parler, lui fabriquer une poupée, mais au lieu de ça, elle déclare :

« Je te défends de toucher à mes affaires. »

Eva hoche la tête. Elle reste debout sans bouger. Baisse les yeux de nouveau. Attend. On croirait, à la voir, que c'est une habitude chez elle, une réserve, une immobilité qu'elle pratique quotidiennement. Elle fait un effort pour calmer sa respiration, ne produire aucun bruit. Rose est touchée par son obéissance absolue, par le respect que l'enfant paraît lui témoigner. C'est la première fois, se dit-elle, qu'elle ressent quelque chose de pareil. Un instant, elle goûte l'ivresse du pouvoir, songe à verser dans la tyrannie. Ce serait trop facile. Elle y renonce et se met à observer Eva. Sa cousine ne lui ressemble pas. C'est une vraie Matthisen. Le teint de cuivre, le nez fin et droit, les arcades sourcilières paisibles, douces, les yeux clairs. Rose se demande comment on se sent quand on possède pareille beauté. Elle aimerait poser la question à Eva, mais ignore comment la formuler. Se sentant scrutée, la fillette lève les yeux vers Rose malgré elle. Elle rougit beaucoup, aussitôt, comme si elle venait de commettre une faute irréparable. Va-t-on la jeter hors de la chambre ? Va-t-elle devoir retourner dans le grand salon où la musique hurle, où les grandes personnes dansent, lui écrasent les pieds, les mains, quand elle se faufile entre les couples à quatre pattes à la recherche de ses parents ? Elle joint les paumes en silence. Supplie. Aie pitié, jeune fille. Je suis à ta merci, dit son regard. Aie pitié. Ne me renvoie pas à la fumée des cigares, aux rires des messieurs qui ouvrent la bouche comme des loups. Je ne te dérangerai pas. Je resterai là, à t'admirer. Tu es si grande, si belle. Je voudrais être comme toi, plus tard : sérieuse, dure, brune, avec un nez un peu crochu et des joues creuses et blanches. Toi, tu n'es pas comme eux. Tu n'es pas grossière. Tu es silencieuse, tu restes dans ta chambre pendant la fête. Mes parents dansent trop. Ils sont en sueur. Leurs joues sont rouges, leurs cheveux collés. Je n'aime pas le bruit. Je veux rester là. Pitié.

Lentement, Rose se déshabille pour se mettre au lit, sans se soucier d'Eva. Ses jambes et ses bras tremblent, comme attaqués par la grippe. Une fois couchée, elle ferme les yeux et cherche à s'endormir. Elle pense au costume préparé par sa mère, le bonnet, la toge, et se défend d'admirer son humour fantasque. Alors qu'elle rêve déjà, un cri retentit dans sa chambre. Eva hurle son nom. Rose se redresse dans son lit et voit qu'on emporte la fillette. La nuit est noire. L'enfant se débat. Elle demande qu'on la laisse encore un peu, un tout petit peu. « Pas maintenant ! crie-t-elle. Je veux rester avec Rose. » Mais on l'emmène et Rose se rendort, impitoyablement, possédée par un sommeil furieux.

D'autres cris la réveillent quelques heures plus tard. Un fracas. Des meubles qui tombent, du verre qui se brise. Elle ne sort pas de sa chambre. Espère que Zelada viendra. Personne ne toque. La lune se couche. Le ciel vire au gris, se zèbre de rouge. Toujours personne. Silence dans la maison. Quelqu'un est mort, songe-t-elle. Peut-être plusieurs personnes. Une voiture dans le jardin. La voix de Prilépine. Sa mère qui chante. René qui vocifère. Silence de nouveau.

Le lendemain matin, les valises sont prêtes. Rose ne s'est pas rendormie. Elle est demeurée assise dans son lit, les yeux ouverts, assaillie par la faim, la peur, la curiosité. Elle s'est imaginé des scènes de bataille, des meurtres, des duels. Les malles sont rangées dans le vestibule. Ses propres affaires ont été emballées (elle a donc dormi, finalement). On ne lui parle pas. Son père est absent. Elle n'ose questionner personne. Les rideaux ont été retirés des fenêtres et c'est – Rose ne saurait expliquer pourquoi – une vision terrible. Il y a eu dégradation, pense-t-elle, sans trop savoir ce que cela signifie. Les domestiques vont et viennent. On la conduit à une voiture stationnée devant la grille du jardin. Bertille monte avec elle, se ronge les ongles avec minutie. Aux questions de Rose, elle répond en haussant les épaules. Où est mon père ? Où va-t-on ? Où est ma mère ? Et Zelada ? Lorsqu'elles atteignent la gare, Bertille dit à Rose d'attendre. « Quelqu'un va venir vous chercher. » Alors Rose attend. Dans son dos, la camériste parle au cocher. Rose se dit qu'elle comprend mal ; certains mots ont dû lui échapper, c'est sûr. Comment Bertille et ce monsieur qu'elle ne croit pas connaître pourraient-ils échanger des propos aussi détaillés et aussi obscènes sur le corps de sa mère, le corps de Kristina ? Les phrases l'atteignent comme une pluie fine dont elle ne parvient pas à se protéger. « Elle aurait pu être danseuse. Drôlement jolie pour son âge. Choquée par certaines postures. Appelle ça des positions, c'est plus marrant. Rudement souple quand même. Et ses fesses, nom de Dieu, elle a de ces fesses. Même les malabars qui sont venus lui enfiler la jaquette à sangles, ils ont pris le temps de reluquer. Quand je pense que j'ai assisté à un scandale. » Bertille prononce le mot scandale avec une délectation manifeste. C'est le projet d'une vie qui vient de s'accomplir, dirait-on.

Quelques minutes plus tard, un sous-officier suant dans son uniforme trop chaud et trop étroit se présente à Rose.

« Adjudant Émeraude ! s'exclame-t-il, la main au front, saluant la jeune fille comme si c'était un maréchal. J'ai ordre de vous conduire au bateau. »

Au bateau ? s'étonne Rose. Où allons-nous trouver un bateau ? Et qu'irions-nous faire sur l'eau ?

Paris, 1911

Émile tousse de plus en plus fort, songea Rose en se tournant vers le mur pour ne pas le voir, ne pas l'entendre. On croirait un vieux chien. Il lui rappelait le corniaud appartenant au gardien du manoir de Sorø. Haut sur pattes, maigre, le bâtard avait un poil court, sauf sur la gueule où une sorte de crinière grisâtre se hérissait autour de son museau et jusque derrière les oreilles. Il n'aboyait pas. C'était un animal très doux, mais parfois, lorsqu'il voulait exprimer une émotion, une crainte, il ouvrait ses mâchoires et, de sa gorge, jaillissait un son rocailleux et sec. Rose pensait que c'était à cause de sa maigreur ; il était comme évidé, aucune graisse, aucune chair ne pouvait résonner, seuls des os et des tendons vibraient. C'est comme Émile, se dit Rose, il est creux, il est rêche, pourtant il n'est pas vieux. Émile avait huit mois de moins qu'elle. Ils vivaient ensemble depuis vingt-quatre semaines. Dans le péché, comme aurait dit Zelada, et peut-être était-ce la juste appellation, car ils ne s'étaient pas mariés. Comment auraient-ils pu, alors qu'Émile était orphelin et que les parents de Rose habitaient à l'étranger ? C'était une question qu'elle s'était posée à plusieurs reprises, sans jamais parvenir à y répondre car pour qu'il y ait mariage, il fallait qu'il y ait demande et pour qu'il y ait demande... et ainsi de suite. Marthe l'avait prévenue : « Il en a après ton argent. » Quel argent ? avait pensé Rose sans oser répliquer. Les pourboires n'étaient pas si fréquents et c'était chez Émile qu'ils nichaient, car Marthe n'aurait jamais toléré ça. C'étaient ses mots. « Je ne tolérerai pas ça. Un inconnu sous mon toit. Et un homme, en plus. Un profiteur. Un pique-assiette. Tu choisis, ma mignonne. C'est lui ou l'atelier. »

Rose s'était estimée heureuse de ne pas perdre son emploi. Elle n'avait pas su comment demander à sa patronne si le fait qu'elle ne fût plus logée changeait quelque chose à leur arrangement. Il lui arrivait de faire des calculs dans sa tête. C'était comme des roues dentées qui s'emboîtaient en tournant. Au terme de son raisonnement, il lui apparaissait qu'elle travaillait gratuitement pour Marthe. Était-elle son esclave ? Mais les esclaves n'existaient plus. D'ailleurs, dès que Marthe la visitait en pensée, se dressant parmi les engrenages, la logique s'inversait et Rose se sentait infiniment redevable et presque ingrate face à cette femme qui l'avait accueillie et sauvée le jour même de son arrivée à Paris.

« Où l'as-tu rencontré ? lui avait-elle dit après que Rose lui eut annoncé qu'elle irait dimanche après-midi en bord de Marne.

— Aux Halles.

— Il y mendiait sa soupe ?

— Il lisait un livre.

— Un livre ? Aux Halles ? Tout cela n'est pas clair. Tu n'auras pas ton dimanche. »

Rose n'obéirait pas. Elle n'avait pas eu le temps d'expliquer à Marthe qu'Émile était professeur, ou plutôt précepteur. Il enseignait le latin et le grec à des enfants de bonne famille. Lorsqu'elle l'avait rencontré aux Halles, où elle était allée acheter son hareng, il était perdu.

« Si vous lisez en marchant, lui avait-elle dit alors qu'il lui demandait son chemin, ce n'est pas étonnant que vous vous perdiez.

— Vous avez raison ! s'était-il exclamé comme si elle venait de démontrer un théorème. Car je me perds souvent et toujours je lis en marchant. »

Comme il parle bien ! s'était dit Rose en sentant que cela lui plaisait, plus que beaucoup de choses, plus que l'odeur du pain frais, plus que le parfum des pivoines tout juste coupées. Il lui fallait trouver le moyen que cela continue. Que la bouche du garçon s'ouvre de nouveau.

« Vous habitez près d'ici ? lui avait-elle dit (quel coup de génie ! Il faut dire que sa vie, à cet instant, en dépendait, ou presque).

— Comment le savoir, ignorant où je suis ?

— Vous êtes au marché. Aux Halles. Le ventre de Paris. Que mangez-vous ? Qu'aimez-vous manger par-dessus tout ? (Voilà qu'elle en faisait trop : le visage du garçon se tordait d'inquiétude.)

— Manger ? Mais, voyons, je ne sais. Je mange ce que je trouve. »

Était-ce sa voix ? Était-ce son désarroi ? Rose était touchée. Peut-être s'agissait-il du coup de foudre dont on parlait dans certains livres amusants qu'elle dénichait autrefois dans la chambre de Bertille – c'étaient plutôt des brochures que des romans, des feuilles de papier cousues ensemble qui sentaient l'encre fraîche et la crotte et qu'elle lisait en cachette, consciente que Zelada et elle-même désapprouvaient ces lectures vulgaires. Rose avait pris Émile par le bras.

« Restez avec moi, lui avait-elle dit. Et lisez si ça vous chante. Je vous guiderai. Je serai pour vous comme le chien d'un aveugle. Donnez-moi seulement le nom de votre rue. »

Et voilà qu'il toussait dans leur lit. Près d'elle, mais très loin aussi. Leurs corps ne se touchaient jamais. La chambre était pourtant petite. Un couloir pavé de tomettes rouge sang et éclairé par une lucarne fuyarde, avec, pour seuls meubles, un tabouret auquel il manquait un pied, une table qui branlait sur ses jambes comme un poulain nouveau-né et un matelas en crin posé sur une armature de métal. Si on voulait de l'eau, il fallait descendre les sept étages et en puiser dans la cour. Les toilettes se trouvaient au sixième, la clé accrochée à un clou, mais le verrou avait sauté. La cuvette pourtant récemment installée était craquelée et répugnante. Rose préférait utiliser un seau. Elle devait pour cela attendre qu'Émile fût endormi, or, de plus en plus souvent, il ne réussissait pas à fermer l'œil, car dès que sa tête roulait, abandonnée au sommeil, une quinte de toux la soulevait, le dévissait. Inanimé, il était livré aux coups de pied d'un géant invisible qui se serait amusé à le rosser de la taille à la nuque, s'acharnant sur ses omoplates, alors Rose se retenait, craignant qu'il ne la surprenne.

Trois mois plus tôt, ils étaient allés s'asseoir au bord de la

Marne, une gourde d'eau dans la poche, car ni l'un ni l'autre n'avait assez d'argent pour se payer la guinguette. Émile avait lu à Rose des poèmes en latin et en grec. Ils étaient rentrés comme ils étaient venus, à pied. Les ampoules qui s'étaient gonflées d'eau à l'aller avaient éclaté au retour, dessinant de larges yeux rouges aux talons, sous la voûte plantaire, sur la plupart des orteils. Ils avaient passé une partie de la nuit à nettoyer leurs plaies, à appliquer des bandelettes de toile blanche (Rose avait pour cela mis en pièces son meilleur jupon), espérant qu'ils pourraient encore marcher le lendemain, lui pour donner ses leçons, elle pour aller au Café Moderne. Chaque pas, dans le petit matin gris – le soleil avait été mangé par l'après-midi de paresse –, aurait dû leur arracher un hurlement, car c'était comme s'ils s'étaient déplacés sur un tapis de lames, mais ils n'avaient pas bronché, avaient tu leur douleur et s'étaient hâtés vers leurs vies respectives. Nous sommes ensemble maintenant, pensait Rose, car ils s'étaient donné la main en regardant les taches de lumière sur l'eau. Émile avait retiré la sienne très vite et s'était gratté longtemps. « Mon eczéma », avait-il dit.

Comment savoir si c'était à cause de ces démangeaisons qu'ils ne s'effleuraient jamais ? Et si elles n'avaient pas existé, si la peau d'Émile avait été plus tolérante et sa toux moins forte, auraient-ils su comment faire ? Rose, le soir venu, explorait la nuit à la recherche d'une envie de caresses, comme elle en avait lu dans les livres. « Son cou charmant ploya, se récitait-elle silencieusement. Et la passion fougueuse de Lord Ballamore s'empara de ses faibles sens bouleversés. »

Sur le dos de Zelada, en promenade sous les trembles, dans la forêt de Saint-Germain-en-Laye, elle avait appuyé sa joue sur l'épaule dénudée et rebondie de sa nounou qu'elle avait gobée et suçotée. « Arrête, tu me chatouilles », avait dit Zelada, mais Rose n'entendait pas, elle glissait sur la pente de ce plaisir qu'elle n'aurait su nommer et qui était toujours insuffisant. « Je voudrais te manger », avait-elle murmuré, épuisée par le manque, quand la nourrice l'avait posée sur le sol, la toisant d'un œil sévère. Il lui fallait remonter si loin dans ses souvenirs pour se saisir de ce fil. Une envie de caresses, se répétait-elle, ne parvenant pas à cheminer plus loin, comme si cette expression, dont elle ne connaissait pas la source, se tarissait sitôt prononcée. Était-ce ainsi que vivaient les gens mariés ? À deux dans un couloir humide que les souris avaient déserté, faute de miettes, faute de chaleur. Le matin, elle descendait puiser de l'eau dans la cour. Ils buvaient, chacun leur tour, à même la cruche en terre – un bel objet, à l'air ancien, tanné et ébréché qu'Émile avait baptisé « le Pompéi », racontant à Rose l'histoire de cette ville engloutie autrefois par la lave. Comme il était savant, pensait-elle, et comme ces gens avaient dû souffrir. Parfois ils mettaient à tremper dans le fond de la cruche un morceau de pain dur que Rose avait chapardé dans la poubelle de Marthe. « C'est bon ! » disait-elle en mâchant la bouillie froide et inconsistante. Elle songeait aux crêpes à la confiture d'airelles que lui servait Zelada, au verre de lait tiède que celle-ci lui faisait boire au lit, en maintenant sa tête d'une paume glissée sous sa nuque. Était-il possible que ce fût la même vie ? Parfois Rose se disait qu'elle en avait déjà vécu plusieurs. Elle était morte à chaque départ, à chaque séparation. Une première Rose goûtait l'opulence tranquille du manoir de Sorø, une deuxième accroupie dans la terre chaude observait le manège des sauterelles dans l'arrière-cour de l'Hôtel de France à Grand-Bassam, une troisième était assise face à son pupitre à l'école de filles de Saint-Germain-en-Laye, une quatrième chassait le lion aux côtés de son père. Chacune d'entre elles continuait à exister, éternelle. Si seulement j'étais capable de penser, regrettait Rose. Elle aurait aimé pouvoir partager ces réflexions avec Émile. Sans doute connaissait-il un poème où il était question de ces sentiments étranges qu'elle ne pouvait dompter. Dès qu'elle s'essayait à les observer, sans même parler de les analyser, ils se cabraient sous son crâne, mutins et déchaînés, la laissant dans un état d'hébétude qu'elle confondait, de plus en plus souvent, avec son voisin presque homonyme, la bêtise.

Lorsqu'elle remontait la rue des Martyrs, pour regagner le 75 rue Pigalle où elle logeait désormais, Rose pensait « Me voici chez moi », soulagée d'appartenir à ce nouveau clan, sans oser toutefois s'identifier à eux, les martyrs, les saints, les sacrifiés, car elle avait conscience de manquer pour cela de noblesse et de dignité. La vie qu'elle menait avec Émile était dure, ils avaient faim et froid, leurs vêtement ne séchaient jamais tout à fait et ils ne savaient comment soigner leurs engelures, mais parfois, lorsque à la lumière d'une bougie elle écoutait, la tête posée contre le fer glacé du lit, Émile lui lire *Les Métamorphoses*, les flots d'une salive aussi pure qu'un ruisseau de montagne envahissaient sa bouche. Il traduisait à mesure, oubliant parfois un mot latin qui scintillait au cœur du vers comme un éclat d'agate, et Rose, bercée, gardait les lèvres ouvertes, n'osant les refermer ni faire le moindre geste, car elle avait honte de sa joie.

Depuis le dimanche de désertion, Marthe ne lui adressait plus la parole. Elle l'évoquait en sa présence comme si elle n'avait pas été là. Aux clientes, elle lançait :

« Regardez-moi ce tas d'os ! C'est pitié. Je me demande pourquoi je la nourris. Si elle ne fait pas le pavé dans l'heure, je la jette dehors, croyez-moi. »

Alors Rose s'armait du balai, de la serpillière et exécutait l'ordre – celui-ci, ou un autre – qu'on refusait de lui donner. Les pourboires étaient en baisse. Ses cheveux repoussaient, elle avait l'air d'un ânon ingrat. Le gilet de garçonnet bâillait à présent, ne soulignant plus sa poitrine inexistante ; sa jupe pendait sur ses hanches malgré la ceinture de ficelle. Ses dents la faisaient souffrir. Parfois, Dora passait une soirée au Moderne et dans le regard de cette femme, dont Rose ne savait rien, mais qu'elle croyait bonne, cette femme qui était peut-être une sorcière, après tout elle s'était emparée de ses cheveux, la jeune fille se sentait de nouveau vivante, non comme une femme, mais comme une enfant, ou un animal qui pour manquer d'attrait n'en est pas moins attachant, car infiniment vulnérable. L'inquiétude qu'elle lisait dans les yeux de Dora la consolait, sans qu'elle l'identifiât vraiment. Certains soirs, elle venait accompagnée de Louise, une danseuse, plus jeune qu'elle, au visage souriant et poupin. Sous la table leurs chevilles se mêlaient. Louise plaisantait, elle aimait rire et faire rire. Elle collectionnait les grimaces et se défigurait volontiers pour amuser la galerie. Elle posait des devinettes et, lorsque Rose donnait sa langue au chat, Louise hurlait « miaou ! », ce qui ne faisait pas rire Dora.

À son père, Rose continuait d'écrire des lettres pleines d'anecdotes inventées à partir de comédies d'Aristophane. Les lectures du soir étaient ainsi transformées en missives du lendemain. Ses collègues, ses supérieurs, les secrétaires, ses nouveaux amis (tous d'une société exquise) étaient façonnés à partir des personnages du dramaturge grec. Elle les voyait en rêve, commençait à s'attacher à eux. Dans ses courriers, Rose était interprète trilingue à l'ambassade, logée sur place dans un appartement à très légère soupente, en bordure des Invalides ; les jours de soleil, le dôme luisait d'une façon presque aveuglante. Elle était désolée de ne pouvoir fournir d'adresse postale, les courriers se perdaient à cause du déménagement en cours et la poste restante était si sûre, vraiment. Quant aux Raymond-Turfang et aux de Frénailles – les amis auxquels son père lui avait conseillé de rendre visite et dont il lui demandait des nouvelles –, elle n'avait pas encore eu le temps d'aller les voir. Elle avait tenté de passer à l'improviste (*car à Paris, c'est incroyable, on peut prendre ce genre d'initiative – quelle vie libre et agréable !*), mais elle avait trouvé porte close. Le bal de l'armée pour lequel il avait réussi à obtenir des invitations avait été reporté, quel dommage (mais surtout quel mensonge. Elle savait cependant qu'il y avait fort peu de chances que son père le découvrît, les liaisons étant si lentes entre la France et l'Afrique et les malentendus si constants).

Il n'était pas nécessaire qu'il s'embête à faire le voyage pour vérifier son installation. C'était trop fatigant et trop long, inutile de gâcher sa prochaine permission. Non, elle n'avait besoin de rien, à part de savoir que son père était en bonne santé et heureux. Pourquoi n'irait-il pas plutôt chasser le lion ? Le récit qu'il lui en ferait la paierait dix fois de son absence et il lui manquerait moins car elle pourrait repenser à leurs discussions sans fin sous la tente et au jour où elle l'avait étonné en démontant et remontant son arme en moins de temps qu'il ne lui en fallait pour se faire un chignon. Elle lui écrirait des nouvelles de maman dès qu'elle en recevrait. Là encore, il ne fallait pas qu'il s'inquiète. Un long silence de Kristina était plus rassurant que les salves qu'ils avaient parfois subies, une lettre tous les deux jours voire quatre télégrammes dans la même journée (elle n'était pas certaine qu'il fût bon de rappeler à son père ces atroces pelures bleues barbouillées d'insultes qu'ils recevaient comme une grêle en plein visage, effarés, honteux de lire par-dessus l'épaule l'un de l'autre les mots qu'elle leur adressait à chacun. Il était pourtant impossible de les jeter directement au feu. Il leur fallait les ouvrir, et les mots se précipitaient sur eux : traînée infecte, petite pute à bec de lièvre, éternel puceau, gland ramolli, araignée fétide, trouduc puant). Rose ne pouvait s'empêcher d'imaginer la scène : Kristina, voilette grise relevée sur sa capeline indigo, afin de mieux mettre en valeur ses yeux lumineux et mobiles, droite et svelte comme un tanagra, les lèvres rougies par les longs baisers qu'elle avait pris l'habitude d'administrer à ses propres mains – une méthode, selon elle, qui les empêcherait de vieillir –, se présentant au guichet avec un sourire si candide que le préposé, même à la troisième fois, ne pouvait se résoudre à y croire, pour égrener des insanités en danois et en français, épelant chaque terme étranger pour être bien certaine qu'il parviendrait à son destinataire sans la moindre coquille. Quand nous n'avons pas de nouvelles de maman, écrivait Rose, nous pouvons, mon cher papa, estimer qu'il s'agit réellement d'une bonne nouvelle, comme le dit l'expression. Tu sais comme moi qu'au moindre problème de santé, Prilépine t'envoie un compte-rendu détaillé (se souvenait-il du récit picaresque d'une semaine de coliques ? On pouvait en rire, n'est-ce pas ?). Les gens de Sorø nous considèrent encore comme la famille. Je suis l'héritière, après tout.

L'héritière, pensait-elle, le ventre creux, des crevasses aux pouces et aux talons. La veille, une dent qui lui faisait mal depuis plusieurs semaines était tombée toute seule. Elle était noir et jaune, comme celle d'un cheval. Rose avait pleuré sur la laideur de sa dent, sur la rapide et inévitable dégradation de son corps, sur le sang au bon goût de viande qui jutait de sa gencive molle et vide. Elle avait enveloppé son affreux trésor dans un mouchoir de dentelle offert par Zelada pour son douzième anniversaire. Certaines expressions, certains termes lui donnaient une envie de pleurer aussi puissante que la nausée qui précède un vomissement : anniversaire, robe de fête, trousseau de mariage. Elle serrait les mâchoires et refoulait son chagrin en pensant à la chance qu'elle avait de ne pas vivre à Pompéi, de ne pas être morte engloutie par la lave, brûlée et noyée dans le même temps. Elle se demandait parfois ce qu'elle faisait là : pourquoi Paris, pourquoi la misère ? Avait-elle rompu les ponts, comme on disait dans les romans à trois sous ? Elle n'avait pas été chassée de chez elle. Personne ne l'avait déshonorée. Elle aurait dû être envoyée dans un pensionnat en Suisse ou en Angleterre. N'y avait-il pas dans le monde de tels lieux susceptibles d'accueillir les jeunes filles ? Une bonne école d'arts ménagers ? Elle aimait apprendre et n'était pas mauvaise élève. Les autres, celles qu'elle avait fréquentées à l'école des filles de la rue de La Salle, celles qu'elle avait connues au fort, avaient un destin joliment dessiné. Une arabesque plus ou moins tarabiscotée qui aboutissait à un mariage comploté de longue date par les pères entre eux, par les mères entre elles. Pourquoi Rose n'était-elle l'objet d'aucune intrigue ? Pourquoi les amis du commandant n'essayaient-ils pas de circonvenir René de Maisonneuve, comme, à la génération précédente, Pierre de Maisonneuve avait entrepris de convaincre Edward Matthisen, son ancien compère de Fredriksborg, que leurs familles avaient tout intérêt à s'unir ? Rose aurait aimé surprendre des conversations secrètes, voir son destin lui arriver sur les genoux, tel un plateau de petit déjeuner. Comme cela devait être excitant de découvrir la photo de son futur mari dans l'ovale d'un médaillon, de rêver à cet homme inconnu avec lequel on allait passer le restant de ses jours. Comment se faisait-il que personne ne se souciait d'elle, de son avenir, de son bien-être, de sa moralité ? Elle avait écrit à sa mère, dans l'espoir inavouable, mais réel, que celle-ci lui enverrait un peu d'argent. Deux ans auparavant, pour toute réponse à une longue lettre de Rose, Kristina avait envoyé un mandat, une somme suffisamment importante pour commander trois robes chez la couturière et payer une partie du billet pour la France. Aucun mot n'accompagnait l'argent. Rose avait pleuré en recevant les billets, elle aurait voulu expliquer à la personne qui les lui remettait que c'était comme autant de coups de marteau sur sa tête. Mais aujourd'hui, elle songeait au craquant des coupures neuves avec nostalgie. Elle avait décidé de ne pas mentir à Kristina, sachant que sa mère n'irait rien raconter au mari qui l'avait abandonnée, qu'elle avait quitté, qui l'avait renvoyée, qu'elle avait humilié. Rose avait parlé du Café Moderne, de l'Opéra-Comique, des seaux à remplir et à vider, du marché des Halles, de Marthe. En se relisant, elle avait été étonnée par la richesse de sa vie. Tant de choses s'y bousculaient (elle n'avait pourtant pas mentionné Émile). Son style lui procurait beaucoup de plaisir. Il y avait un certain panache dans ses descriptions, une emphase légère qui rythmait agréablement les huit pages recto verso. Elle avait pris modèle sur ses romanciers préférés, ménageant des suspenses, créant des fausses pistes, abusant du point d'exclamation. Kristina n'envoya pas le moindre sou.

Ma fille, écrivit-elle

Mais dois-je encore, puis-je encore t'appeler ainsi ? Alors que tu es le déshonneur de ta lignée. Je n'ignore pas ce qui se passe aux environs de Favart et si tu n'étais pas si laide, je croirais que tu te vends. Dieu nous préserve de cette honte. Je ne désire pas savoir comment tu gagnes le peu qu'il te faut (tu remarqueras que j'utilise tes propres termes : « Le peu qu'il me faut. » Pouah. Ça sent la grisette à des miles). Tu n'imaginais tout de même pas que j'allais mordre à cette histoire de patronne providentielle. Ton goût pour le romanesque bon marché est en lui-même un affront aux Matthisen. Jamais nous n'avons été si communs, jamais si ordinaires. Tu es à Paris. Et voilà ce que tu fais de Paris : un chromo. Je ne peux croire que ton père, cette poule, ce faisan, ce chapon pour mieux dire, t'ait laissé partir. Avoue que tu t'es enfuie et au moins tu gagneras un peu du lustre de l'héroïne de ces romans dont ta lettre interminable et stupide prouve que tu t'es abreuvée jusqu'à l'écœurement (le mien en tout cas). Je te serais reconnaissante, la prochaine fois que tu ressentiras pareil besoin de t'épancher, de bien vouloir m'épargner — la raison pour laquelle je t'ai lue jusqu'au bout demeure un mystère à mes propres yeux, peut-être espérais-je, folle enfant que je suis, que tu te préoccuperais de ma santé, que tu me dirais un de ces mots gentils qui font battre et gonfler le cœur des mamans. Si prochaine fois il y a, donc, tu me feras le plaisir de t'adresser à Mama Trude qui n'a rien d'autre à faire dans son lit que de laisser trembloter des papiers entre ses grosses pattes bouffies. Comme elle est à moitié aveugle, elle n'aura pas, comme je l'ai eu, l'amer déplaisir de constater que sa descendance a irrémédiablement déchu. Ne m'écris plus. Ne viens jamais.

Je ne t'aime pas.

Kristina

Rose ouvrit l'enveloppe dans le hall de la poste. Elle cherchait l'argent. Elle était certaine que la lettre en contenait. Elle avait rêvé cette scène de si nombreuses fois. Elle avait même commandé une chemise pour Émile chez un tailleur dont l'atelier se trouvait deux étages au-dessous de leur chambre. Ses mains étaient agitées de tremblements. Elle prit la lettre qu'elle déplia, secoua l'enveloppe, tourna encore le papier revêtu de l'écriture aux boucles trop larges qui trahissaient l'exubérance de sa mère, et ne put s'empêcher de lire. Elle s'écroula, évanouie. Personne ne s'en émut, ni ne s'en étonna. Les usagers du bureau de poste étaient coutumiers de ce genre de manifestations. Les télégrammes annonçant une mort, une naissance voletaient un instant au-dessus de corps inertes, avant de tomber sur le sol. C'étaient surtout des femmes que la brutalité et la rapidité de l'information terrassaient. Le corps bien droit, panier ou cabas à terre, elles décachetaient l'envoi sans attendre de se retrouver dans la rue (seules les amoureuses avaient la patience – qu'elles aiguisaient afin d'obtenir un plaisir plus grand – de franchir le seuil de l'établissement avant de se plonger dans leur lecture). Leurs silhouettes se détachaient, entourées d'un halo ; les vapeurs de chagrin étaient aussitôt identifiées par les guichetiers. Ils soupiraient et regardaient ces femmes, jeunes ou vieilles, riches ou pauvres, grosses ou maigres, vaciller un instant, semblables à des arbres poussés par l'haleine d'une tempête, avant de s'effondrer. Elles pleuraient rarement au réveil. Elles avaient tendance à s'excuser : pardon pour le désordre, pour les légumes répandus, pardon pour mon fils mort au loin, ma mère écrasée par un train, ma nièce qui a succombé à la rougeole, mon mari qui ne reviendra plus, pardon de tacher la journée. La honte de l'endeuillée était plus poignante que ses larmes.

Rose revint à elle et resta assise un moment, lissa plusieurs fois sur ses genoux sa jupe sale et trouée, froissa dans son poing la lettre, tenta de penser, comme à son habitude, aux pauvres morts de Pompéi, mais n'y parvint pas. Au lieu des corps calcinés, bouche ouverte, bras tendus, elle revoyait son père, confiant la garde de sa fille unique au lieutenant Tarrandier, dont la moustache était trop fine et dont la paupière gauche se fermait lorsqu'il parlait.

« À vos ordres, commandant. Je mènerai l'enfant à bon port, quoi qu'il en coûte. »

Cette paupière, selon Rose, trahissait une intention secrète, un dessein masqué dont elle n'aurait su définir la nature et qu'elle n'aurait, de toute façon, jamais osé révéler à René de Maisonneuve car, depuis toujours, il s'enflammait pour les causes perdues et pariait sur le seul cheval affichant des signes de fourbure.

Le visage de son père, travaillé par l'indécision. Le sourire qui n'arrivait pas à se dessiner sur ses lèvres. Les mains qu'il lui avait tendues :

« Mon enfant, prends garde à toi. Montre-toi digne de… de tes ancêtres. En particulier de la branche qui… enfin, tu sais. Ne nous laissons pas aller à l'émotion. Ta grand-mère… T'ai-je déjà parlé de ta grand-mère ? »

Souvent cette question revenait. Jamais Rose n'avait jugé bon d'y répondre. Mais cette fois, comme pour prolonger l'adieu, donner une dernière chance à son père de lui interdire ce qu'au fond d'elle-même elle savait être un voyage hasardeux, elle avait dit :

« Comment était-elle, ta mère ?

— Ma mère ? Quelle idée ! Je ne l'ai jamais connue, voyons. Tu le sais, biquette. Grand-maman est morte en me mettant au monde. Je parle de ta grand-mère maternelle, la mère de ta mère, Mama Trude. »

Qu'y avait-il à dire, s'était demandé Rose, de cette énorme femme muette, rouge et suante ? Le souvenir qu'elle en gardait était si vague. Quelque part, dans le manoir de Sorø, il y avait un couloir et au bout du couloir, un escalier, et en haut de l'escalier, une porte. Derrière la porte un lit tendu d'étoffe noire, et, posée dessus, Mama Trude qu'il ne fallait pas déranger, mais dont il convenait de baiser les doigts moites. Au-dessus de sa tête une pendule au tic-tac assourdissant. Impossible de croiser le regard du monstre qui paraissait aveugle, l'iris voilé d'une gaze gris plomb, et qui respirait si bruyamment qu'on se serait cru à l'intérieur d'un ventre de baleine. Kristina n'entrait jamais dans cette chambre. Rose en était certaine sans en avoir eu la confirmation. Il y planait un parfum sur de myrtilles pourries. Avant leur départ pour la France, alors que Rose venait lui dire au revoir, dérangée par la duperie que – même à six ans – elle décelait dans cette formule « au revoir », car de revoir il n'y aurait pas : la vieille dame avait un air d'agonie, Mama Trude s'était adressée à elle pour la première fois.

« Approche, musaraigne. Toi qui es fille de musaraigne. Prends une cuillère de miel et laisse-la fondre sous ton palais. Les musaraignes sont de petits animaux très résistants. Elles se faufilent, elles n'ont pas peur des grosses bêtes. »

Mama Trude avait plongé dans le pot qui ne quittait pas son chevet la cuillère qu'elle avait toujours dans la bouche. Rose avait ouvert la sienne, épouvantée, craignant d'être transformée en tas de chairs dégouttantes.

« Bénie sois-tu, fille de mon fils. Descendance tordue, détournée. Bénie sois-tu, musaraigne, fille de la musaraigne. »

Rose avait fermé les yeux. Il aurait fallu prier, mais elle ne se souvenait d'aucun début de prière, d'aucun des mots que Dieu aimait entendre. Le miel n'était pas du poison, s'était-elle dit. Et les paroles d'une folle, même si ce sont ses derniers mots, ne sont pas plus dangereuses que d'autres. « Fille de mon fils, fille de la musaraigne », c'était un délire de vieille dame qui ne s'y retrouvait plus dans ses souvenirs, rien d'autre.

À présent qu'elle se relevait dans le bureau de poste bourdonnant d'activité, Rose pensa que la lettre de Kristina contenait finalement une bonne nouvelle : Mama Trude était encore en vie, seize ans après la cuillère de miel. La mourante avait survécu. Tout était donc possible. La musaraigne se faufile partout, c'était vrai. Rose s'était faufilée quand le lieutenant Tarrandier, alors qu'ils avaient gagné le Sénégal sans encombre, s'était, après une journée particulièrement éprouvante (trop chaude, trop venteuse, pleine de poussière charriée par l'alizé et d'insectes morts), introduit dans sa chambre, la paupière plus tombante que jamais. Elle avait laissé sa valise derrière elle, avant de sauter par la fenêtre, avec son sac en tapisserie renfermant quelques affaires et son précieux billet de bateau serré contre son ventre. Le lieutenant, qui conservait la plus grande partie de l'argent confié à sa fille par le commandant de Maisonneuve, se consolerait sans doute de la fuite de sa proie en dépensant le magot au cabaret. La musaraigne se faufile et se faufilerait encore. Rose était déjà morte tant de fois qu'elle ne craignait plus rien.

Elle quitta la poste insouciante et joyeuse car elle possédait encore, étant si près de l'enfance, ce ressort, aussi puissant que minuscule, qui, profitant de la souplesse des jeunes cœurs, leur fait aisément faire la culbute, jusqu'au jour où rouillé, voilé, il n'y parvient plus.

Ce qu'il lui fallait, ce qui les sauverait, Émile et elle, c'était un projet. Une idée me viendra, pensa Rose en pressant la boule de papier froissée dans sa main. Nous partirons. Nous fuirons Paris. Sur les routes, nous trouverons de quoi manger plus facilement qu'en ville. Nous déterrerons des racines, nous cueillerons des baies – les leçons de botanique dispensées par Zelada lui revenaient, il y avait tant de plantes comestibles dans les champs et les forêts. Rose savait aussi reconnaître les vénéneuses. Ils se débrouilleraient. Ils seraient propres car lavés à l'eau des ruisseaux, nettoyés des souillures de la ville, des odeurs de saindoux rance, de poisson avarié, de déjections refusant de glisser dans l'égout, ils laisseraient derrière eux les punaises et les charançons, ils se fouetteraient la peau, armés de verges de bouleau pour se débarrasser des parasites, des croûtes, de la crasse accumulée. Ils iraient nus, comme deux enfants, comme en Éden (c'était une image, bien sûr). Le printemps les attendait juste derrière Montmartre. De l'autre côté de la colline commençaient déjà les vignes. Rien à craindre des vagabonds, puisqu'ils seraient eux-mêmes des vagabonds. Ils iraient vers le nord et vers l'est. Et pourquoi pas plus loin, à la recherche de Mama Trude ? Ils la tireraient de sa chambre-prison, l'emmèneraient avec eux. Ragaillardis par une vie saine et le grand air, ils pourraient la porter. Ils fabriqueraient une chaise en branches, en brindilles et lierre tissés. Ils vivraient sous sa protection et lui accorderaient la leur. L'argent ne manquerait pas car ils inventeraient un monde nouveau. Ils découvriraient une terre vierge et recommenceraient l'humanité. Rose se sentait la force d'enfanter une tribu. Dès son retour à la maison, elle trouverait un moyen d'approcher Émile. Elle confectionnerait un onguent, se coucherait sous lui et la chose arriverait. Comment s'y prenait-on ? Aucun livre n'en parlait : « Et la passion fougueuse de Lord Ballamore s'empara de ses faibles sens bouleversés », il n'y avait rien à comprendre là-dedans. Les animaux eux-mêmes n'avaient pas besoin d'explications, ils se grimpaient dessus, ça se passait par là, quelque part en bas. Comment Kristina faisait-elle avec Prilépine ? Elle s'asseyait sur le piano, mains agrippées au clavier, la tête sur les cordes, les fesses sur les touches, Prilépine accourait, entravé par son pantalon tire-bouchonné aux chevilles, tel un pingouin enthousiaste, les pans de sa chemise flottant autour de ses cuisses maigres, et se jetait parmi les jupons relevés de maman, la bousculait par saccades, comme si elle lui avait barré la route, que son but avait été de fracasser le piano. Au début, Kristina ne bougeait pas, elle dodelinait simplement de la tête, pinçant parfois une corde en y frottant son chignon hérissé d'épingles, puis, après quelque temps, elle se balançait, produisant les accords

dissonants qu'on entendait d'un bout à l'autre de la maison.
Les premières fois, Rose n'avait pas saisi de quoi il s'agissait
– était-ce un nouveau traitement ? Une cure d'un genre particulier administrée à Kristina par son médecin ? Mais un jour
Zelada avait pris l'espionne la main dans le sac ou, plutôt,
l'œil sur la serrure, et l'avait grondée trop méchamment pour
une faute si bénigne. Rose ne reconnaissait plus sa nounou.
Ébouriffée, rouge de colère, Zelada la houspillait en la traî-
nant par le col : « Jamais tu n'aurais dû. C'est mal, c'est très
mal. Et ta pauvre maman. Indigne. Ce porc de Prilépine. Un
manipulateur. Sale. C'est sale. Une femme si raffinée. Quel
porc. Une honte. Un gâchis. Princesse, c'est une princesse.
Elle mérite tellement mieux. Tu n'aurais pas dû ! Zelada est
fâchée, très fâchée. Tu n'auras pas de flan. » Rose ignorait
pourquoi cette histoire de flan lui avait mis la puce à l'oreille.
Elle avait compris que le mystère crucial de l'humanité était
contenu dans la scène grotesque que jouaient tous les lundis
et tous les jeudis sa mère et le médecin. Depuis ce jour, cependant, elle n'y avait plus repensé.

Au bas de la rue Pigalle, elle sentit une vague de gratitude
l'envahir, non pour Zelada mais pour Kristina, laquelle, bien
que n'ayant jamais fait le moindre effort pour l'éduquer, lui
avait montré le principal. Il manquait, certes, un élément
important qui, par son absence, empêchait la compréhension :
Kristina n'avait pas eu d'autre enfant après Rose, alors qu'elle
avait accompli le geste. Peut-être en avait-elle mis au monde
plusieurs sans qu'on le sache. Ils avaient fini, comme les petits
de Missy, la chatte de Sorø, noyés dans un sac de jute lesté de

cailloux, coulant à pic au fond du lac. Tant de petits frères et de petites sœurs réduits en mignons osselets blancs, échoués sur la grève. Chaque fois que Rose allait s'y promener, elle collectait ces menus fragments poreux, bien plus légers que des galets, plus tendres que du verre poli, mats, ne produisant presque aucun son quand on les entrechoquait. Elle en avait fait des bracelets, des colliers. Il n'était pas difficile d'y passer une aiguillée, car de minuscules trous constellaient les surfaces apparemment lisses, se rejoignant d'un côté à l'autre par des canaux intérieurs, ceux-là mêmes qui, autrefois, abritaient les nerfs et les vaisseaux sanguins. Mes frères et mes sœurs, ma famille lacustre.

Quelle idiote je suis, pensa-t-elle aussitôt. Effarée par son ignorance, par l'ampleur des gouffres qui creusaient son esprit et qu'elle emplissait, presque sans s'en rendre compte, de tout un fatras puéril, un torchis d'historiettes glanées elle ne savait où. De la même manière que je ne sais pas faire d'enfants, ma mère savait comment ne pas en faire. Peut-être était-ce seulement une question d'amour. Un mot fort, que l'on ne pouvait remplacer par aucun autre, solennel, lourd. Sans doute constituait-il l'ingrédient majeur de la potion, à la façon du venin de serpent ou de la bave de crapaud dans le chaudron des sorcières. On devait y mettre de l'amour. Ainsi l'alternative se développait-elle : pour faire des enfants, il faut accomplir le geste et s'aimer. Pour ne pas en avoir, il suffit de l'accomplir sans amour. Pourtant la plupart des couples que côtoyait Rose, et en particulier ceux pourvus de nombreux enfants, paraissaient se haïr. C'était donc l'inverse : pour faire des enfants, il était nécessaire d'accomplir le geste sans s'aimer du tout. Oui, c'était logique, cela fonctionnait. Sourires et douceur entre maman et son médecin, point de descendance. Entre sa mère et son père, tout le contraire : regards détournés, moqueries, hurlements, indifférence. Ainsi l'avaient-ils conçue, elle, Rose, leur fille, l'enfant de la détestation. Tout s'éclairait.

Restait à savoir si elle éprouvait de l'amour pour Émile. Ce qui était certain, c'est qu'elle était loin, très loin de le haïr. Comment faire ? Demeureraient-ils stériles ? Il leur faudrait d'abord se marier, car les enfants nés du péché étaient des bâtards, et certains, disait-on, avaient deux têtes et les pieds montés à l'envers. Émile et elle étaient si jeunes et si inno-cents, sans conseils et livrés à eux-mêmes, mais Rose sentait grandir en elle une détermination nouvelle. Elle voyait l'ave-nir se déplier devant ses yeux et il avait l'allure d'une large voie rectiligne, semblable aux Grands Boulevards et jalonnée d'étapes claires et simples à réaliser. Ils commenceraient par se marier. Émile était-il protestant ? Et moi-même, que suis-je ? se demanda Rose en essayant de ne pas s'affoler face à cette nouvelle énigme. Car maman était protestante, mais papa catholique. À Sorø nous allions au temple, alors qu'en Afrique nous allions à l'église, mais si peu. Papa n'aimait guère le père Trifoud qui passait ses journées sur les routes à prêcher, rêvant d'une Afrique neuve, éclairée par la lumière du bon regard de Notre-Seigneur Jésus-Christ. « À quoi bon évangéliser les sauvages ? s'indignait René de Maisonneuve. Il n'y a aucune chance que nous vivions un jour les uns avec les autres. Ils ont leurs croyances et leurs manières de faire. Ils ne pensent pas, n'ont pas l'usage de la réflexion. Les faire venir à l'église serait une erreur et sans doute, à terme, une menace. À quoi bon jouer la comédie du partage ? Nous avons autant en commun avec eux qu'avec les bêtes. » Rose se rappelait particulièrement bien les diatribes de son père contre les agissements du prêtre, car elles constituaient les rares occasions où son jugement ne paraissait pas flancher. La jeune fille avait pourtant tenté de le contredire en lui opposant une question fraîchement tirée du cours d'histoire sur la Révolution et les Lumières qu'il lui administrait chaque soir à l'heure de s'endormir :

« Mais ne m'as-tu pas appris que tous les hommes naissent et demeurent libres et égaux en droits ? avait-elle susurré.

– Parfaitement, avait-il répondu. C'est merveilleux de voir comme tu te nourris des grands principes. Si tu étais née garçon, on aurait pu faire de toi un avocat, un ministre. Mais bon, peu importe, on fera quand même quelque chose de cette mignonne cervelle. Pour ce qui est des indigènes, mon enfant, il convient surtout de ne pas tout mélanger. Car le premier critère que l'on doit appliquer concerne la définition même du mot *homme* : individu doué du libre arbitre, animal pensant. As-tu déjà vu un indigène penser ? »

Rose s'était demandé si elle avait déjà vu quiconque penser. Quel pouvait bien être le témoin de cette activité muette et immobile ? Mais elle n'avait pas répondu et laissé son père poursuivre. « L'abolition de l'esclavage est une bien belle idée, mais elle n'est pas réellement applicable. Bonaparte l'avait compris. Regarde autour de toi, ma fille. Ne vois-tu pas que nos gens de couleur ont besoin qu'on les guide ? Leurs petits vont nus et croquent des bestioles que nous avons appris à chasser de nos maisons. Il y a une grande différence entre les principes et la vie réelle. Je ne tiens pas à avoir des esclaves, mais j'imagine mal partager ma table avec un indigène, enfin ! Cela tombe sous le sens. L'homme blanc est supérieur. Car l'homme blanc est un homme. Ce qui n'est pas le cas du Noir, qui appartient à une autre catégorie du vivant. De là viennent toutes les confusions et toutes les difficultés, comprends-tu ? Dans un placard bien rangé, tu trouveras tes affaires facilement. Il en va de même pour la philosophie. Toujours commencer par établir des catégories, qui sont comme les tiroirs d'une commode. Disons pour simplifier, car je ne voudrais surtout pas t'échauffer les méninges, que dans le tiroir du haut, il y a les Blancs, et dans le tiroir du bas, les Noirs. Vois-tu comment, formulé ainsi, le problème se résout de lui-même ? » Rose avait acquiescé distraitement. Elle ne parvenait pas à suivre le raisonnement imagé de son père. Noir, Blanc, elle s'était égarée, songeant à des paires de bas. Des bas noirs et des bas blancs, roulés dans une commode, attendant de couvrir les jambes de jeunes danseuses.

Quelque temps avant le départ précipité pour l'Afrique, alors que Kristina semblait, pour la première fois depuis de longues années, jouir de ce que Prilépine appelait avec fierté (comme s'il en avait été le seul responsable) une paix réelle de l'âme, la mère avait emmené la fille en visite. « Nous irons dans son atelier », lui avait-elle glissé à l'oreille en montant dans le cab. Rose ignorait de qui parlait sa mère. Assises l'une à côté de l'autre, elles s'étaient tues durant le trajet. Tous les efforts de Kristina étaient tendus vers un but unique : faire en sorte que les cahots des pavés ne forcent pas son corps et celui de sa fille à se rencontrer. Elle était pourtant heureuse à l'idée de la prendre avec elle, de la faire participer, même si c'était un grand mot, à l'une de ses activités favorites. Un instant, elle s'était surprise à penser « Si seulement je l'aimais ! » et cet accès de générosité l'avait bouleversée. Quelle âme elle avait, et quel cœur ! Qui s'en apercevrait ? Qui lui rendrait justice ?

Kristina n'avait rien à craindre des mouvements de la voiture car Rose se cramponnait à la portière, sachant parfaitement et depuis toujours, comme elle savait que le ciel était immatériel et la terre rassemblée en une masse solide sous ses pieds, qu'il ne fallait à aucun prix effleurer maman sans y avoir été invitée. « Nous sommes déjà venues ici, te souviens-tu ? avait-elle fini par dire à la jeune fille, alors que l'hippomobile remontait la rue Saint-Lazare. Tu reconnaîtras peut-être la tour. Un monsieur à moustache y faisait de la photo. »

Une femme au visage rond orné de grosses lunettes les avait accueillies à la grille. Monsieur Edgar les attendait. Rose avait regardé la maison, haute et étroite comme un château, flanquée de sa fameuse tour. L'atelier sentait la térébenthine, le camphre, le lys et le vieux monsieur. L'artiste était assis dans un fauteuil, barbe blanche et cheveux mi-longs, tête rejetée en arrière du cou, comme faisant face à un vent violent. Kristina avait tourné sur elle-même en pénétrant dans la pièce, valsant en quelque sorte son entrée, déposant sur les bras de Zoé, la gouvernante à lunettes, son châle et son chapeau d'un même geste. « Ah, mon ami, avait-elle dit au vieil homme muet, comme cela fait longtemps. Trop longtemps. Mais que pourrais-je vous offrir à présent que votre œil... Oh, votre œil, comme nous nous aimions, lui et moi. Comme nous nous rencontrions joliment dans le noir de votre chambre. » Puis, s'adressant à sa fille : « Je parle de photographie avec monsieur Edgar, tu te souviens de monsieur Edgar ? Nous étions venues le voir dès notre arrivée à Paris. Les photos. Tu te rappelles ? Tu m'avais crue morte. Je ne bougeais plus et tu m'avais crue morte. Comment aurais-je pu t'expliquer les temps de pose ? Tu avais gâché le cliché. Vilaine fille. Madame Halévy t'avait consolée. Je ne t'avais pourtant pas battue. Je ne l'ai jamais battue, savez-vous, Edgar ? Elle est si frêle. Tenez, j'ai pensé que vous la montrer en bas blancs, puis avec les bas noirs roulés comme il faut vous redonnerait un peu de gaieté. »

D'un geste de la tête, elle avait indiqué à Zoé la marche à suivre. Sans doute s'étaient-elles accordées à l'avance car la gouvernante avait aussitôt fondu sur le sac posé aux pieds de Kristina pour en tirer des paires de bas en coton très fin. Elle avait ensuite placé Rose sur une caisse en bois, l'aidant à y grimper avant de retrousser sa jupe pour lui enfiler les bas. Du bout de l'index, elle lui faisait plier un genou, arquer les reins, tendre le pied. Rose était comme un mannequin articulé, souple, docile, sans volonté. Une fois la pose trouvée et les bas en place, Kristina s'était approchée du vieil homme, l'avait pris dans ses bras pour l'encourager à se lever et, le guidant, comme s'il avait été aveugle, l'avait fait avancer en direction du piédestal. Rose, sauvée de la terreur par la curiosité, voyait ce couple étrange venir vers elle au rythme des paroles apaisantes de sa mère, dont l'artiste la remerciait en grognant, visiblement agacé par la sollicitude, par le dérangement, par la fraîche odeur de ces femmes venues du dehors. Une fois tout près de Rose, Kristina avait saisi la main de monsieur Edgar pour lui faire tâter le mollet, la cheville, le pied, remonter vers le genou et l'intérieur de la cuisse. Rose ne parvenait pas à décider s'il s'agissait de gestes inconvenants. Elle se tenait parfaitement immobile, les yeux fixés sur la volute d'un pilier de l'escalier qui menait à la mezzanine. Les doigts du vieux monsieur glissaient avec ennui sur les mailles, tandis que son souffle ralentissait. Quelle tristesse il y a en lui, avait pensé Rose. La peau des phalanges était trop lisse, les sillons propres à tracer les empreintes semblaient effacés. On lui a brûlé les mains, s'était dit la jeune fille, ou peut-être a-t-il enfilé des gants, convaincu par le dégoût que j'inspire à ma mère. Tout en maintenant sa hanche ouverte à l'angle indiqué par Zoé, et l'en-dehors, du genou au bout du pied, qu'elle copiait sur une série de statuettes d'enfants grandeur nature vêtues de tutus véritables en tulle jaune, raide et cassant, Rose sentait une béatitude se diffuser en elle, l'ivresse de celle qui n'a jamais été ivre, un abandon féroce qui exigeait elle ne savait trop quoi ; elle ressentait une sorte de soif qu'aucune eau n'aurait pu étancher, et elle avait le sentiment de s'ouvrir irrémédiablement, de se diluer et de se perdre, pour finir par disparaître dans un écartèlement indolore et splendide. « Ah, la coquine ! s'était écriée Kristina en éloignant la main du maître. Voyez comme elle se pâme. Graine de prostituée que cette enfant. Si je n'y mets pas bon ordre, vous la retrouverez bientôt dans d'autres jupons, sous le toit d'une maison que vous appréciez particulièrement. » Prostituée ? s'était interrogée Rose. Quelle sonorité enchanteresse. Un carillon véritable qui désignait une fleur des plus rares, sans doute. Graine de prostituée. Oui, avait-elle pensé, laissant un sourire de reconnaissance lui monter aux lèvres.

« Ah ! vous voilà, s'exclama Maryvonne, la gardienne du 75. La police est en haut. J'ai prévenu l'agent quand j'ai entendu le bruit. Un vacarme infernal. Comment une si petite carcasse peut-elle faire un chambard pareil ? »

Rose, sur le seuil de l'immeuble, mit un instant à sortir de sa rêverie. De quoi lui parlait-on ? La police ? Marthe s'était-elle plainte des larcins répétés ? Allait-on en prison pour quelques quignons de pain sec ?

« Nous avions si faim, geignit Rose en jetant un regard implorant à Maryvonne.

— Ce n'est pas la faim qui l'a tué, gamine, si tu veux mon avis. À voir comment il a toussé, et ce sang partout. Il y en a même sur les murs. Faudra me nettoyer ça. On croirait qu'il s'est battu avec un ours. Le lit est renversé. La table en miettes. Il lui restait encore assez de force pour tout me fracasser. »

De qui parlait-elle ? Comment un ours avait-il pu entrer dans la maison ? Rose se demandait s'il s'agissait d'une plaisanterie. C'était la première fois que la gardienne lui adressait la parole. Elle avait toujours semblé l'ignorer, détournant les yeux, feignant de ne pas entendre les saluts qu'elle lui adressait poliment. Les soirs où Rose rentrait tard, elle avait beau sonner la cloche, la gardienne ne daignait pas lui ouvrir. Les premières fois, elle avait insisté et puis finalement elle s'était résignée à ne pas exister. Il lui fallait patienter, debout sous le porche. Émile finissait par descendre, inquiet de ne pas la voir arriver. Les yeux cernés, les joues plus creuses que jamais sous la lumière de la lune, il la grondait un peu, mais les réprimandes étaient vite noyées dans une quinte de toux. Rose ne se défendait pas. « Pourquoi n'as-tu pas sonné ? » lui demandait-il. « J'ai sonné », lui répondait-elle. Il ne l'écoutait pas, secouait la tête, frissonnait, remontait le col de sa veste et ne lui parlait plus jusqu'au matin. Parfois, alors qu'elle attendait, adossée à la porte cochère, des hommes s'approchaient, lui glissaient quelques mots dont elle ne parvenait pas à déchiffrer le sens. La plupart du temps elle était si étonnée par la pestilence de leur haleine qu'elle en restait pétrifiée, incapable de répliquer, de les chasser. Certains allaient jusqu'à lui toucher le bras ou la hanche ; ne rencontrant que l'os, ils renonçaient à leur projet, car coucher avec ça, c'était comme enlacer la mort elle-même. Des femmes, se tenant par le bras, amusées, soûles à la sortie du Hanneton, lui tâtaient le menton, se moquaient d'elle, lui pinçaient le nez. L'une d'elles avait, un soir, posé ses lèvres sur celles de Rose qui s'était interrogée, consternée, émue : « Est-ce là mon premier baiser ? » Elle avait porté la main à sa bouche, puis redessiné du bout de l'index son arc de cupidon ; et ce fut comme lorsque, enfant, le nez plongé dans une rose, elle en inspirait le parfum si subtil qu'il paraissait s'évanouir à peine échappé du cœur de la fleur. Des baisers, elle ne savait rien que ce qu'on en lisait dans les contes, *La Belle au bois dormant, L'Ange, La Reine des neiges.* Toujours, dans les histoires, on le mêlait à la mort, il vous ressuscitait, vous ouvrait les portes du paradis, ou vous glaçait le cœur à jamais.

« Reste pas là à gober les mouches, lui dit la gardienne. Monte chercher tes affaires et file. C'était sa chambre à lui. Toi, tu n'as plus rien à faire là. »

Rose grimpa les sept étages, ahurie, sentant à chaque marche ses forces refluer en elle. Les jambes molles, elle se cramponnait à la rampe, fredonnant une chanson de son enfance, *Ride ride ranke*, pour masquer les voix des agents. Arrivée à la porte, elle vit Émile, étendu sur le sol, les yeux grands ouverts, la bouche pleine de sang, les mains agrippées à son torse étroit, comme s'il essayait de se protéger du froid. Elle se pencha sur lui. Il vivait encore. Il était pâle et torturé, mais il était toujours ainsi. Les policiers, ne le connaissant pas, s'étaient mépris. « Émile ? appela-t-elle d'une voix que personne n'entendit. Émile, ne fais pas le bête.

— Embarquez le macchabée ! dit un des agents. Avec la chaleur qui monte, ça pourrit en un rien de temps.

— Toi, la bonniche, lança un autre en s'adressant à Rose. Mets un peu d'ordre là-dedans. Histoire que Maryvonne trouve un autre locataire au sous-préfet.

— Je ne suis pas la bonne », objecta Rose.

Mais sa voix ne produisit aucun son. Son souffle glissait sur les cordes vocales sans parvenir à les faire vibrer.

Les agents parlaient entre eux une langue qui, bien que française, demeurait impénétrable pour elle.

« Le gamin avait du bien. Ma femme travaille à la préfecture, elle était au courant. C'est un fils de. Même pas un fils naturel, figure-toi. Quelle misère tout de même. Tout ça pour pas faire son armée. Mort comme un lâche. Ça me console de savoir que sa vieille va payer les pompes funèbres. Manquerait plus qu'on enterre ces tire-au-flanc aux frais de la princesse.

— Un noble qui meurt comme un rat, moi j'aime bien. C'est le juste retour des choses. C'est 1789 en moderne.

— Qu'est-ce que ça pue là-dedans et regarde ça, sur le fil à linge à la fenêtre. Des culottes de dame. Tu crois pas qu'y se travestissait en plus. Un tocard et un inverti, tiens. »

En prononçant ces paroles, l'un des trois agents donna un coup de pied dans l'épaule d'Émile. Un autre s'empara d'une des chemises de Rose, qu'elle avait soigneusement pliée sur l'appui de la fenêtre, et se mit en tête de l'enfiler au cadavre. Les autres riaient. Le plus timide répétait : « Oh, quand même ! Quand même ! »

Mais le sourire ébahi qu'il affichait traduisait mieux que ses paroles son goût pour le spectacle. Les bras d'Émile furent levés au-dessus de sa tête, son tricot lui fut arraché, sa poitrine parut, les côtes saillantes, le sternum creux, le ventre évidé. Sa tête cogna contre le sol tandis qu'on le rhabillait. Son visage semblait immense, son crâne énorme, plus lourd que le reste de son corps. Les agents poussèrent la farce jusqu'à lui retirer son pantalon afin de lui passer la seule culotte à bordure de dentelle que Rose conservait encore. Les mains sur le visage, elle hurlait silencieusement, ne sachant comment empêcher la profanation. Le plus gaillard des trois invita Émile à danser. Les deux autres redressèrent le garçon et le firent s'agi-

ter comme un pantin entre les bras du policier qui chantait
« Viens, poupoule » à tue-tête. Une glaire sanglante jaillit de
la bouche d'Émile au moment où son partenaire le bascula
vers lui.

« Porc d'inverti ! cria le gendarme.

– Il est vivant ! dit Rose, retrouvant soudain sa voix.
Lâchez-le. Je vous en supplie. Je le soignerai. »

Elle ne fut pas entendue. Les trois hommes, dégrisés, ramas-
sèrent le corps retombé à terre.

« La charrette est en bas, hurla Maryvonne depuis l'escalier.
Ça bouche la rue. Descendez le macchab ! »

Ils l'emmenèrent, sanglant, émacié dans sa chemise de
femme, comme une jeune mère morte en couches.

Rose, restée seule, ramassa quelques affaires, les mains trem-
blantes, le souffle coupé. Il lui était devenu impossible de
s'emplir les poumons. Elle étouffait. Comment Émile pouvait-
il être mort ? Il lui avait récité un si joli poème le matin même,
et sans tousser une fois. Il y était question d'un voyage, de
rubans, de la mer et d'un sabot de chèvre. Elle était partie travailler le cœur léger et avait profité de la sieste de Marthe pour
filer à la poste. Pourquoi était-elle repassée par la chambre ?
Elle n'en savait rien. Ses pas pleins d'espoir l'y avaient portée.
Elle s'était dirigée comme en rêve vers une vie nouvelle et voilà
que la mort l'avait accueillie. Marthe s'était sans doute réveillée
entre-temps. Elle la chercherait, la maudirait, la renverrait.
Ainsi venait-elle de perdre son mari, sa chambre et son emploi
en quelques heures. Elle s'approcha de la fenêtre et regarda
vers le bas. Pourquoi ne pas sauter dans la charrette ? Elle se

fondrait au bleu du ciel, comme la fille aux allumettes s'était mêlée au sourire radieux de sa grand-mère venue la visiter à la faveur de la flamme. Elle serait emportée loin de la douleur et du chagrin. Elle planerait dans l'éther, main dans la main avec les statues de Pompéi, un corps immune, privé de cette vie si dangereuse, proie de toutes les adversités. Plus rien ne pourrait l'atteindre.

Les policiers balancèrent le cadavre en chemise blanche tachée de sang dans la sciure de la charrette. Comme Émile était petit, vu d'en haut. Comme il avait l'air reposé. Comme il lui ressemblait. Mais était-ce vraiment lui ? N'était-elle pas en train de se regarder elle-même, poupée de chiffon emmenée par un cheval dont l'énorme croupe blanche piquetée de points gris ressemblait à la lune, une lune déchue, échouée en plein jour, rue Pigalle ? Elle sentit quelque chose craquer à l'arrière de son crâne, un ressort, un mécanisme qui, soudain, cédait. Elle crut sentir un souffle s'échapper de sa nuque, un filet d'âme aussi doux et recueilli que le « bonne nuit » qu'enfant, gagnée par le sommeil, elle adressait à Zelada, avec la solennité et la quiétude particulière qui accompagnent les dernières paroles d'un mourant.

Derrière un rideau épais en velours noir, 1912

« Non, plus tard. Je vais lire un peu. Un ami me rejoindra. Vous le conduirez ici. Il n'a pas de moustaches, tient son lorgnon de la main gauche et porte une fiole verte en médaillon. Vous êtes nouveau ?

— ...

— Vous ne parlez pas notre langue ? Comprenez-vous ce que je vous dis ? Un ami viendra. Un ami. Vous savez ce que c'est ? Vous comprenez ? Je sens que vous comprenez. Vos yeux parlent notre langue. Vous êtes bien joli. Je vous ai vu préparer la pipe de Konrad. Lisette des Clignons le chatouille comme un bébé léopard. Vous n'êtes pas annamite. Vos yeux ne sont pas bridés. Vous ne vous inclinez pas lorsque vous vous adressez à un étranger. Vous avez le teint rose. Et pourtant, quand je vous ai vu préparer la pipe de Konrad, j'aurais juré que vous l'étiez. Aucun Occidental n'a cette maîtrise du geste. J'ai essayé déjà. Mais cette fichue goutte est capricieuse comme un amant gâté. Elle poisse, ou coule, ou bien elle cuit. Comment avez-vous appris ?

— ...

— Mais je vois que vous ne désirez pas parler. Vous écoutez à merveille, cependant, pour un muet. Lisez-vous sur les lèvres ? Vos yeux ne quittent pas les miens. Je peux donc répondre moi-même par la négative à cette question indiscrète. C'est une manie que j'ai, l'indiscrétion. Vos yeux, savez-vous, pourraient me faire mourir d'amour. Ils sont si bien ouverts, si fixes et pourtant absents. Je me reflète dans votre iris sombre. N'est-ce pas amusant ? Je suis tout petit, là, entre vos paupières. J'entre dans votre crâne. Il y fait bon et frais. On a toute la place que l'on veut, car il n'y a pas de cervelle dedans. Vous êtes simple. Et jamais vous n'acquiescez. Voilà ce que j'appelle de la discrétion. Ainsi votre interlocuteur ne s'épuise-t-il pas a rechercher votre approbation. Vous semblez rassasié et lointain. Est-ce une sagesse infinie que je lis en vous, ou une détresse sans limites ? Vos yeux me regardent et pourtant, ils paraissent voir beaucoup plus loin, fixés sur un horizon dont je n'ai pas idée. Vous n'êtes pas pressé, n'est-ce pas ? Comme c'est rare et comme c'est agréable. Cela me donne l'impression, mais ne craignez rien, je sais me modérer comme vous le découvrirez tout à l'heure, que vous resterez près de moi tout le temps que je parlerai. Comme dans l'histoire de Shéhérazade. Avec une issue différente, bien entendu. Tant qu'elle parle, on ne la tue pas. Tant que je parle, vous m'écoutez. Tant que je parle, je ne meurs pas. Je pourrais vous louer rien que pour cela, mais peut-être est-ce le cas, peut-être que monsieur Wong facture chacun de vos battements de cils. Si je m'arrête de parler, je meurs, voyez-vous, et personne n'a la patience, la constance, le cœur.

« Vous vous tenez accroupi sans effort. N'avez-vous pas les pieds qui fourmillent ? Enfant, je demeurais ainsi des heures, dans le jardin de la maison. J'observais les bestioles. On croit l'herbe déserte, mais elle grouille en vérité. Aujourd'hui, je ne sais pourquoi, si je plie les genoux, je tombe à la renverse. Mes talons se décollent du sol, comme si mes muscles étaient devenus trop courts. Je ne suis pourtant pas vieux. Pas vieux, non, mais usé. Écœuré par les trahisons, les soupçons. Je sais qu'à vous, je peux faire confiance, car vous n'attendez rien de moi. Vous n'attendez rien de personne. À force, c'est comme si vous n'étiez plus tout à fait humain. Vous persistez comme une branche persiste au bout d'une autre branche. Votre existence ne dépend pas de la satisfaction. Vous êtes sans appétit et, en cela, vous possédez une qualité quasi végétale. N'en prenez pas ombrage. Je ne veux pas dire que vous végétez. Votre constance est celle d'une nourrice. Le lait dont vous m'abreuvez est un nectar d'oubli. Vous ignorez qui je suis. Vous ne connaissez rien de mes abjections. À vos côtés, je me sens innocent. Votre ingénuité me contamine. Une vierge n'est pas plus pure. Car la vierge espère et craint la défloration. Vous n'en connaissez pas l'existence. Votre destin échappe à cette discrimination. Pour vous il n'y a pas d'avant et pas d'après. Vous êtes l'instant. L'éternité de l'instant. Puis-je vous dire un poème ?

    – …

    – Ah ? Vous détournez les yeux. Qu'y a-t-il ? Vous ai-je blessé ? Glissez donc une natte roulée sous mes pieds, voulez-vous ? Je sens que le malaise me guette. Vos mains, cher enfant, sont si petites. Elles semblent si douces. Vous n'accepterez pas, je le crains, de poser vos doigts sur mon front. J'ai dit quelque chose qui vous a froissé. Mais voilà que vous me regardez à nouveau. Votre iris, cependant, paraît altéré. Il tremble dans le lac bleuté de votre sclérotique. Préparez donc une pipe. Quand mon ami viendra, j'y collerai ma bouche. Je penserai à vous et ce sera l'unique et chaste baiser que je vous donnerai. »

Rose s'agenouilla, s'empara de la seringue qu'elle plongea dans le tube, puis s'allongea après avoir disposé le tronçon de bambou entre le visiteur et elle. Le foyer de jade se mit à chauffer au-dessus de la lampe. La goutte se forma. Rose récita pour elle-même, en silence et comme un décompte, les vers d'un poème dont elle ne connaissait pas l'auteur : *Je voulais fuir Éros, mais cet horrible enfant / Réussit, dans les braises, à faire naître l'ardent / Maigrelet, c'est un fait, il parvint toutefois / À trouver mon repaire et s'invita chez moi* (c'était le moment, à mi-chemin, de tâter la lentille d'opium pour la pétrir un peu et la remettre à chauffer une deuxième fois – ce qu'elle fit avant de poursuivre sa déclamation muette) / *Pour jeter en mon cœur le feu que l'annulaire / Fit jaillir par sa main pour dévorer ma chair / Un incendie terrible, piqué au bout d'un doigt / Plus vif qu'un flambeau, a eu raison de moi.* Les mots ne signifiaient rien. Ils remontaient à la surface de son cerveau comme des bulles, pour éclater sur sa langue. Ils n'avaient aucun sens. Brisés en syllabes sans liens. Des sons abîmés, répétés machinalement, rendus pâteux par le silence et l'absence de pratique vocale. Des sons imaginés, comme le geste qu'effectuerait un membre amputé. Même approximation, même maladresse. Nostalgie de la chose vraie. La bouche de

Rose avait perdu sa faculté d'articulation. Elle n'était plus qu'un engin à mâchonner et à déglutir. Les résidus de chandoo lui collaient au palais, remplaçaient l'eau, la nourriture, la parole. Il n'y avait plus que ces petites boules élastiques qu'elle promenait sous ses dents friables. Des dents qui n'en étaient plus vraiment. Tout comme son ventre, changé en caverne, en âtre brûlant jour et nuit. À la fin du service, monsieur Wong venait lui-même la nourrir. Il lui donnait, à la main, du riz gluant en petites pyramides formées entre trois de ses doigts. Le bouillon qu'elle buvait allongée, à bout de forces, pénétrait dans ses narines, dans ses oreilles. Les plis de son cou poissaient toujours un peu. Son patron lui parlait sévèrement. Dans quelle langue s'exprimait-il ? Elle l'ignorait. Elle sentait pourtant qu'il n'était pas mécontent. Il l'exhortait à vivre. Il avait besoin d'elle. Elle était son plus fiable employé. Elle ne demandait rien. Était habile. Ne souillait pas les nattes de sang menstruel. Il savait qu'elle était femme, mais l'avait toujours considérée comme un garçon. Il l'avait ramassée dans la rue. L'avait lavée, puis tondue. Il l'avait soignée.

Les cauchemars et les visions générés par l'opium avaient peu à peu pris la place des souvenirs et du chagrin réels. Comme des cartes à jouer que l'on aurait retournées une à une, les tarots multiples et menaçants avaient été remplacés par leurs dos identiques aux motifs répétés d'araignées, de poissons éventrés, de chancres en tous genres. Émile n'était pas mort. Rose n'avait pas dormi dans la rue. Elle ne s'était pas nourrie d'ordures. N'avait pas été attaquée par une bande qui lui avait flanqué des coups de botte dans la poitrine et au visage.

N'avait pas rampé sous le regard d'autres humains indifférents pour trouver un refuge. Rien de tout cela n'était arrivé. Au lieu de chacune de ces vignettes se dessinait à présent, dans l'esprit de la jeune fille, une immense toile d'araignée. Perchée sur les fils trônait la maîtresse arachnide, mandibules claquantes, entourée de ses petits qu'elle dévorait puis recrachait. S'y prélassaient aussi des cafards prisonniers, des yeux de rats. Si Émile, par la magie de la mémoire renaissante, mourait de nouveau, il suffisait de gober un débris de chandoo, et le visage de l'époux se changeait en perle de sang sur une patte crochue et couverte de poils, en thorax suppurant de bombyx, en abdomen de phasme. Un monde avait remplacé l'autre. Rose n'aurait su dire depuis combien de temps elle n'avait pas vu la lumière du jour. Elle ne se rappelait plus le contact du soleil sur la peau, la façon qu'avait la chaleur sèche des rayons de vous envelopper comme un cataplasme de miel. Elle ne souhaitait pas se souvenir de l'aveuglement au sortir de la tente, quand, croyant surgir dans l'aube pour découvrir les traces d'un lion, son père et elle étaient pris de vitesse par le soleil déjà levé, d'un orange aussi vif que celui du fruit. Quelle beauté c'était, pourtant. Mais il ne fallait pas. Elle ne pouvait pas. Rose devait se réduire, rétrécir, occuper le moins d'espace physique et mental possible. Elle se concentrait sur son propre nombril, épaules voûtées, genoux pliés, espérant une disparition spontanée. À son arrivée dans la fumerie, elle chassait ses hallucinations en agitant les mains devant son visage. À présent, c'étaient les souvenirs dont elle tentait de se dépêtrer, avec de petits gestes de ses doigts joints, semblables à des nageoires, des gestes nerveux, des tics qu'elle n'abandonnait que pour la minutieuse préparation des pipes. Si elle cessait un instant de lutter contre eux, elle craignait l'envahissement, le vertige ; elle imaginait les lettres de son père entassées à la poste. Que faisait-on du courrier que personne n'était venu chercher ? Le renvoyait-on à l'expéditeur ? Le brûlait-on ? Était-ce par lâcheté qu'elle n'avait pas écrit ? C'était par pauvreté surtout. Et aussi parce qu'elle ne se reconnaissait plus. Elle avait été expulsée d'elle-même par la douleur. Son esprit, séparé de son corps, le voyait s'avilir, s'éreinter sans rien y pouvoir. Sa volonté n'avait plus prise sur son être. Elle était devenue la faim, elle était devenue la soif, les démangeaisons, le froid. Aujourd'hui elle était l'opium.

« Voilà mon ami. Il arrive. Il est accompagné, le sagouin. Installez-le comme il convient. La fille, vous m'en débarrassez. Pour quelle raison monsieur Wong les laisse-t-il entrer ? N'est-il pas incommodé par l'odeur ? C'est pourtant un homme raffiné, savez-vous ? Un excellent musicien. L'odeur des femmes, un fléau. Iode, mousse, fruit mûr, laitance de morue. Cela ne le dérange pas, on dirait. Mais sans doute cache-t-il son jeu. Comme pour le reste. Et vous-même, mon cher enfant ? Vous qui sentez le bois sec, l'ambre et le caillou de rivière, en bon adolescent que vous êtes, qu'en pensez-vous ? Je ne m'attends à aucune réponse, étant donné qu'à part l'abricot de votre maman, vous n'avez pas dû sentir grand-chose. Mais regardez-la, cette grincheuse, toute en bec. Des dents à ne plus savoir qu'en faire. Quand elle vous sourit, on croirait qu'elle va vous croquer. Lâchez cette seringue, voulez-vous, mon petit cœur d'amadou. Allez à leur rencontre. Envoyez-moi Freddy, l'homme à la fiole verte, et raccompagnez la gouge au portillon. Vous nous laisserez parler un peu, Freddy et moi. J'ouvrirai le rideau dès que j'aurai besoin de vous. »

Rose s'avança, de cette démarche légèrement zigzagante qui était devenue la sienne au fil des mois dans la fumerie. Elle avait toujours l'air d'éviter un obstacle, mais c'était, en vérité, autour d'elle-même qu'elle passait, s'efforçant de contourner sa petite carcasse, un effort supplémentaire pour disparaître. Les tomettes déchaussées sous ses chaussons de feutre la faisaient parfois trébucher, jamais, cependant, elle ne se rattrapait aux poutres peintes ornées de masques, ni aux montants chantournés des lits, pas plus qu'aux chambranles successifs des portes sans battant qui séparaient les différentes alcôves. Elle perdait l'équilibre et le retrouvait juste avant la chute, mimant une danse improvisée qui attira l'œil de la femme pendue au bras de Freddy.

« Vois un peu ce faune. On croirait Nijinski.

— Que sais-tu des faunes, Louise ? Tes pauvres pieds paquets ne fouleront jamais le même sol.

— Et toi, que sais-tu de mes pieds ? Ils sont plus agiles que tes mains. Mais ça n'est pas difficile. »

Freddy et Louise chuchotaient, comme c'était la coutume dans cet établissement dédié au repos des esprits et des corps. Rose, craignant de déranger un concile d'amoureux, s'arrêta à quelques pas d'eux et, ne sachant que faire, n'osant exécuter l'ordre qu'on lui avait donné, se mit à tourner lentement sur elle-même. C'était une des autres ivresses qu'elle avait pris l'habitude de pratiquer quand sa propre présence, pourtant infime, lui pesait trop. La voyant faire, Louise s'écarta de Freddy pour profiter du spectacle et se mit, car une danseuse résiste rarement à l'appel d'une chorégraphie, fût-elle impromptue ou douteuse, à encercler le jeune derviche, bras ouverts, à pas lents, rythmés par les bruits de succion et d'exhalaison qui composaient une symphonie clapotée par l'ébullition des pipes. Sentant le regard curieux et encourageant que l'inconnue posait sur elle, Rose s'immobilisa, vacillante. Malgré le tournis, elle reconnaissait ce visage qui, surgi du passé, la reconnaissait aussi. Les deux femmes échangèrent leurs âmes, les mêlèrent, effluve de jasmin contre effluve de rose, dans une étreinte parfaite.

« Marmousette ? » interrogea Louise.

Murmure plus bas que les chuchotements précédents.

Rose leva le menton, prête à acquiescer, à se rendre, mais son corps fut plus rapide que sa conscience et vint s'effondrer, éperdu de gratitude, dans les bras que Louise lui tendait.

« Mon bébé. Mon bébé. Mon tout petit bébé, chantonna Louise, soulevant l'enfant du sol, plus légère qu'une poupée. Viens, viens. Nous partons. Je t'emmène. Ce n'est pas un bon endroit, ici. »

La danseuse au visage poupin, au sourire carnassier, celle qui naguère accompagnait Dora et criait « miaou » chaque fois que la serveuse du Café Moderne donnait sa langue au chat, quitta Freddy sans une parole, portant dans ses bras vigoureux son trésor, sa trouvaille.

Rue Favart, Paris, 1912

L'appartement, mais on l'appelait le Nid, possédait un vaste salon au premier étage, pourvu de trois fenêtres qui donnaient sur la cour. Au deuxième, une chambrette, à laquelle on accédait par un escalier en colimaçon, ouvrait sur la rue. Les murs étaient tendus, en bas comme en haut, d'une tapisserie à larges motifs cachemire. Des rideaux au crochet vibraient au gré des brises. Le pourtour de la grande pièce était équipé d'une barre pour l'exercice. Au plafond, en plein centre, fixée à l'anneau prévu pour le lustre, pendait une corde à deux nœuds de l'épaisseur d'un poignet de fillette. Pour tout meuble, un guéridon nappé d'un velours bleu cyan, deux chaises de jardin en fonte, une méridienne tendue de chintz doré et un banc de ferme.

« Nous ne cuisinons pas, sais-tu ? avait expliqué Louise à Rose, lorsqu'elle lui avait montré les lieux. C'est un gain de place dans une maison et un gain de place encore plus important dans les vêtements… Tu ne comprends pas ? Regarde, je suis presque aussi maigre que toi. Des légumes, des fruits, du pain. Nous n'avons pas de vaisselle. Nous mangeons avec les doigts. Jamais sur le guéridon. Il n'est là que pour le thé que nous infusons à froid et que nous dégustons à même le

RUE FAVART, PARIS, 1912

pichet. À l'heure où nous avons faim, n'importe quelle heure, en fait, nous étendons un drap sur le sol. Tous les jours, c'est pique-nique. Et les jours de gloire, c'est champagne. Tu aimes le champagne, ma mignonne ? »

Rose ne pouvait répondre. Ses dents claquaient si fort qu'elle devait serrer les mâchoires en étau pour éviter qu'elles ne se brisent.

« Mais regarde, par ici, derrière le paravent, nous avons des cabinets dernier cri, un bidet et une douche. Tu sais ce que c'est ? Tu en as déjà vu ? C'est par là que l'eau coule et ensuite elle remplit la baignoire. Veux-tu prendre un bain ? J'imagine que tu n'en as jamais pris. C'est bon, un bon bain. Ça ramollit et ça ravigote en même temps. Veux-tu que je te déshabille, mon bébé ? »

Les heures passaient avec une lenteur pesante. C'était, pensait Rose, comme un python qui digère une gazelle. Mais qui était le serpent, et qui l'antilopiné ? Le serpent, c'est le temps, songeait Rose. La bête à cornes, c'est la vie. Mais peut-être était-ce l'inverse. Les mains sur son ventre en feu, les genoux repliés contre sa poitrine, tantôt gelée, tantôt suante de fièvre, elle examinait les motifs sur le mur, à mi-chemin entre des larves et des plumes. Des larves d'oiseau ? Puis elle pensait « larmes d'oiseau » et se mettait à pleurer.

« Où est Dora ? demandait-elle.

– Ah, Dora n'est pas rentrée. Elle n'est pas très contente. »

Ou :

« Dora ? Oui, oui, elle est passée, mais tu dormais. »

Ou encore :

165

« Elle est partie en tournée hier. Elle aurait voulu te dire au revoir, mais le train, enfin, tu vois. »

Rose ne l'avait aperçue qu'à son arrivée, au moment où Louise et elle avaient franchi le seuil du Nid comme deux jeunes mariés. Combien Louise avait-elle de mains pour pouvoir à la fois porter la jeune fille, tirer la clé de son sac, ouvrir la porte et la refermer derrière elle ? Dora était à la barre, en tenue (culotte large, caraco, lainages troués noués autour des hanches et des chevilles), un pied au sol, dans un en-dehors géométriquement parfait, orteils à 45° de l'iliaque, un autre sur la barre, cambrure extrême qui change le métatarse en arc puissant, prêt à décocher les cent une flèches courtes des battus et des sissones, avant que ne soit tirée la lance mortelle du grand jeté.

« C'est bien », avait dit Dora, soulevant son pied de la barre, l'élevant au-dessus et plus haut encore – sa jambe comme un sceptre qu'elle aurait tendu vers le ciel, la laissant ainsi, tenue on ne savait par quoi, dessinant une ligne droite dans la continuité de sa jambe de terre. « Cela devait sans doute arriver, avait-elle poursuivi. N'est-ce pas ce que l'on dit dans les vilains romans ? L'épouse n'avait plus grand-chose à donner. Son corps n'émouvait plus. Car pour émouvoir, il faut se mouvoir. Dieu, que j'ai mal », avait-elle soupiré en laissant lentement redescendre sa jambe avec la régularité et l'assurance d'une aiguille d'horloge lorsqu'on actionne le remontoir.

Elle avait amorcé une pirouette et l'avait interrompue brutalement, se jetant sur le sol pour s'y répandre comme une algue, une méduse.

« Je vais boire, avait-elle dit en rampant sur le sol. De l'alcool, avait-elle ajouté. Beaucoup d'alcool. »

C'était un spectacle qu'elle leur donnait. Tout y était joué,
gradué. Elle mimait un animal, puis se changeait en lierre,
en clématite, redevenait félin, puis murène. Elle commandait
chaque tendon, chaque muscle, chaque osselet. Rose, habituée
aux hallucinations, était rassurée par cette danse de bienvenue,
cette danse d'adieu. Ainsi, dans le Nid, les fantasmagories
s'incarnaient-elles. Je vais vivre une transition, s'était-elle dit.
Je vais, moi aussi, effectuer une métamorphose. Il faut pour
cela fabriquer un cocon et y demeurer le temps nécessaire.
Après le départ de Dora (mais était-elle vraiment partie ? Un
sac avait été ouvert, des vêtements avaient traversé l'air. Il y
avait eu des paroles, des pieds qui tambourinent, des éclats de
rire, des pleurs, du thé renversé, le pichet brisé en quatre beaux
morceaux), après le départ de Dora, donc, Rose s'était répété
son programme : fabriquer un cocon, y demeurer, attendre
la métamorphose. Combien de fois ces mots avaient-ils été
prononcés ? Sa voix s'était-elle élevée, ou était-ce encore la
voix du dedans ? Le serpent – celui qui continuait de digérer
la gazelle – se mordait la queue. Jour ou nuit ? Parfois la lune
brillait si fort que les ombres s'allongeaient sur le sol. D'autres
fois des nuages couleur de vieux vin faisaient fuir la lumière.
Rose pleurait. Surtout après avoir mangé, à cause des douleurs
de la digestion. Elle pleurait aussi parce qu'elle ne savait plus
qui, ni quand elle était. Si elle tentait de remettre bout à bout
les morceaux de son existence, le puzzle lui résistait. Aucune
des pièces ne s'imbriquait. Pour mon père, je suis morte,

pensait-elle. J'ai disparu. Je l'ai laissé sans nouvelles. Pendant deux ans. Sept cents jours sans nouvelles, c'est quand on est mort. Et si je reviens à présent, si je lui écris, serai-je comme Lazare ? Vais-je devoir ressusciter, ou faudra-t-il plutôt que je renaisse ? Voir mon père. Non, c'est impossible. Je ne le reverrai jamais. Ni ma mère. Ma mère n'est pas inquiète. Elle m'a demandé de ne plus lui écrire. J'ai été obéissante. Mon père est inquiet. Mais s'il est inquiet, il ne s'inquiète pas… Pour la première fois depuis des mois, Rose esquissa un sourire face à ce paradoxe. C'était si confortable de renouer avec l'extravagant train de pensées contraires de son papa. Comme il devait être heureux, au fond, cet homme qui pensait à l'envers. Quelle merveilleuse protection c'était, plus efficace qu'une ligne de canons. Elle y songeait au moment où Louise lui rinçait la tête, écartant ses cheveux, les ramassant :

« Comme ils sont beaux. Ils ont repoussé. Ils sont si vigoureux que quand on les touche, on croit saisir une créature marine. Tu aimes quand je te touche les cheveux ? »

Rose ne répondit pas, elle continua de sourire en pensant à la tranquillité d'esprit de son père, une tranquillité absurde, construite sur rien, une digue mouvante.

« La tête en arrière, comme ça, on dirait un ange. Tu es belle comme un ange. Souris encore, tes dents aussi repousseront. Et puis non, je ne veux pas qu'elles repoussent, elles sont si mignonnes, toutes petites, comme des perles, des dents de bébé. Je vais embrasser une de tes petites dents. Mets la tête en arrière encore, encore plus. Ouvre la bouche. »

Et, tandis que de sa langue habile et pointue elle caressait une canine inférieure émoussée, Louise laissa courir ses doigts sur le ventre de Rose, lui passa une main sous les fesses et, de son pouce – vaillante créature aquatique –, explora dans un aveuglement ébahi la douceur d'amande, la pêche innocente de son trésor.

« Maman ! » soupira Rose, bercée. Maman ! Papa ! Mon lait ! pensa-t-elle, bébé noyé de langueur dans les fonts baptismaux agités de vagues. Se pouvait-il qu'une tête se soit glissée entre ses cuisses ? Se pouvait-il qu'une bouche se fût collée à ses petites lèvres, suçotant et cueillant le fruit inouï que ses entrailles rendues à leur souplesse mûrissaient de seconde en seconde. Quel oubli ! Quelle joie ! Ses fibres cassantes et morcelées s'unissaient de nouveau. Elle nageait, elle volait ? Douleur abolie. Et les mots qui lui venaient étaient ceux du jeu et de l'enfance : encore, encore, plus, encore plus, encore, encore, encore. Les mains sur l'arrière du crâne de Louise, elle poussait le visage de sa sirène contre elle, en elle, sans penser, sans comprendre, ignorant à présent ce qui était en haut, ce qui était en bas, ce qui était souhaitable ou possible.

« Tu vas nous noyer, s'écria Louise, à bout de souffle, sortant la tête de l'eau, les joues rouges et un sourire ardent aux lèvres, puissant comme un arc. Mon amour, dit-elle. Mon amour, dit-elle encore. Nous allons tellement nous amuser. »

Ateliers Panhard & Levassor
et route de Meudon, automne 1913

Alors qu'elles sortaient du métro et qu'elles s'engageaient sur une large avenue bordée de platanes, Louise dit à Rose : « Tout ça, c'est fini, ma minette. À partir d'aujourd'hui, on ne s'usera plus les pattes à courir dans ces fichus souterrains. » Rose aimait le métropolitain, mais n'osait pas le dire, car Louise était l'aînée, Louise savait, elle avait de l'expérience, elle l'avait sauvée. C'était aussi grâce à elle que Rose avait trouvé un emploi d'habilleuse à l'Opéra-Comique, et c'était un travail qu'elle aimait car on y tâtait de belles étoffes, des coiffes de reines. La boîte dont les différents tiroirs s'ouvraient en coulissant les uns sur les autres renfermait des dizaines de sachets en gaze, qui eux-mêmes contenaient mille sortes de boutons, en nacre, en ébène, en verre, en tissu. Toutes les couleurs et toutes les formes y semblaient représentées, et c'était sa responsabilité. Elle était la gardienne des boutons. Son rôle consistait, entre autres, à dénicher l'identique à celui qu'on avait perdu sur scène, dont le fil avait craqué au moment du final. Parfois, Rose pensait à ce lieu mystérieux, quelque part sous les planches que foulaient les artistes, un pays de rainures où tous les boutons perdus finissaient par s'échouer, constituant une lande secrète qui mêlait le brillant au terne, l'opaque au transparent. Rose adorait ses boutons et s'inquiétait de leur destin à un point qui agaçait Louise. « Tu les préfères à moi », disait-elle.

Une fois trouvé le remplaçant, il fallait le coudre, et Rose s'y appliquait si bien qu'elle était convaincue qu'aucun bouton cousu par ses soins ne risquait de se détacher. On pouvait faire danser Carmen, battre Polichinelle ou se suspendre au manteau de Paillasse, le fil tenait bon. Rose y veillait. Souvent, lorsque l'habilleuse en chef lui confiait le costume, elle en profitait pour respirer l'odeur de la toile mouillée de sueur. Les alliances de parfums était étonnamment variées : sueur mâle sur velours n'avait rien à voir avec sueur femelle sur voile, sans compter que certaines parties desdits costumes pouvaient servir à plusieurs spectacles et changeaient de propriétaires. Un orgue s'était ainsi constitué, au sommet de ses narines, qui lui permettait d'identifier non seulement le sexe de l'artiste, mais aussi son âge et son allure. Quand, à l'occasion, elle croisait l'un d'eux ou l'une d'elles en tenue de ville dans les couloirs des loges, elle était parfois surprise de les reconnaître au premier coup de nez, alors que sa fonction subalterne la tenait éloignée du plateau et des comédiens. Elle travaillait au grenier, à la lumière de la lucarne quand il faisait beau, car il n'y a rien de tel que l'éclat du jour pour guider la main d'une couturière. Il lui arrivait, bien sûr, de passer les aisselles au fiel de bœuf afin d'atténuer certains fumets, mais c'était surtout par égard pour les interprètes. Aucun de ces effluves ne l'incommodait ; la curiosité qu'elle avait pour le corps était plus puissante que son dégoût. Elle aurait même avoué qu'une certaine acidité dégagée par le collier de plumes que portait la Vernant dans le tableau IX des fables de La Fontaine, avec son relent de poudre et d'essence de lavande dont la comédienne aspergeait ses cheveux pour éloigner les poux, associée à la fadeur de sa peau paresseuse de femme ronde, lui faisait beaucoup d'effet. Sous la torture, oui, elle l'aurait avoué, mais pas autrement, car autrement, elle était la femme de Louise, sa minette, son minou, et rien ne devait abîmer cet amour.

« Où as-tu appris à conduire ? demanda Rose alors qu'elle approchaient des bâtiments industriels flambant neufs.

– C'est mon père. Il voulait m'offrir une électrique. Très bien pour les dames, paraît-il. Tu penses bien que j'ai refusé. Une électrique ? Et pourquoi pas une bicyclette tant qu'on y est. Moi, je veux que ça pétarade. Je veux du vent dans tes cheveux. Je veux te décoiffer avec ma vitesse. Et te déshabiller aussi, tiens. J'appuie sur l'accélérateur et vole ta veste, vole ta chemise. On va leur acheter leur plus gros modèle. »

Sous une vaste verrière, les véhicules d'exposition garés en épi comme d'énormes scarabées jetaient leurs éclats noirs, leurs flèches d'or. Les deux femmes déambulaient, caressant les carcasses. Le claquement de leurs bottines emplissait l'espace. Elles étaient seules. Rose se demandait pourquoi. Ce lieu était-il vraiment ouvert au public ? On se sentait aussi petit que dans la nef d'une cathédrale. La porte par laquelle elles étaient entrées était étroite. Comment les voitures avaient-elles pénétré là ?

Louise ouvrit une portière et fit admirer les sièges à son amie. Surpiqûres soignées, nota Rose. Joli passepoil, odeur de cuir enivrante.

« Alors, mesdames, s'exclama le jeune concessionnaire, fine moustache et rares cheveux aussi lustrés que les carlingues. On vient admirer les berlines ? »

Il avait surgi sans prévenir, et Rose sursauta, prise de frayeur, dans un flagrant délit d'elle ne savait quoi.

« Faites-nous l'article », exigea Louise.

Le vendeur, remarqua Rose, portait un faux trois-pièces dont la veste trop large aux épaules semblait avoir été empruntée au costume de papa. Le gilet, taillé dans un lainage un ton plus clair, avait perdu un bouton. Elle fut prise d'une envie irrépressible de réparer ce défaut. Elle avait, dans sa boîte, une petite tête façon agate exactement assortie, quoique, en y réfléchissant, une forme en clou plat couleur laiton n'aurait pas été déplacée, elle aurait même ajouté un certain cachet à l'ensemble, malgré la chemise dont l'amidonnage – quelle négligence, tout de même ! Mais le garçon était peut-être orphelin. Oh, pauvre orphelin célibataire... – laissait à désirer.

« Je vous demande pardon, madame, si vous voulez bien me permettre de faire mon métier », disait le jeune homme, la mâchoire tendue.

Voilà que Rose avait raté un échange crucial. Pourquoi Louise arborait-elle sa célèbre face de bouledogue ? Pourquoi le concessionnaire mal vêtu prenait-il la mouche ?

« Je crois pouvoir affirmer que la mécanique n'est pas un sujet pour demoiselles et que je suis plus qualifié que vous... poursuivait-il.

– Honorin ! Honorin ! Voyons ! » s'exclama un gros bonhomme serré comme une andouille dans son complet bleu perroquet.

Quelle admirable couleur, songea Rose. Mais n'était-ce pas plutôt un bleu martin-pêcheur ? Ce monsieur pouvait-il être le papa ? Était-ce le patron ? Honorin, quel prénom terrible.

« J'étais tout simplement en train d'expliquer à ces dames, postillonna Honorin, que les graisses des voitures à essence étaient particulièrement salissantes et que l'emploi de la manivelle requérait une force telle que... »

Le gros monsieur sortit un mouchoir à fleurettes de sa poche et le plaça devant son museau (qu'il avait pointu : nez long et piquant, lèvres fines et rentrées vers l'intérieur) pour étouffer un rire. Comme il est faux, se dit Rose en baissant les yeux vers ses guêtres qui, sans doute sous la pression d'un cou-de-pied trop fort, rebiquaient et lui faisaient comme des becs de canard au bas des jambes.

« Honorin, mon garçon, ne voyez-vous pas que vous avez affaire à des dames de style. Pourquoi les enquiquiner avec vos histoires de mécano, montrez-leur la U7.

— Ah, non, pas la U7, dit Louise d'une voix faible et dédaigneuse. Vous n'allez quand même pas nous refourguer un moteur à soupapes ? Je veux de la vitesse.

— Je vois, approuva le gros monsieur en bleu, que votre mari sait se tenir informé.

— Je n'ai pas de mari, rétorqua Louise.

— Eh bien, votre père, alors. Sachez que si votre choix et le sien venaient à s'arrêter sur notre U9, vous pourriez bénéficier de conditions extrêmement avantageuses.

– Je ne désire aucune condition avantageuse, répliqua Louise d'un ton autoritaire. Je la prends tout de suite. »

Honorin parut sur le point de défaillir. Ce lainage était trop épais, trop lourd pour lui, pensa Rose. Sous la verrière, le soleil frappait sans merci. Le gros monsieur bleu jeta un petit rire faux dans son mouchoir.

« Vous plaisantez ? »

Louise ne répondit pas. Elle franchit les quelques pas qui la séparaient d'une berline d'un magnifique bleu nuit et s'installa au volant.

« Monte ! ordonna-t-elle à Rose, qui obéit aussitôt.

– Vous n'êtes pas sérieuse, chère madame ? fit le gros monsieur, soudain moins plaisant. Voulez-vous que nous fassions appeler le photographe ? Si c'est pour jouer...

– J'ai l'air de jouer, gros lard ? »

Mon Dieu, songea Rose. Elle l'a traité de gros lard ! Comme c'est violent. Pour quelle raison ? Se vexer à cause d'un photographe ? Elle ne comprenait pas et tremblait de la tête aux pieds, prête à descendre du véhicule, n'attendant qu'un signe pour le faire, certaine que la police allait débouler pour les emmener toutes les deux en prison, à l'asile.

« Madame, je ne vous permets pas.

– Monsieur, je le constate et cela me chagrine, lança Louise en descendant de la voiture. Vous ne me permettez pas d'acheter cette voiture.

– Comment le pourriez-vous ? Vous avez bien un père, un mari, un oncle ?

– Vous êtes contre le commerce avec les femmes ? dit-elle,

se campant face à lui. Et pépère, demanda-t-elle en lui collant la main sur l'entrejambe, comment y fait pépère ? Parce que vous ne me ferez pas croire qu'une femme normalement constituée accepterait de l'héberger gratis. Puisque vous nous payez, tous les mardis et tous les samedis soir au bois, acceptez donc que l'on vous paie en retour. »

Mon Dieu, priait Rose. Faites qu'elle s'arrête. Faites que ce soit un cauchemar.

« Bas les pattes, rugit le gros monsieur. Espèce de mégère, espèce de... de salope.

– Tu ne crois pas si bien dire, ricana Louise en le prenant par le col.

– Faites quelque chose, Honorin, enfin. Appelez la police. »

Mon Dieu, priait encore Rose. Faites que la police ne réponde pas. Faites qu'Honorin...

Dieu existait donc, car Honorin demeurait immobile, comme pétrifié. Rose crut même voir un très léger sourire se dessiner sur ses lèvres.

Pendant ce temps, Louise serrait son étreinte, appuyant des deux pouces sur le cou du gros monsieur apoplectique.

« C'est très simple, écoute-moi bien, lui glissa-t-elle à l'oreille, mais d'une voix suffisamment forte pour être entendue de tous. Soit tu me la vends. Soit je te la vole. J'ai l'argent en liquide dans mon sac et je n'ai peur de rien. »

Et les voilà qui roulaient, à grand bruit, à grand vent. Rose réprimait une envie de vomir. Elle avait eu si peur et elles avaient tant ri quand le monsieur s'était penché pour ramasser les liasses jetées sur le sol et que son pantalon avait craqué. C'était mieux qu'au théâtre. C'était guignol. La nausée venait aussi d'une certaine inquiétude que Rose éprouvait en songeant à la réplique qui à présent l'obsédait : « Je n'ai pas de mari. » Louise l'avait affirmé. C'était faux. Pour quelle raison avait-elle menti ?

*

Les présentations avaient eu lieu quelques mois plus tôt au parc Monceau.

« Il nous attend sur le pont à l'italienne, avait dit Louise. Ronan est si facétieux. Pour notre voyage de noces, il m'a emmenée à Venise et tu verras, sur ce petit pont, on se croirait dans le Cannaregio. Mais tu n'es jamais allée à Venise, mon minou. »

Rose avait l'estomac noué. Chaque phrase que prononçait Louise la blessait. « Voyage de noces » avait enduit la lame de curare. Cela avait commencé dès le réveil. « Nous allons rencontrer mon mari », avait annoncé Louise en lui beurrant une tartine. Ton mari ? avait pensé Rose. Mais tu ne peux pas avoir de mari, puisque tu es, puisque nous sommes. Et pourquoi ne m'en avoir jamais parlé ? Que lui as-tu dit de moi ? Que va-t-il penser ? Elle n'avait formulé aucune des questions qui se bousculaient en elle. Elle avait appris à suivre son amante comme l'eau d'une rivière suit son lit, avec la même constance, la même détermination. Elle s'était laissé habiller, laissé conduire. Le poignet mollement appuyé au creux du coude de Louise, elle chancelait presque face aux grilles qui lui semblaient les portes de l'enfer. Il me tuera, avait-elle songé. Une fois sur le pont, il sortira un pistolet de sa poche et me tirera une balle dans le crâne. Quel repos, alors. Quelle félicité. Ce sera la fin des énigmes et la fin des décisions, la fin des erreurs et la fin des tourments, plus de regrets et plus cette barre glacée qui s'appliquait sur son front dès l'aube ; à peine ouvrait-elle les paupières que ses anxiétés, malaxées dans le pétrin des rêves, lui tombaient sur le crâne. « Mes parents sont-ils encore vivants ? » était la première interrogation au sortir des limbes. « Est-ce que j'existe encore alors que plus aucune des personnes que j'ai côtoyées jusqu'à présent ne sait où je suis ? » était la seconde, plus filandreuse, un brin métaphysique, prompte à générer une production excessive de sucs gastriques. « Que restera-t-il dans le cœur de Louise quand la pitié qu'elle a pour moi se sera tarie ? » « M'aimera-t-elle jusqu'à la mort ? » « Comment se fait-il que les boutons de nacre disparaissent plus vite que les autres ? » « Reverrai-je un jour le Danemark ? » « Et s'il y avait une famine ? » « Et s'il y avait une guerre ? » À l'approche du pont, elle en était presque à réclamer la mort. Pourvu qu'il soit bon tireur et qu'il m'achève d'un coup.

« Comme ta main est chaude ! s'était exclamée Louise en dégageant son bras. Et tes joues ! Elles sont rouge fraise. »

Rose avait souri.

« Tu ne m'en veux pas, alors ? avait demandé Louise qui était toujours brutale et toujours tendre. J'aurais dû t'en parler plus tôt, je sais bien. Mais nous avions tant de choses à nous dire. Nos vies entières à raconter. Tu as remarqué comme amour et biographie vont ensemble. Dès que l'on tombe amoureux, on a envie de tout savoir et de tout faire savoir. Non ?

– Je ne sais pas », avait répondu Rose.

C'était une réplique fréquente dans leurs conversations et cela avait le don d'agacer Louise. Mais, avait envie de rétorquer Rose pour sa défense, c'est que je n'ai jamais eu le temps de réfléchir ni jamais rien vécu qui puisse me permettre d'établir des théories.

Serait-elle en mesure, un jour, de prononcer une phrase définitive ou simplement de décrire le monde ? Face à la vie, elle avait la même impression que lorsqu'elle regardait le paysage défiler par la fenêtre du train : si elle était dans le sens de la marche, le panorama semblait se jeter sur elle, et ses yeux affolés ne savaient à quel détail s'attacher ni quelle ligne suivre. Elle se sentait écrasée par l'image qui ne tenait pas en place, ne cessait de se transformer. Assise en sens inverse, elle retrouvait son calme et contemplait l'horizon jusqu'à sombrer dans le sommeil. Alors... alors, songeait-elle, peut-être pourrait-on dire que c'est la même chose lorsqu'on regarde soit en direction de l'avenir, soit vers le passé. Peut-être est-ce pour cela que j'ai tant besoin de mes souvenirs. Ils constituent le seul spectacle auquel je puisse assister sans être saisie de panique, car les souvenirs, images mouvantes, sont pourtant immobiles. N'était-elle pas justement en train de philosopher ? À l'instant même d'y renoncer, voilà que la pensée s'insinuait en elle.

Encouragée, bien qu'encore très incertaine, elle avait tenté, un soir où Louise lui tirait les cheveux – « Prends parti, bon sang », lui criait celle-ci –, de lui expliquer qui était son père et de quelle maladie du raisonnement il souffrait. Une maladie peut-être héréditaire.

« Un dingue, avait conclu Louise. Un pauvre type.

— Non, avait répondu Rose avec une fermeté qui l'avait étonnée. On ne peut pas dire ça. C'est comme si… comme si tu affirmais qu'un acrobate, parce qu'il marche sur les mains, est un impotent. Ce qui compte, c'est qu'il avance, non ? »

Louise avait éclaté de rire.

« Les acrobates que j'ai connus, même s'ils savaient marcher sur les mains, se déplaçaient la plupart du temps sur leurs deux pieds. Mais c'est bien de défendre son papa. Le mien est un eunuque, une vermine doublée d'un pervers. Et note qu'en disant cela, je le défends moi aussi, car, en vérité, il est bien pire. Et ta maman, comment était-elle ta maman ? Je l'imagine très jolie. »

Par jalousie et parce qu'elle était certaine que Louise aurait, comme les autres, succombé aux charmes de Kristina, même à distance, Rose avait substitué le portrait de son aïeule à celui de sa génitrice.

« Dans sa jeunesse, elle était assez belle, mais sa passion pour les gâteaux à la crème l'a perdue. Elle a quatre mentons, dont un qui lui fait une collerette jusque derrière la nuque. Ses doigts sont si boudinés qu'elle ne peut plus ôter ses bagues. Ses mains sont gonflées et percées de fossettes, comme celles d'un bébé. Sa poitrine tombe plus bas que son ventre, et son ventre plus bas que ses genoux… »

Louise l'avait interrompue.

« Un monstre de foire ! Ne me dis pas que tu vas devenir comme elle.

— Non, physiquement, je tiens de mon père, avait tristement soufflé Rose. Mais c'est une femme très... comment dire ? Très déterminée. Une femme de tête. Elle s'intéressait à la politique », avait-elle ajouté d'une voix hésitante.

Louise avait voulu en savoir plus. Rose lui avait parlé des journaux que sa mère lisait, des discussions avec certains amis à elle, des hommes le plus souvent, très moustachus, portant des gilets à carreaux.

« Mais de quoi parlaient-ils ? avait insisté Louise.

– Je ne sais plus. J'ai oublié. Il y avait des histoires de vote et aussi le nom d'un capitaine qui revenait souvent.

– Dreyfus.

– Le capitaine Dreyfus, oui ! Comment le sais-tu ?

– Tu es tellement bête parfois, avait lancé Louise pour toute réponse. Une dinde. Une dindonnette. Un dindonneau. »

Mais voilà que le pont se profilait à l'ombre des arbres dont les feuilles hésitaient à virer au pourpre, au brun, rongées sur les bords par la chaleur de l'été qui s'attardait, par l'automne déjà vorace qui toutes les croquerait. Une balle dans la tempe, ou en plein front, implorait Rose, les mains soudain moites, les jambes flageolantes. Je rejoindrai Émile, mon petit mari à moi, mon innocent. Ensemble nous nagerons dans le Léthé. N'était-ce pas ainsi qu'il nommait le fleuve de l'oubli lorsqu'il lui administrait, tel un géographe, sa leçon sur la cartographie des Enfers

« Quelle belle enfant ! avait simplement dit Ronan en serrant dans ses mains gantées les doigts tremblants de Rose. Ayez la bonté d'excuser cette incorrection », avait-il prié la jeune fille en désignant les gants en veau beurre frais qui faisaient chavirer le cœur de Rose à cause de leur douceur (comme le dessous d'une patte de lapin) et de la finesse des deux minuscules boutons d'ivoire, taillés en forme de fleur d'églantier, qui fermaient au poignet. « J'ai, Louise vous l'aura peut-être dit, une idiote maladie de peau qui se réveille à la moindre émotion et, croyez bien que notre rencontre – je m'en doutais, mais j'en suis sûr à présent – me bouleverse au-delà de ce que les mots sauraient exprimer. »

Ronan Jouarre de Senonches était plus grand que la moyenne, large d'épaules et étrangement proportionné : les mains, les pieds et le nez étaient courts et menus, perdus, mal assortis au reste de la stature imposante. Ses yeux, bleu myosotis, étaient deux lacs paisibles dans sa grande face plate au front dégarni et fuyant. Il sentait l'iris et, lorsqu'il avait enlacé Louise pour l'embrasser sur les deux joues, Rose s'était sentie piquée d'envie. Comme on devait se sentir protégée dans l'étreinte de ces bras puissants terminés par des menottes d'enfant.

Ils s'étaient promenés dans le parc, Rose au milieu d'eux, comme une petite famille en fait, marchant silencieusement. Parfois, Ronan levait sa canne vers un arbre, prononçait son nom latin suivi de son nom vulgaire. Louise s'était moquée, prétendant que Rony voulait impressionner Rose. Il ne l'avait pas mal pris, poursuivant, imperturbable, son cours de botanique.

« Viendrez-vous chez maman dimanche ? » avait-il demandé à l'instant où ils se séparaient.

Louise n'avait rien répondu, s'était laissé baiser le front par son époux qui la dépassait d'une tête, tout en enlaçant Rose par la taille. Celle-ci avait senti qu'il y avait quelque chose d'inapproprié dans le tableau qu'ils composaient, quelque chose de contre-nature, de tragique et d'incontournable, comme dans l'aventure de ce pauvre garçon – comment s'appelait-il déjà ? – qui avait couché avec sa mère et assassiné son propre père. Il était sourd de surcroît, ou bien aveugle ? Comment savoir ? Émile n'était plus là pour le lui dire.

Le dimanche, chez maman, ils avaient mangé des huîtres, du civet de lapin, de la terrine de chevreuil, des perdrix farcies. Les murs de la salle à manger étaient ornés de trophées de chasse. Au-dessus de chaque convive, une tête d'animal, à poil, à plume, jaillissait de la tapisserie. Rose s'était demandé si les mets dressés sur les plateaux d'argent avaient été extraits de ces bêtes naturalisées. Elle entendait la voix du père Trifoud, exaltée, qui s'écriait « Ceci est mon corps ! » en brandissant l'hostie face aux nouveaux convertis, ces indigènes dont le commandant de Maisonneuve acceptait mal la présence au sein de leur église. « Que comprennent-ils, ces pauvres gens, à la transsubstantiation ? glissait-il à l'oreille de sa fille. Pour eux, c'est du cannibalisme pur et simple, de la magie noire. Quel affreux malentendu. Je cesse de communier ! avait-il ensuite déclaré. De toute façon, je n'ai jamais vraiment cru. Ma foi est aussi embrouillée que leur mangrove. »

Ceci est mon corps, susurraient les animaux cloués aux murs. L'huître aussi parlait, depuis le berceau de sa coquille, la vaguelette noire ourlant la glaire grise frissonnait à peine lorsqu'on l'aspergeait de vinaigre, semblable à la bouche entourée de ridules de maman, la vicomtesse Jouarre de Senonches, qui s'étonnait avec ironie du nombre de cousines qu'avait l'épouse de son fils.

« Alors, ma petite Louise, racontez-nous un peu ça. Votre arbre généalogique fleurit même en automne, dirait-on. Et c'est une rose qui a poussé au buisson, cette fois-ci. »

Louise se taisait, soupirait doucement, les yeux au plafond. L'hôtesse se tourna donc vers la nouvelle venue.

« Parlez-moi un peu de vos parents, chère petite. Aidez-nous à y voir clair dans cette vive forêt. Votre maman est-elle la sœur de madame de Wirth, la mère de ma bru ? »

Rose, habitée par un démon secourable, s'entendit lui répondre :

« Nous ne sommes pas si proches, pour mon malheur, chère vicomtesse. Je suis issue de la branche danoise. Ma mère est la cousine par alliance de l'oncle paternel de Louise, qui a la bonté, malgré nos liens distants, de m'héberger durant mon séjour à Paris.

– Denmark ! What a glorious country ! s'enthousiasma maman, avant de poursuivre dans un danois étrangement accentué, mais correct : De får mig ikke til at tro de nedstammer fra den dystre prins Hamlet.

– Bevares, répondit Rose dans son danois suave d'enfant. Jeg foregiver ikke at komme fra så fin familie, og min far er franskmand[1].

Maman éclata de rire.

« Quel numéro ! Une montreuse d'ours, une danseuse et à

___

1. « Vous ne me ferez pas croire que vous êtes une descendante du sombre prince Hamlet. – En effet, je ne prétends pas à une noblesse si haute, et mon père est français. »

présent une comédienne polyglotte. Ma chère Louise, votre grande, votre très grande famille est décidément pleine de ressources. »

Le visage de Ronan se couvrit de taches rouges entourées d'un halo blanc. Au niveau du menton, une sorte de cloque jaunâtre apparut quelques secondes après. Il prit un mouchoir, se le passa sur le front puis sur les joues, luttant contre la démangeaison.

« Va nous jouer quelque chose, mon chéri, lui demanda sa mère d'une voix enfin dépourvue de sarcasme. De la musique avant toute chose... murmura la vicomtesse. Connaissez-vous Verlaine ? »

Louise donna un léger coup de pied à Rose sous la table. Serait-elle capable de répondre aussi brillamment à cette question qu'elle l'avait fait pour les précédentes ?

Elle l'était, car Zelada, amoureuse de la poésie et des poètes, l'avait entraînée, durant leur séjour français, à traduire ses vers préférés en danois à l'aide des notes de Johannes Jørgensen.

« *Musik* », commença Rose, les yeux fermées, cherchant dans sa mémoire à retrouver la douceur et l'onctuosité de la première strophe, après que sa nourrice en avait corrigé les imperfections, ajoutant un pied ici, en retranchant un autre là, créant de l'harmonie et du sens à partir de la matière informe et chaotique proposée par la jeune fille.

Ronan s'était installé face au piano. Les convives – qui étaient-ils ? Rose avait été frappée d'amnésie au moment même des présentations – s'étaient égaillés dans la salle à manger qui, excentricité oblige, faisait aussi office de salon.

Maman se conformait aux règles de l'originalité avec autant de sérieux et de rigueur qu'un dominicain respecte son vœu de pauvreté. Elle s'habillait « à la grecque », recevait les poètes, avait défendu les Fauves dès 1905.

Durant le trajet du retour, Louise n'avait pas adressé un mot à Rose. Lorsqu'elles eurent regagné le Nid, la tempête éclata. « D'où sors-tu, bon sang ? Quel besoin avais-tu de faire ta bonne élève ? Tu ne comprends donc rien ? » Louise avait imité Rose, singeant sa voix timide et appliquée, ses tournures compassées : « "Nous ne sommes pas si proches, pour mon malheur, chère vicomtesse", nia-nia-nia-nia-nia. Tu m'as ridiculisée. Maman est une femme libre. Elle plaisantait. Tu ne crois quand même pas qu'elle est dupe de notre mariage, à Rony et moi ? Faut-il que je t'explique le monde et la vie depuis leur commencement ? Une petite-bourgeoise dans l'âme, voilà ce que tu es. Conventionnelle jusqu'à l'os. Maman aimait tellement Dora, elle lui trouvait une telle classe. Et tu as tout gâché. »

Rose pleurait en écoutant le réquisitoire, incapable de parer les coups, s'efforçant d'apprendre au plus vite, se promettant de ne plus faire d'erreurs. Elle aurait dû se douter, lorsque la vicomtesse lui avait présenté Berthe du Sansonnet en lui murmurant à l'oreille « Nous sommes très proches, Bébé et moi », que la dame en question – jouflue, portant un lourd chignon, et vêtue d'une robe trop serrée dont les multiples volants lui donnaient l'air d'un dahlia énorme – était la maîtresse de maman. Elle aurait dû saisir que ce grand benêt de Ronan était un poids mort pour cette femme admirable, un pauvre garçon incapable d'occuper un emploi parce que tout le faisait rougir, verdir, ou tomber en pâmoison, qu'on le disait perpétuellement en attente d'un très beau poste dans une ambassade et que cette formule cachait son inaptitude à mener une existence digne de ce nom, avec les combats et les luttes qu'elle exigeait.

« C'est tout de même un bon musicien, avait glissé Rose entre deux sanglots, espérant peut-être qu'une réflexion sur l'art lui permettrait de regagner un peu de l'estime perdue.

– Un bon musicien ? avait hurlé Louise en se jetant sur Rose, la secouant, lui tirant les oreilles. Mais qu'est-ce que tu as dans la tête ? Il joue comme un organiste d'église. C'est un enfant, comprends-tu ? Un gros enfant infirme. »

Tu avais pourtant l'air de l'apprécier, avait songé Rose, muette et terrifiée. Lorsque nous marchions dans le parc, tu lui faisais ton beau sourire en tranche de melon. Il est si amical. Comment reprocher à un être ses failles et ses difficultés ?

*

Une pensée se liant à l'autre, l'idée de l'argent surgit dans l'esprit de Rose, alors qu'elles roulaient sur la route de Meudon à vive allure. Ronan était riche et généreux. C'est lui qui avait acheté le Nid. Lui qui payait les velours et les chintz, le champagne et les fêtes improvisées. Rose pensa aux liasses de billets sur le sol de la succursale Panhard & Levassor. L'argent du mari, du mari qui n'existait pas. Elle voulait pardonner, mais une pointe de colère résistait. Elle-même vivait de ces ressources. L'emploi à l'Opéra-Comique n'aurait pas suffi à soutenir le train de vie qu'elles avaient adopté. Était-ce l'orgueil qui avait motivé le mensonge au concessionnaire ? Louise avait-elle eu soudain honte de vivre sur le dos d'un homme qu'elle méprisait ? Affolée par la vitesse, une main crispée sur la portière, l'autre cramponnée au cuir du siège, Rose priait, comme souvent, pour que son cerveau se mette en branle, qu'il s'arme, se fortifie et trouve enfin la force de mener une réflexion à son terme, argument après argument, sans le brouillage de la distraction, en résistant aux attaques de doute. Il fallait qu'elle reste concentrée, malgré le paysage qui les avalait, se ruait sur elles plus qu'elles ne le pénétraient, malgré la joie de Louise qui s'amusait à lâcher le volant pour rire et hurlait de bonheur à chaque anfractuosité de la chaussée. Il fallait qu'elle élucide une question, « car ma vie en dépend », se dit-elle solennellement, espérant puiser dans cette menace la conviction qui lui manquait. Je dois savoir si oui ou non Louise profite de Ronan, si elle et moi nous exploitons le pauvre homme. Je dois comprendre ce que signifie ce mariage, s'il a été arrangé, s'il a été consommé. Mais Louise posa la main sur sa cuisse, attrapa le tissu de sa jupe, le troussa en experte jusqu'au ventre, agrippa le jupon qu'elle souleva aussi et s'écria : « On aère les minous ! Vive la vitesse ! La calandre tremble contre le vent et engloutit les kilomètres ! Zou ! »

Comment résister aux mains de Louise ? À ses propositions ? Elle avait tant d'idées et toutes étaient folles et toutes étaient bonnes.

Allongées dans l'herbe, la tête sur le talus, elles regardaient les nuages filer dans le ciel, côte à côte, longues et sveltes comme deux glaïeuls. La voiture garée au bord de la route leur faisait une ombre sur le visage, une décapitation de lumière. Elles inspiraient et expiraient à l'unisson. Tout semblait calme, à sa place, le monde rangé comme une nurserie, le vent dans les feuilles pour seule musique. Voilà l'instant parfait, pensa Rose, celui qui devrait durer toujours, sans complications, sans catégories. Mais à peine avait-elle formulé cette remarque que d'autres instants parfaits lui revinrent en mémoire, les promenades sous les ormes, sa main glissée dans celle de Zelada, un après-midi au bord d'une rivière, assise avec sa nounou sur la berge, les pieds dans l'eau, l'esprit abandonné entre les pages des contes d'Andersen que Zelada lui lisait en danois, la langue de l'enfance, du pays perdu, qui coulait dans son oreille aussi inexorable et joueuse que le courant qui entraînait leurs pieds, les bousculait, les mélangeait. Ces instants étaient évanouis, alors qu'ils contenaient l'éternité. Pourquoi fallait-il que le temps passe, que les choses changent, que les êtres aimés disparaissent ? Zelada ne lui avait pas dit au revoir. Le jour du départ pour l'Afrique, Rose s'était attendue à la serrer dans ses bras sur le quai de la gare, puis, plus tard, au port, elle avait été certaine de l'apercevoir, agitant son mouchoir, sa main, ou plus vraisemblablement ses deux grands bras – car elle l'aimait tant – en direction du bateau. Même à l'arrivée, après la rude traversée, elle avait encore espéré que Zelada serait là pour l'accueillir, la réconforter, l'aider à déballer ses affaires, lui installer sa chambre – car à dix-sept ans, elle dépendait encore entièrement d'elle. Partout elle la cherchait, tout le jour elle l'attendait. Son père, quand elle l'avait interrogé, lui avait fait une réponse incompréhensible : « Ta mère ! Ta mère et ses lubies ! » Rose n'avait pas osé le tourmenter davantage. Autour de sa bouche, de nouvelles rides s'étaient tracées, enfermant ses lèvres fines dans un cadre qui faisait penser aux mâchoires articulées des pantins. Rose aurait voulu écrire à Zelada, mais elle ignorait son nom de famille et n'avait aucune adresse à sa disposition. Elle s'était mise à espérer ses lettres. Elle n'en avait jamais reçu. Parfois, en partant à l'aube chasser le lion, elle se croyait guérie de son chagrin. Son cœur semblait vide et propre, nettoyé par la beauté du ciel, par la peur. Elle s'imaginait dévorée par le fauve et, durant quelques heures, ne souffrait plus. Mais soit l'animal ne paraissait pas et, rentrant bredouille, elle ressentait l'absence de proie avec un désespoir excessif : le lion s'était refusé à elle malgré l'attente, malgré sa remarquable patience, comme Zelada l'avait désertée. Soit l'animal se montrait, et elle en pleurait de rage, car elle se fichait bien de sa crinière royale et de ses pattes larges comme son propre torse ; ce n'était pas lui qu'elle s'était épuisée à attendre. Elle ne comprenait sa propre déception que lorsque le félin surgissait, dans un dernier bond, arrêté en vol par la balle du chasseur.

Son souffle s'alourdit, un lion mort écrasait sa poitrine. Si les moments de félicité passaient, il valait mieux ne pas les vivre, car en les vivant, on les usait, en les vivant, on les faisait finir. Elle songeait à son trousseau, nappes brodées, serviettes à thé et à déjeuner assorties, avec fleurettes au fil gris, taies d'oreiller en métis (une rangée de jours et une de dentelle), draps avec monogramme en fil de soie blanc, dodu comme un asticot, lisse comme une élytre de coccinelle, chemises en coton avec bretelles fantaisie, chemises en soie avec parement de dentelle de Calais et liseuses. Jamais on ne se servirait de la nappe, ainsi elle ne s'abîmerait pas, jamais on ne s'essuierait avec les serviettes, ainsi elles demeureraient intactes. Pas plus qu'on ne dormirait entre les draps. Les chemises resteraient pliées. Ce trousseau que personne n'avait préparé, dans lequel des aiguilles imaginaires ne cessaient de se planter en vain, car les fils n'avaient pas été choisis ni achetés, connaîtrait moins de corruption que celui d'une vierge, que celui d'une nonne. Les instants parfaits, il valait mieux les rêver, car ainsi on ne les perdait pas.

« À quoi songes-tu, ma minette ? » demanda Louise d'une voix endormie, relevée sur un coude.

Rose se tut, contemplant la face triangulaire de son amie penchée sur elle, admirant la grain serré de sa peau bistre, la pâleur de sa bouche immense, son nez très fin à l'arête de silex, ses yeux aux cils si nombreux, si noirs, qu'on les eût dits maquillés au charbon, à mourir, les boucles souples et brunes que le vent coiffait et décoiffait.

« Ne me dis pas que tu ne sais pas, supplia Louise. Ton âme est un oiseau muet. Laisse-la me chanter quelque chose. »

S'armant de courage, Rose murmura, les yeux fermés : « Je pense à Zelada. »

Louise se redressa d'un coup, surprise, effrayée.

« Ma nounou, fit tristement Rose, sachant, même sans voir la mine inquiète de Louise, qu'il fallait la rassurer.

— Ta nounou ?

— Celle qui m'a élevée. Nous faisions de la gymnastique ensemble. »

Louise éclata de rire tandis que Rose retenait ses larmes en se mordant l'intérieur des joues. Comment le mot « gymnastique » pouvait-il avoir autant de pouvoir sur elle ? Il était plus fort que « passion », « mort », « naissance ». Il contenait l'enfance et le monde d'avant, l'innocence, la joie. Il ne disait rien du passé, il était éternel.

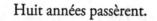

Huit années passèrent.

Rue Delambre, Paris, décembre 1921

Les deux garçons, l'un pianiste, l'autre poète – comment s'appelait-il déjà, le pianiste ? Ernest ou Étienne ? Impossible de se souvenir –, avaient monté les quatre étages en courant, impatients, le cœur battant. Il leur avait fallu marquer une pause sur le palier pour calmer l'essoufflement, attendre que le rose quitte leurs joues. Ils voulaient avoir l'air sérieux et, si possible, tragiques. Ils avaient travaillé leur personnage depuis des mois. À peine avaient-ils su qu'on les recevrait au Nid (qui avait gardé son nom malgré le changement d'adresse) qu'ils s'étaient mis à composer des sonates lugubres, des odes désespérées. Ils se forçaient à mal dormir pour accentuer leur maigreur, creuser leurs joues. Si seulement ils avaient pu avoir des poches sous les yeux. Ils se coupaient volontiers en se rasant, car les cicatrices, pensaient-ils, étaient susceptibles de les vieillir, de leur donner un genre. Ils mangeaient mal et peu, buvaient le plus possible de vin, de préférence à jeun. C'étaient deux athlètes de la destruction de soi, acharnés, infatigables. Ils pouvaient compter sur un solide esprit d'équipe, s'encourageaient l'un l'autre, multipliaient les initiatives : Et si on essayait le cigare. Il paraît que l'absinthe est féroce. Arrêtons carrément le sommeil. Trouvons les meilleurs excitants.

Un ami étudiant en médecine m'a dit qu'il pourrait nous en fournir.

Malgré leur obstination à la débauche, ils peinaient à s'abîmer. Ils avaient été trop bien nourris, trop choyés, trop caressés par leur mère dont le lait coulait encore dans la mémoire de leurs veines, de leurs organes. Ils avaient été irrigués d'amour, si bien que la mauvaise vie ruisselait sur eux comme l'eau sur le dos d'un canard.

C'est Arthème qui actionna la cloche. Arthème Guédalia, ce nom-là ne serait jamais oublié.

« On m'avait dit pour la cloche à vache, mais je ne l'avais pas cru », glissa Ernest – oui, appelons-le Ernest – à l'oreille d'Arthème.

À gauche du chambranle, une clarine en bronze pendue à une crémaillère de fer forgé annonçait les visiteurs.

La porte s'ouvrit, mais personne ne se trouvait derrière pour les accueillir. Ils longèrent le couloir sombre, tendu d'une tapisserie indigo qui dégageait une odeur enivrante d'encre fraîche. Tout au bout s'ouvrait le salon, vaste pièce carrée et basse de plafond, volets intérieurs fermés contre le soleil. La lumière des bougies se mêlait à celle des lampes, les habitués étaient assis ou allongés sur des tapis, des coussins, des amis. Tous fumaient. Un nuage d'un mètre d'épaisseur était suspendu au plafond, tel un édredon volant. Il y avait des robes et des pantalons, des jambes nues, des barbes et des cheveux longs ou courts. Il était, à première vue, difficile de distinguer les femmes des hommes. Voyant entrer les deux nouveaux du coin de l'œil, Louise poursuivit son récit en élevant légèrement la voix afin de signifier aux garçons qu'il n'y aurait ni présentations ni visite guidée. Ils dérangeaient. Ils avaient failli l'interrompre. Il était indispensable qu'ils se sentissent de trop. Tous deux goûtèrent ce bizutage avec délectation. « Je disais donc, nus, archinus ! s'exclama-t-elle. Et c'était bien normal, puisque nous étions entre naturistes. »

Joignant le geste à la parole, elle entreprit de se déshabiller, tout en racontant cette journée d'août 1914, son morceau de bravoure, dont personne ne s'était encore lassé. Elle retira sa lavallière, son gilet, sa chemise à col cassé. Sa poitrine était un ravissement contre-gravitationnel, et l'air, les conversations, les souffles se figeaient lorsqu'elle la dévoilait, pas trop souvent, dosant habilement l'attente et le désir, jouant avec la frustration et l'effet de surprise. Autour d'elle, certains adeptes, certaines suiveuses l'imitèrent. La pantomime commença.

« Nous avions roulé depuis le matin. Autant vous dire que nous étions crasseuses et fatiguées. Eh, ma chérie, tu te souviens ? Tu étais si mignonne. Rose ne voulait pas croire que ça existait, les naturistes. Elle n'en avait jamais entendu parler. Qu'est-ce qu'on a chanté comme chansons ce jour-là. Il fallait en avoir du coffre, parce que le skiff 160 n'était pas la voiture la plus silencieuse que j'aie conduite, mais bon, comment résister à la carrosserie en bois ? On n'en fait plus des comme ça, pas vrai J.-G ? J.-G., tu dors ? Les amis, je vous présente Jean-Gaston, mon garagiste, mon unique amour après Rose, qui dort pendant que je raconte un épisode digne de Don Quichotte. »

Les rires fusèrent. On tenta de réveiller J.-G., en vain.

« On a garé la voiture sous les pins. Tu te rappelles l'odeur, ma minette ? C'était la fin d'après-midi. Le monde était en or. (En prononçant ces paroles, Louise continua de se dévêtir, pantalon, caleçon ; ne restèrent que les richelieus et les guêtres. Ses fesses étaient une autre des attractions qu'elle offrait à son public, dodues et arrogantes, sculptées par les années de danse.) On a marché, main dans la main, et j'ai dit à ma Rose : Enlève tes habits. Elle ne voulait pas, elle était timide. Mais en arrivant dans la clairière, elle a bien vu qu'on ne pouvait faire autrement, car tout le monde était nu, archinu. »

Là encore les rires se firent entendre, à cause des grimaces de Louise, de ses imitations, car elle se mit, à cet instant, à faire défiler les corps : un préfet ventripotent, une femme squelettique et bossue dont le menton prognathe semblait seul assurer la station debout, des jeunes, des vieux, des sportifs. Un mélange de néophytes et d'habitués. On y était, dans la clairière, au cœur de l'été.

« Non, Jacob ! fit Louise d'un air las, mettant fin à ses singeries. Qui te parle du Sparta Club ? C'était bien avant. On était en 14, rappelle-toi. C'était complètement clandestin. Rien d'organisé. Tout se faisait par le bouche à oreille. C'était près des calanques. Le docteur Bonbois et son assistante, Amirette Carton, assuraient les cours de gymnastique. On mangeait des poissons grillés piqués sur des bâtons, comme des trappeurs. Qui pensait à la guerre ? Au moment de quitter Paris, il y avait eu des rumeurs. On n'y croyait pas. »

Des affiches avaient pourtant été placardées. Des fanfares jouaient, des jeunes hommes embrassaient leurs mères, les plus âgés embrassaient leurs épouses, les premiers, ardents, presque joyeux, heureux de l'aventure, les seconds, solennels, inquiets. C'était l'affaire de six mois, mais qui tiendrait la ferme ? On n'avait pas commencé les moissons. Qui garderait la boutique ? Qui se chargerait des livraisons ? Louise soupçonnait la plupart de se réjouir de l'escapade. Tous les hommes sont des enfants, affirmait-elle. Aucun n'aime vraiment rester à la maison, s'occuper des mioches, voir le visage de leur bonne femme se couvrir de rides, de verrues, de poils. « La fleur au fusil ! » s'exclama-t-elle avant de claironner, bouche fermée, joues gonflées, imitant les trompettes, roulant des baguettes imaginaires sur un tambour invisible qu'elle faisait reposer contre son ventre projeté vers l'avant.

Mais, eux, c'était autre chose. La bande de robinsons blottis dans les calanques n'avait rien vu de tout cela. Enivrés par la résine alcoolisée des pins, de l'origan, du romarin, les plantes de pied toujours un peu collantes à cause de la sève sucrée qui poissait tout, vernissait les aiguilles, les troncs, les cailloux, ils dormaient sous les étoiles, se frottaient avec des feuilles de géranium pour éviter les piqûres de moustique. Fabriquaient des onguents, jouaient aux cartes, étudiaient les tarots avec autant de sérieux et de foi que d'autres les Évangiles. Ils avaient conscience d'être au sommet de quelque chose, le sommet d'une époque, le sommet d'un style. Ils étaient tellement plus brillants que leurs prédécesseurs, plus émancipés que quiconque avant eux. Ils n'étaient pas une génération nouvelle, car ils s'étaient créés eux-mêmes, ne devaient rien à personne. Ils avaient toujours été là, présents dans le monde depuis la nuit des temps, échappant au modèle commun de la reproduction sexuée. Ils n'avaient pas de parents, pas d'aïeux. Ils s'étaient engendrés eux-mêmes, s'amusaient à compter leur nombre d'incarnations dans les lignes de leurs mains, dans les stries de leurs iris. On était entre vieilles âmes. On lisait le livre paru sous pseudonyme d'un grand bouddhologue, on échangeait quelques mots de tibétain. Certains pratiquaient la salutation au soleil et se tenaient assis en lotus sur de grands rochers plats. On récitait de la poésie. On chantait. On lançait des concours de rimes, des compétitions d'anapestes dansés. C'était dans ce monde idéal, dans ce phalanstère secret qu'avait débarqué l'agent de conscription Armand Douzedragé, vingt-deux ans, fils d'épicier, qui n'avait jamais vu de femme nue.

« Je ne sais pas comment ils nous ont trouvés. Les militaires. Ils ont débarqué, avec leur liste et un camion rempli de barda. Les pauvres, ils étaient rouge pivoine. Tu te rappelles, ma Rose ? Les militaires en sueur ? Celui qui lisait les noms et qui bégayait ? Il débarquait de sa campagne. Il avait un drôle d'accent et trois poils de moustache, les yeux vissés à ses croquenots. Avec lui, des jeunes de l'active, on les reconnaissait tout de suite, la nuque rasée de plus près, on aurait dit qu'ils avaient passé leur enfance à avaler des balais ou des parapluies. Ils gigotaient d'un pied sur l'autre en tortillant leurs doigts. On les a suppliés de nous laisser le temps de fabriquer des couronnes de fleurs à nos hommes. À chaque pas que nous faisions – Ginette, Marthe, Zézette, Louve, Puce, Georgette et moi –, les soldats reculaient. Je vous jure que si on leur avait envoyé une armée de naturistes, aux alboches, ils n'auraient pas tenu quatre ans. »

Une voix s'éleva pour la contredire. Les Allemands, d'après Berny, étaient les pères fondateurs du naturisme. Et elle-même appartenait à un club très prisé des officiers.

« Vrai, ma Berny, mon encyclopédie ambulante, mais tout de même, j'aurais bien aimé voir ça. Des femmes nues, en colonnes, marchant sur l'ennemi qui abandonne les armes et retourne en pleurnichant chez maman. »

Louise avait enfilé un peignoir orné d'un dragon turquoise et blanc dans le dos. Elle fumait deux cigarettes à la fois, qu'elle tenait entre le pouce et l'index. Il y eut quelques applaudissements. Jean-Gaston s'ébroua et posa un disque sur le phonographe.

« Mon père est mort dans les tranchées », dit Arthème Guédalia.

Il ne s'adressait à personne en particulier. Une seconde plus tôt, il aurait été incapable de s'imaginer prononçant cette phrase.

Heureusement, personne ne l'entendit. Il avait tout gâché. Il sentit qu'il ne serait plus invité, à cause de l'absence de sourire sur son visage, de la détresse grandissante qui avait envahi ses yeux à mesure que le récit grotesque de Louise enchantait ses hôtes.

Il se rappelait l'odeur de son père, un mélange d'ambre et de savon noir, le parfum de la droiture, de la sécurité. Il portait une de ses chemises. Il l'avait choisie pour paraître au Nid, comme un talisman – le seul possible, susceptible de l'accompagner dans cette découverte, cette initiation. La couture des épaules dépassait de beaucoup l'emmanchure du gilet. Il n'avait pas la carrure de son père. L'aurait-il jamais ? Il ne le souhaitait pas. Il aimait se sentir au large dans les pantalons longs et sans revers qu'il subtilisait dans l'armoire parentale aux heures où sa mère quittait la maison. Il lui était impossible d'aller y fouiller quand elle était là. Lorsqu'il rentrait le soir, portant un ou plusieurs vêtements ayant appartenu à son père, sa mère ne disait rien, faisant mine de ne pas le remarquer. Ce n'est qu'à la dérobée qu'elle risquait un regard sur le lainage uni. Pourquoi, se demandait-elle, fallait-il que les hommes aient troqué ces belles flanelles sobres pour les carreaux, ces longueurs élégantes pour les feux de plancher, sans parler des culottes de golf ? Elle se distrayait de son chagrin en pensant à la mode, passait une main qu'elle aurait voulue distraite sur l'étoffe qui autrefois couvrait la peau de son mari. La peau de Zacharie Guédalia. Qui témoignerait de sa douceur ? Qui la connaissait ? Les artistes s'inquiètent pour leur postérité, songeait-elle, mais qui se souviendra de la douceur d'une peau ? Qui parlera de la peau de mon mari ?

« Louise est parfois blessante », murmura une voix dans le dos d'Arthème.

Il sursauta, tandis que Rose lui tendait la main. Elle portait une robe au genou, en toile grise, légèrement marquée à la taille. Avec ses cheveux longs et épais retenus en chignon sur la nuque, on aurait pu la prendre pour la bonne. Arthème fut charmé autant que surpris par cette absence d'extravagance, quelque chose de démodé, ou plutôt de désuet.

« Vous êtes Rose, dit-il, le regrettant aussitôt, car cette réplique le cataloguait parmi les lecteurs de gazettes, les ragotards.

— Et vous, vous êtes Leriche ou Guédalia ? Je me charge personnellement de rédiger les invitations, ajouta-t-elle comme pour excuser cette indiscrétion. Léonce vous aimait beaucoup. Et nous aimions beaucoup Léonce. J'aimais avoir un ami aveugle. Oh, c'est affreux, non ? De dire une chose pareille. Mais c'est vrai. C'est la vérité et vous êtes si jeune. Il faut vous dire la vérité. Quel âge avez-vous ?

— J'aurai vingt-deux ans dans trois semaines. »

Il rougit.

« C'est bien, dit Rose. Je me sens vieille à côté de vous. Lequel des deux, alors ? reprit-elle. Leriche ou Guédalia ?

— Voulez-vous deviner ?

— Impossible. Je donne toujours ma langue au chat. Les devinettes sont une torture pour moi. Je n'ai aucune confiance dans mon instinct. Si je pense blanc, je dis noir, mais au moment de dire noir, je bégaie et je finis par dire blanc.

— Et donc vous gagnez à tous les coups.

— Non, non, non. Je perds. C'était noir.

— Je suis Guédalia. Arthème Guédalia. »

Ils se serrèrent enfin la main.

« Chacun cicatrise comme il peut, lui dit-elle en l'invitant à s'asseoir dans un fauteuil près de la cheminée. On dit qu'il faut reprendre la vie là où elle s'était arrêtée, mais c'est impossible. Rien, absolument rien ne sera plus comme avant. Dès que je fais un pas, je bute sur un absent. Ce que j'ai vu sur le front, qui l'effacera de ma mémoire ? Vous n'avez pas vu. Vous étiez un enfant. Vous n'avez rien vu, mais vous avez perdu votre père. Nous sommes face à face aujourd'hui, vous qui l'avez perdu et moi qui l'ai retrouvé, mais nous sommes pareils, avec cette fausse symétrie qu'offrent les miroirs. »

Arthème écoutait Rose et il lui semblait qu'à chaque mot qu'elle prononçait, une brique de sa maison détruite, la ruine de son enfance, retrouvait sa place dans un mur. La précision de ses paroles lui évoquait l'impeccable obstination de sa mère dans les reprises qu'elle effectuait en s'aidant d'un œuf en bois, objet de convoitise qu'il avait dérobé, puis rendu et dérobé encore. Il se croyait poète, mais les phrases de cette femme, dont les échotiers vantaient la discrétion car ils ne trouvaient rien à dire de son physique ni de ses manières, valaient infiniment plus que les vers auxquels il consacrait ses jours et ses nuits.

« Louise s'est engagée comme ambulancière. C'est le meilleur pilote que j'aie jamais connu. Elle rit de tout, elle nous exhorte à oublier, mais moi, ce dont je me souviens, c'est de l'art avec lequel elle contournait les bosses et les nids-de-poule sur les routes bombardées. Les blessés étendus à l'arrière étaient brisés. Des miettes d'hommes qui ne contenaient plus que quelques gouttes de sang, et elle qui roulait le plus vite possible afin d'atteindre le poste de secours assez rapidement pour les livrer vivants, le plus vite possible mais avec douceur aussi. Une douceur dont elle ne parlera jamais, une douceur qui est peut-être la première chose qu'elle voudrait oublier. Elle les transportait dans son coffre avec la placidité d'un bras maternel. J'ignore comment elle opérait ce prodige. Les rares fois où je me suis retrouvée à bord avec elle, j'ai eu l'impression d'être lancée sur un tapis volant. C'était un génie automobile qui pouvait ne pas dormir pendant plus de soixante-douze heures. Elle n'acceptait de se coucher, à l'arrière de son ambulance, sur le jute, dans une odeur de sang encore frais, que lorsqu'on lui assurait qu'il n'y avait plus personne à transporter.

« Moi, j'ai été volontaire chez les petites Curies. On était vers Compiègne. Il fallait brancher le générateur électrique sur la dynamo du moteur de la voiture pour obtenir l'électricité nécessaire à produire des rayons X. Ça ne vous dit rien ? C'était pour faire des radiographies. J'ai été sélectionnée parce qu'à force de passer mon temps sur les routes avec Louise, j'avais développé une petite connaissance de la mécanique. J'ai formé pas mal de filles. On installait les blessés derrière l'écran et on regardait l'état de leurs os. C'était comme une photographie, mais qui allait chercher à l'intérieur de la chair. Vous n'en avez jamais entendu parler ? Ce serait trop long de vous expliquer comment ça fonctionnait. Ce que vous pouvez peut-être imaginer, c'est un crâne. Oui, imaginez-vous un crâne. Deux grands trous pour les orbites au dessus de la mâchoire et de la cavité nasale et après ça part en courbe, puis ça s'aplatit un peu pour repartir en courbe vers l'arrière. » Tout en disant ces mots, Rose faisait courir son index sur le menton, le nez, le front puis la nuque d'Arthème qui, les lèvres ouvertes, les yeux clignant à peine, tremblait sous sa main. « Ça y est, vous le voyez ce bon Yorick ? Alors maintenant, pensez à un bol, à un carnet de notes, à du porridge, à un épi de blé, à une pioche... ce n'est pas une plaisanterie, mon garçon. Pensez à tous ces objets, à ces choses, et imaginez-vous que, la plupart du temps, ce que je voyais apparaître sur le cliché avait plus de rapport avec les éléments que je viens d'énumérer qu'avec le noble calice qui accueille nos cervelles. Les premiers temps, on pouvait croire que la machine était cassée tant l'image semblait illisible. Mais non, la machine était intacte, c'étaient les os, à l'intérieur, qui étaient broyés. C'est comme ça que j'ai retrouvé mon père. J'étais de l'autre côté de l'écran et quand j'ai vu l'état du crâne de l'officier qu'on m'avait amené, je me suis demandé ce qui pouvait rester de lui. "Dites-moi comment vous vous appelez !" ai-je crié depuis ce qui faisait office de cabine, n'espérant aucune réponse. "Commandant René de Maisonneuve", a articulé avec une grande clarté la voix derrière le paravent. C'était mon père. Et je vous assure que si Yorick avait parlé à Hamlet, alors que le prince tenait son crâne au creux de la main, il n'aurait pas été plus surpris. Croyez-vous aux fantômes ?

— Oui, répondit ardemment Arthème, étonné de sa propre assurance.

— C'est bien, reprit Rose. C'est juste. Nous sommes entourés de fantômes. Vous et moi sommes des fantômes. Moi, plus que vous. Je ne suis que l'ombre de celle que j'ai été, parce que j'ai trop pleuré, voyez-vous ? Nous avons vu des choses que nous n'aurions jamais dû voir. Nous avons perdu notre innocence. Pas vous, mon garçon, pas vous. Ou alors, si cela vous chante, vous pouvez vous considérer comme le fantôme de votre enfance. Il me semble que quand j'étais enfant, j'étais vraiment vivante. C'est le seul moment. Ensuite, on ne cesse de chercher ce qui nous a échappé, de rattraper un fil perdu. Avant, par exemple, je ne parlais jamais. Aucun mot ne venait. Je croyais que c'était parce que j'étais stupide, mais non. C'était parce que j'étais vivante. La parole est arrivée pour accompagner cette pénible et longue recherche, la recherche de ce qui a disparu, un peu comme si j'avais développé des pinces, deux grandes pinces de crabe.

— Et les enfants bavards, qu'est-ce que vous en faites ? dit Arthème, qui se demandait soudain s'il avait jamais été vivant.

— Les enfants posent des questions. C'est différent. Ils caquettent comme ils chantent, comme ils courent. Diriez-vous d'un enfant qui court que c'est un athlète ? Pourtant il passe plus de temps à dérouiller ses genoux que ne l'a jamais fait notre cher Jean Bouin. Quelle est la différence selon vous ? Ne répondez pas. Je me souviens d'avoir beaucoup souffert à votre âge lorsqu'on me posait une question de ce genre. Je vais vous dire moi-même la différence, et libre à vous de ne pas être d'accord. L'enfant agit sans objectif, l'être et le faire sont confondus. Si je parle à présent, c'est parce que je poursuis un but et cela change tout, cela pervertit le geste. Mon père était philosophe. Il me parlait à longueur de temps. Son objectif, je crois, était de ne pas me voir, de masquer ma présence sous les mots. Des mots savants de préférence, des notions. Il appréciait beaucoup ce terme, je m'en souviens. "Notion". Je crois qu'il en aimait la sonorité. Quand il a prononcé son nom, de l'autre côté de la plaque, avec cette voix claire et bien posée que je ne lui connaissais pas, j'ai senti mes jambes fondre. Mes dents se sont mises à trembler. Je ne l'avais pas vu depuis six ans et j'avais cessé de lui écrire depuis plus de quatre ans. J'aurais pu être morte. Il aurait pu être mort. C'était la rencontre de deux fantômes.

– Pourquoi ne lui écriviez-vous plus ?

– C'est une bonne question. Une question d'enfant. D'un enfant qui regrette de ne pouvoir écrire à son père. D'un enfant qui ne pourra plus jamais écrire à son père. Vous pleurez, mon petit ? Vous avez raison. Il faut pleurer. Quant au mien, à mon père, je crois que je n'aurais pas su par où commencer. Dans les lettres qu'une fille écrit à son père, il y a le mariage, les enfants, la maison, le mari, comme une petite forteresse où l'on se tient cachée. Je n'ai rien connu de tout cela. Si j'avais écrit à mon père, j'aurais été exposée, comprenez-vous ? Un peu comme dans l'histoire de Louise, j'aurais été nue devant lui. Je suis pudique. C'est comme ça. Et je ne le regrette pas, car aussi, il faut que vous sachiez… mais dites-moi si je vous assomme, c'est si nouveau pour moi, la parole, que je ne sais quand ni comment m'arrêter. »

Arthème secoua à peine la tête, car il percevait la minceur du fil sur lequel Rose avançait. Il redoutait de le voir se briser.

« Oui, ce qu'il faut que vous sachiez, c'est que mon père n'était pas… comment dire ? Je n'ai jamais rencontré quelqu'un comme lui. Je n'ai jamais entendu parler d'une personne dans son genre. Même dans les livres, je n'en ai pas trouvé. Je vais vous donner un exemple : si mon père avait construit une maison, il aurait commencé par le toit. Vous souriez ? Vous ne riez pas ? C'est ridicule pourtant. Mon père était un être grotesque, mais aussi un idéaliste. Le monde n'était pas taillé pour lui, et non le contraire, entendez-moi bien. Il était en carton dans un monde de chair, mais il avait raison d'être en carton. Il était d'une intégrité folle. C'est moi qui vais pleurer si je continue.

« Je suis sortie de la cabine pour le voir. Je redoutais de découvrir sa face fracassée, sa tête défoncée, des creux à la place des pleins, des boules à la place des creux, des lambeaux, des trous. C'étaient surtout les trous qui me faisaient peur, dans les pommettes, dans les tempes. C'était noir dedans et ça luisait. J'avais peur de me montrer. Presque aussi peur en fait. Mais j'avais tort. La peur de revoir son père après six ans d'absence, après quatre ans de silence, c'est bon pour les autres, les braves ouvriers de la vie qui savent que pour construire une maison, il convient de commencer par les fondations. Mon père se faisait toujours une raison de tout. Il examinait les conséquences et inventait les causes, non pas en étudiant les actions passées mais en s'appuyant sur un genre de talent médiumnique. Il lisait dans le passé, si vous voulez, avec autant de certitude qu'une gitane lit dans l'avenir, mais sans jamais prendre en compte la différence cruciale qui existe entre les deux. Il avait une expression dans ces cas-là, un visage vraiment extraordinaire : ses sourcils remontaient très haut sur son front, entraînant ses paupières, ses yeux s'agrandissaient, laissant apparaître le blanc au-dessus de l'iris ; même ses narines se dilataient sous l'effet du mouvement et sa lèvre supérieure se retroussait légèrement. C'était un genre de transe, et il était capable, dans ces moments, de recréer un événement, voire de l'inventer. Ses souvenirs ne lui étaient d'aucun secours, lui parler de ce qui était réellement advenu aurait semblé saugrenu. "Tout s'explique, ma fille", me disait-il avant de se lancer dans ce qui ressemblait à une expédition. J'allais devoir le suivre alors dans des méandres jamais visités auparavant, nous mettions le cap sur une *terra incognita* d'où surgissaient, tels d'immenses cocotiers, les mois précédents, méconnaissables et chargés de fruits immangeables. Si vous voulez, si vous n'en avez pas assez de moi, je vais vous donner un exemple.»

Mais les bouchons de champagne, qui sautèrent à cet instant, interrompirent la conversation.

« Tous aux abris », cria Louise en arrosant les convives.

« Pourquoi on est partis, papa ? » Rose se rappelait la question qu'elle avait posée au commandant de Maisonneuve quelques mois après leur retour en Afrique, alors qu'elle avait tout juste dix-sept ans. Elle aurait voulu raconter cela au jeune Guédalia. Mais la fête était lancée, la musique était couverte par les voix, elles-mêmes couvertes par le fracas des pieds sur le parquet, lui-même fondu dans la musique au moment du tutti. « Tout s'explique, ma fille, lui avait-il répondu. Il faut que tu saches une chose : les juifs ne sont pas comme nous. On dit qu'ils ont tué le Christ mais je n'en suis personnellement pas convaincu et, dans la mesure où Jésus a ressuscité, il y a réparation. Mais ce qu'ils ont fait d'impardonnable à mes yeux, vois-tu, c'est d'avoir excommunié Spinoza. Notre Spinoza, ma chérie. Te rends-tu compte ? Ils l'ont chassé de leur communauté. Y a-t-il eu réparation ? Spinoza a-t-il ressuscité, lui ? » Mon Dieu, s'était dit Rose, où veut-il en venir ? Elle se sentait déjà tirée par les pieds dans le tourbillon cataractique de la pensée paternelle. « Non, avait-il repris, avec son air de prophète, de prédicateur fou. Spinoza n'a pas ressuscité, mais René de Maisonneuve l'a vengé ! » Rose s'était levée pour s'assurer que portes et fenêtres étaient fermées. « Alfred Dreyfus, ce nom te dit quelque chose ? A et D, les initiales sur les verres ? » « Les coupes à champagne de maman ! » s'était écriée Rose. « Ma fille, ma fille, tu as tout vu et tout entendu. Toi aussi, tu as souffert de cette mascarade affreuse. Alfred Dreyfus était un capitaine de l'armée française. Il servait la France et pourtant, il l'a trahie. Il méritait d'être excommunié et, dans un premier temps, notre mère nation l'a puni ; c'était un juif, comme notre Spinoza. Et crois bien que ton papa s'est battu pour que le châtiment égale la faute. Mais quelques années plus tard, des filous, des illuminés comme ta mère, ont si bien œuvré à sa réhabilitation qu'il est sorti du bagne où il aurait dû crever. Cela faisait des années que je vivais l'enfer avec ces réunions de soi-disant intellectuels organisées par Kristina. Sous mon propre toit, te rends-tu compte ? Mon propre toit. Elle a voulu pousser la provocation à son comble. Elle a invité tout Paris pour célébrer la réhabilitation du juif. Ce juif dont les ancêtres avaient eu le front d'excommunier notre Spinoza. Elle m'a fait boire dans le verre. M'a ordonné de baiser les initiales. J'ai refusé. Alors elle s'est jetée sur moi et m'a battu, ma fille. Elle a brisé une coupe pour me trancher la gorge. Je n'ai rien fait pour me défendre. D'autres l'ont retenue. C'était une furie. Elle hurlait, se débattait, arrachait ses vêtements. C'était d'une impudeur, d'une indécence ! Prilépine, ce charlatan, a appelé une ambulance. C'est lui-même qui a passé la camisole à ta maman. Que veux-tu que cela me fasse ? Comme si je ne savais pas. Il existe plusieurs sortes de déshonneur et je crois les avoir toutes vécues. C'est un palmarès comme un autre. Et si le capitaine Dreyfus est innocent, cela ne change rien à l'affaire. Ce n'est ni pire ni mieux. Il n'est pas en cause dans cette histoire. Cette histoire ne concerne que ta mère et moi. J'ai vu les documents. Nous savions tous qu'ils étaient truqués. C'est moi qui en ai parlé à Kristina. Le fameux bordereau. Des faux en écriture, on passe nos journées à en faire dans l'armée. Qu'est-ce que j'espérais ? Une justice ? Une justice pour moi. Mais elle s'est détournée, une fois de plus, avec son ardeur juvénile. Sais-tu que ta mère ne vieillira jamais ? Elle mourra peut-être, mais jamais elle ne s'altérera. Il fallait être pour ou contre. Ta mère était pour, que me restait-il comme choix ? Ah, ma fille ! Pourquoi faut-il toujours choisir ? Pourquoi ne pas accepter d'être la pierre lancée par une main désinvolte ? Je suis fatigué. Je me rappelle un jour où mon pied a glissé. J'avais le regard tendu vers un certain horizon, mais mon pied... Il y avait une feuille humide, une flaque, une racine affleurant en travers, comment savoir ? J'ai suivi l'autre route. Et si c'était à refaire, peut-être le referais-je car personne n'a connu comme moi l'immensité du doute, la grandeur infinie de la perdition, la liberté solitaire de l'erreur manifeste. Je ne suis pas dupe, sais-tu ? Personne, tu m'entends ? Personne ne réfléchit autant que moi. » Il l'avait secouée par les épaules, agitant face à elle sa tête de musaraigne. Elle avait vu briller dans ses yeux l'intelligence, la bravoure. Mon père aurait pu être un grand homme, s'était-elle dit.

Lorsqu'il était apparu, dix ans plus tard, alors qu'elle avait repoussé le paravent qui séparait les blessés des infirmières à l'arrière du camion radiographique, elle avait été frappée par son air d'assurance martial. Il lui manquait la moitié du crâne, ainsi qu'elle l'avait constaté sur le cliché, mais un éclat neuf luisait dans ses prunelles. Selon l'angle sous lequel on l'observait, on pouvait le croire intact ou ne pas comprendre comment il pouvait être encore en vie. Il ressemblait à ces églises bombardées dont le clocher continue de se dresser, masquant une nef anéantie, hantée par les palombes et les freux. La peau, le cuir chevelu n'affichaient aucune lésion, ce qui était impossible. On eût dit qu'une main céleste s'était introduite dans la tête pour en retirer un morceau.

« Papa ? avait-elle murmuré.

— Commandant René de Maisonneuve, avait-il rétorqué d'une voix joviale, comme celle qu'il adoptait pour les toasts ou, plus fréquemment — car il n'était pas un grand mondain —, pour demander à son valet qu'il lui cirât ses souliers.

— Papa ? » avait-elle dit de nouveau, avec une insistance qu'elle ne s'expliquait pas elle-même.

Il avait penché la tête très légèrement, l'avait dévisagée et, du même ton qu'elle, avait répété d'une voix presque féminine :

« Commandant René de Maisonneuve ? »

Et de nouveau :

« Papa ! »

Puis, en écho mimétique :

« Commandant René de Maisonneuve ! »

Tous les mots s'étaient enfuis de sa tête, partis en fumée. Ne restait que son nom, dont il ornait à présent toutes les émotions, toutes les impressions. Rose s'imaginait l'éclat d'obus nettoyant le crâne de son père, allant gratter les derniers adjectifs, les derniers verbes là où ils s'accrochaient encore. Lambeaux de paroles. Tout ce qu'il aurait voulu dire encore. Ses théories. Ses démonstrations.

« Tu me reconnais ? demanda-t-elle à voix basse. C'est Rose.

– Commandant René de Maisonneuve, murmura-t-il.

– Oui, c'est moi. Je suis là. Tu vois, on s'est retrouvés. Dieu n'a pas voulu que la guerre nous sépare.

– Commandant René de Maisonneuve », soupira-t-il en levant les yeux vers le ciel.

Rose comprit qu'il parlait de Dieu et apprécia la substitution onomastique dans tout ce qu'elle avait d'absurde, de charmant et de réparateur.

« Je suis contente de te voir.

– Commandant René de Maisonneuve », lui répondit-il en lui serrant le bout des doigts.

Sa patte de musaraigne dans la mienne, pensa Rose. Il me parle. Mon père me parle et je comprends mieux ce qu'il me dit depuis qu'il ne possède plus d'autres mots que ceux qui forment son nom. Il y eut un sifflement et des cris. Des femmes en cornette couraient en tous sens, semblables à des poules, les capes des infirmières volaient à leur suite, figurant de grands cygnes noirs, des ordonnances, des blessés légers, des garçons à un bras ou sans nez, certains entourés de bandelettes, d'autres exposant leur chair sanguinolente à tout vent, trottinaient pour atteindre un bosquet, un trou. Rose prit son père dans ses bras et sentit la fragilité de sa carcasse. Se pouvait-il qu'il eût changé de matière ? Il posa la tête sur l'épaule de sa fille et chuchota : « Commandant René de Maisonneuve. »

« J'ai peur », traduisit-elle. Mais elle se demanda si ce n'était pas plutôt : « N'aie pas peur. » Ces deux phrases, à cet instant, avaient exactement le même sens. Elle en fut frappée, comme si on avait entrouvert pour elle les portes du paradis ou celles de l'enfer. Le plus grand des mystères s'éclaircissait enfin ; pour la première fois elle savait exactement ce qu'il y avait dans la tête de son père. Son père qui, entre les bras de son enfant, posait un pied hésitant sur le seuil de la demeure des anges, redoutant de s'égarer, s'interrogeant encore : « Est-ce là, vraiment ? Oui ? Est-ce bien là que je dois aller ? Et dois-je passer cette porte maintenant ou plus tard ? Ne serait-il pas préférable que je revienne ? » Chaque nouvelle question fabriquait un frisson, une très légère secousse que Rose sentait sous ses doigts.

« Vas-y, papa, lui avait-elle murmuré. Vas-y. »

*

« Bois, mon cœur », lui dit Louise en la faisant basculer sur son bras, tout en tendant vers ses lèvres une coupe de champagne.

Rose but, émerveillée comme toujours par la puissance de Louise, cette force de félin, d'animal sauvage qu'elle possédait et qui faisait qu'à son contact on se sentait absolument rassuré. Louise l'embrassa, caressa ses épaules et ses seins à travers l'étoffe de la triste robe grise.

« Ma petite bonne sœur », lui glissa-t-elle à l'oreille.

Rose perçut le regard qu'Arthème Guédalia portait sur elles. Il les examinait sans conscience, accaparé par la curiosité, le souffle lent. Bouche bée, les bras ballants, il assistait au spectacle le plus inattendu, le plus fascinant qui fût. On lui avait pourtant dit, il l'avait pourtant lu, cela faisait partie de ce qui attirait les gens au Nid. Les métaphores, il y en avait tant, elles débordaient comme les rubans à l'étal d'une mercerie : les deux colombes, elles s'entendent comme chatte et chatte, les cerises siamoises, dans leur grammaire c'est toujours le féminin qui l'emporte, elles sont deux dans la même culotte... Il savait. Ils en avaient même plaisanté avec Ernest avant de venir, inventant un sonnet sur les étamines, jolies gamines, un poème dans lequel le pistil n'avait pas le beau rôle. Mais le voir, c'était autre chose. Le voir, c'était – il pouvait à peine le penser, surtout pas le formuler – vouloir en être, se glisser entre elles, comme une feuille de papier à cigarette. Une douleur au ventre le plia en deux, il s'écroula sur le sol, percé par une maladie inconnue, car l'absence, le chagrin, le manque de nourriture et la proximité de sa mère, la peur, et un autre ingrédient encore, plus secret, une forme d'élection ou de malédiction, l'avaient conservé dans un état d'innocence que même les petits enfants ne connaissent pas. Vais-je en mourir ?

se demanda-t-il, terrifié par la force de la main invisible qui s'emparait de ses organes, les chauffait, les usait, les accaparait. « Alors, on ne tient pas l'alcool ? » fit Louise. Elle s'était détachée de Rose, son regard adoptant à son tour la direction qu'avait prise celui de son amante, pour se pencher sur le jeune homme. Après l'avoir allongé sur le sol, elle s'installa à califourchon sur les hanches d'Arthème, saisit un verre qu'on lui tendait et le leva en s'exclamant : « Tombé pour la France ! »

*

« Laisse, on rangera plus tard », soupira Louise déjà au lit.

La fête était finie. Rose avait ouvert les fenêtres en grand, laissant entrer l'air de la nuit chargé d'étoiles, de l'haleine des platanes et des marronniers, chassant ainsi les paroles de chansons, les parfums de sueur, les odeurs de cuir chauffé, de cire d'abeille fondue, de tentures imprégnées de tubéreuse, de patchouli et de fumée de cigare. Elle savait que le ménage, le vrai, commence toujours par un renouvellement de l'air, car l'air porte dans ses particules la mémoire du passé, l'air vous parle d'un pâté que vous avez digéré depuis longtemps, il vous rappelle le nombre de cigarettes fumées, vous confie que certains des convives n'avaient pas changé de chaussettes avant de se présenter chez vous ; l'air se souvient, et ce qu'on lave, quand on lave vraiment, c'est la mémoire. C'était l'un des enseignements muets que Zelada, qui avait un certain geste pour manier les crémones, avait délivrés à Rose. Elle les actionnait avec une force empreinte de hargne, un esprit de revanche. Que cherchait-elle à chasser ? Le savon à barbe de Prilépine, l'odeur de chien mouillé que dégageaient ses guêtres ? Elle voulait débarrasser l'atmosphère de ses oh ! de ses ah ? Et surtout de ses han ! Elle traquait son souffle toujours chargé d'un inexplicable arôme de levure de bière. Elle n'en disait rien à sa disciple. Laquelle n'exigeait pas que son idole s'expliquât. Elle était son ombre, sa marionnette. En imitant chacun de ses gestes, elle parvenait à remonter jusqu'à la source de la pensée ou de la colère qui les avait engendrés.

Un matin, au lendemain d'une joyeuse partie, où Prilépine avait pourtant été convié, Zelada avait traîné. Un chiffon à la main, elle avait gardé les persiennes closes, les fenêtre fermées. Dans la pénombre, elle époussetait en dansant, comme si pour une fois, une seule, elle avait désiré conserver la mémoire des réjouissances. Rose était assise en tailleur, au milieu du salon. Elle se sentait trahie. Comme à présent, rue Delambre, toutes fenêtres ouvertes pour remplacer l'air lourd de félonie. On m'a trompée, se disait la jeune femme Rose en s'efforçant d'effacer de sa mémoire le tableau formé par Arthème et Louise, qui n'avaient cependant rien fait de mal, s'empressait-elle de se répondre à elle-même. Un jeu, tout au plus, et qu'en avait-elle à faire de ce garçon ? Rien, un inconnu, un homme, quel ennui, un tracas, un imbécile. On m'a trompée, s'était dit l'enfant Rose, sans toutefois utiliser ces mots dont elle ignorait le sens car elle n'avait que cinq ans ; mais son cœur était tout froissé, tandis que Zelada valsait dans l'air indigo de l'aube privé du jeune soleil qu'elle ne laissait pas entrer de peur de perdre l'enchantement des heures passées.

On avait fêté l'anniversaire de Rose. Ses cinq ans. Les guirlandes avaient été préparées un mois à l'avance. Zelada avait confectionné des dahlias en crépon, des bancs de poissons exotiques reliés entre eux par des rubans d'argent. Il y avait des couronnes de myosotis pour chaque invité. On avait pressé des fruits rouges pour fabriquer du faux vin et accroché des lampions chinois, dont une boule énorme en papier huilé blanc que Zelada appelait « le miracle japonais ». « Mais les lampions sont chinois », avait protesté Rose, qui avait développé une brève passion pour la géographie. « Oui, ma bébête, avait répondu Zelada. Les lampions sont chinois, mais le miracle est toujours japonais. » Rose avait froncé les sourcils. Elle ne connaissait pas le mot *sous-entendu* mais elle était très familière de la sensation qui s'y associait. Elle avait quand même fini par sourire car cette boule était réellement miraculeuse : illuminée de l'intérieur par un candélabre masqué portant des dizaines de bougies, il donnait l'impression que le soleil brillait même après que la nuit fut tombée. « Y aura-t-il un incendie, Nounou ? Si les bougies dégringolent, ça fera un grand feu pour mon anniversaire et on sera tous morts. » Zelada s'était mise à rire. « La seule chose qui rôtira aujourd'hui, c'est l'agneau sur sa broche, ne t'en fais pas, mon ange. J'ai grandi chez des artificiers. » Que pouvait-on dire de plus rassurant ? Même si ce mot compliqué n'avait aucun sens ; artificier, mouais, s'était dit Rose, davantage convaincue par la stupéfiante beauté du dispositif que par l'assurance de sa nounou.

Le gâteau serait le clou de la soirée. Zelada avait commandé à Miss Halfpenny cinq génoises de tailles différentes, une pour chaque année, qui s'empileraient, maintenues ensembles par une crème légère aromatisée aux cerises à l'eau-de-vie. La nounou avait dû batailler longuement avec la pâtissière pour obtenir le droit de concevoir le dessert d'anniversaire et, surtout, d'en assurer la décoration. Elle avait préparé pour cela plusieurs lés de pâte d'amandes rose d'une épaisseur de deux millimètres qu'elle maniait avec autant de dextérité que les serviettes en batiste ancienne de Mama Trude. Entre ses mains, les rouleaux et les replis d'amandes ne se brisaient pas, ne s'étiraient pas. Elle prenait soin de les conserver à une température constante, ni trop chaude ni trop froide, de maintenir leur humidité à l'aide d'une gaze. Rose, qui avait reçu la permission inattendue d'assister au parement des génoises, avait surpris le regard méfiant, haineux, puis admiratif de Miss Halfpenny qui, les poings fermés sur ses hanches minuscules, avait tenu à monter la garde du début à la fin de l'opération. Zelada coupait des bandelettes, festonnait la bordure de grands cercles obtenus grâce aux moules retournés qui lui servaient d'emporte-pièces, confectionnait des roses en enfonçant un rond de pâte dans un verre à liqueur du bout de son auriculaire. Ses mains papillonnaient, légères et habiles, si rapides qu'on les eût dites dotées d'un cerveau autonome. À la fin, elle avait déposé des fruits confits en grappes et en cascades, cerises et angéliques, jetées comme au hasard mais dessinant un motif à la fois fou et harmonieux. Manger ce gâteau, ce sera comme manger de l'amour, s'était dit Rose, avec moins de mots et sans doute moins d'emphase, mais dans le même esprit.

Après le repas d'agneau rôti, de champignons des bois, de tomates en saumure et de fromage – ce que Kristina appelait fièrement « le menu français » sans que personne sût d'où elle tirait cela, ni si c'était réellement ce qu'on mangeait en France pour les grandes occasions –, René avait fait tinter son couteau contre son verre C'était l'heure du discours en l'honneur de sa fille. Personne ne s'était tu. Il s'était levé malgré tout, habitué à parler sans être écouté, n'ayant pas, toutefois, renoncé à être entendu.

« Rose, mon enfant ! » avait-il commencé, debout devant sa chaise, tandis que Mama Trude rotait bruyamment et que les frères de Kristina taquinaient la jeune Lynn qu'ils avaient tous deux pour projet d'épouser (bien qu'elle louchât sur un nez si busqué que l'on se demandait s'il n'était pas justement la cause de son remarquable strabisme) parce qu'on la disait « moderne », mais surtout parce qu'elle avait d'énormes seins, d'autant plus stupéfiants que sa maigreur était par ailleurs réelle.

« Rose, chère petite ! poursuivit bravement René, alors que Kristina renversait son champagne dans l'assiette de son voisin en éclatant de rire.

– Zelada, mon cœur, coupa-t-elle, essuie donc cela. J'irai chercher le gâteau moi-même, veux-tu ?

– En cuisine ? s'exclama René, renonçant à son couplet.

– Non, à l'étable », répondit Kristina en trébuchant faussement pour se retrouver en travers des genoux de Prilépine, prête à se faire administrer une bonne fessée.

Rose regardait Zelada, pétrifiée. Elle ne le permettra pas,

pensa-t-elle. C'est son gâteau. C'est le gâteau qu'elle a fabriqué pour moi. Il ne suffit pas d'appeler les gens « mon cœur » pour qu'ils fassent vos quatre volontés.

« J'ai tout de même le droit, fit Kristina en se relevant aussi lentement que possible, d'aller chercher moi-même le gâteau que j'ai confectionné pour ma fille adorée ! »

Les applaudissements retentirent. « Un gâteau, vraiment ? » disait-on autour de la table. « Pour sa fille adorée ? », « Comme c'est charmant », « Quelle femme exquise », « Quels autres talents nous cachez-vous, Christine ? » s'exclama, pour finir, le baron Henri qui se faisait passer pour français, malgré son accent impossible à masquer, et qui mettait un point d'honneur à affubler son hôtesse de ce prénom qu'il prétendait très en vogue à Paris. Kristina rit en agitant son éventail en dentelle noire constellée de minuscules perles d'huître véritables. C'est comme si elle secouait la nuit, pensait toujours Rose, mi-séduite, mi-apeurée. Finirait-elle par faire tomber sur nous les étoiles ?

Zelada rougissait sans bouger, mâchant et remâchant ce « mon cœur », son bien le plus précieux. Rose tira sur la robe de sa nounou sans attirer à elle le moindre regard. Rose tira sur sa manche. Elle aurait voulu sauver Nounou de cette duperie. Elle aurait souhaité que tous les invités acclament le prodige de pâte d'amandes rose, elle aurait désiré qu'ils constatent, vérifient, mesurent l'immensité de leur amour. Qu'ils s'en étonnent, le jalousent. Elle avait tant rêvé, durant la matinée, et même pendant la sieste, au moment sublime de la révélation. Le gâteau, cet hymne de génoise, ce cantique de farine et d'œufs, apparaîtrait porté par les bras puissants de Zelada, et pour tous ce serait clair : qui appartient à qui, qui s'assemble, qui est la fille, qui est la mère, les liens de l'affection soudain flagrants, détrônant ceux du sang. Il fallait aussi que les invités admirent le talent de Nounou. Qu'on la fasse asseoir à la table, qu'on l'honore, qu'on la complimente.

Mais voilà que Kristina revenait déjà de la cuisine, vacillant sous le poids du chef-d'œuvre. Elle titubait, comme ivre, serrant le gâteau contre elle, si haut, si près, à s'en masquer les yeux. Les convives eurent à peine le temps de pousser des oh ! émerveillés qu'elle trébucha savamment sur le bord du tapis et s'effondra vers l'avant, projetée dans les airs, comme si elle avait rebondi, pour atterrir la tête dans le gâteau. Zelada se précipita. Kristina ne faisait pas un geste. Elle était morte. Morte de plaisir à cause de la réussite parfaite de sa mise en scène. Quel admirable gâchis. Quelle vengeance radieuse. Mais de quoi au juste, se demanda-t-elle. De quoi, au juste, est-ce que je me venge ? se répéta-t-elle, léchant la liqueur de cerise sur ses lèvres. Une piqûre inattendue, étrange, si brève qu'à peine identifiable, l'avait touchée quelque part. Au cœur ? Comment savoir ? Il lui semblait avoir atteint, pour le quitter aussitôt, l'espace de félicité qui s'ouvrait à elle lorsque, cuisses écartées, elle se désarticulait presque dans l'espoir d'atteindre l'horizon qui se refusait. Le visage de Zelada était tout près du sien, planant au-dessus d'elle. Quelle femme répugnante, songea Kristina, dégoûtée à vomir. Des pores si larges qu'on y glisserait une aiguille à tricoter, et ce nez, ce nez d'homme, énorme et plat. Mais quelle force aussi, quelle force tout de même, s'avoua-t-elle quand elle s'envola, soulevée du sol par les bras de la nounou qui l'emmenait, telle une enfant, vers la chambre. Pas étonnant qu'avec des bras pareils, elle ait... Kristina fut prise d'un hoquet, comme un prélude au rire qui répandit une chaleur très vive dans son corps ; des pieds à la racine des cheveux, elle brûlait soudain, consumée par le crime de Zelada.

Toujours elle se rappellerait la grimace de dévotion que lui avait présentée l'ancienne détenue à sa sortie de prison. Avec l'aide de son ami l'avocat (comme c'était beau et triste de penser à lui), Kristina était parvenue à obtenir une remise de peine. De la perpétuité, on était passé à dix ans. Un miracle. Et depuis ce jour, Zelada ne vivait que pour la servir, pour l'honorer, car elle-même, de son côté, n'oublierait jamais la vision de cette jeune fille au visage de fée, au ventre énorme.

« Je vais accoucher d'un jour à l'autre, lui avait confié Kristina, dans la calèche qui les menait vers Sorø. Et maintenant que je t'ai sous la main, j'aimerais autant être vite débarrassée. »

Kristina avait dix-neuf ans. Dans son ventre, elle portait Rose. René, persuadé que c'était un garçon, confectionnait des arcs, sculptait au canif de menus pistolets.

« Et si c'est une fille ? lui demandait Kristina, raillant l'arsenal miniature.

— Eh bien... eh bien... faisait René, décontenancé.

— Une fille. Quelqu'un comme moi. Un trou, un ventre, avec des cheveux.

— Kristina ! Voyons...

— Je ne veux pas qu'elle connaisse ce que j'ai connu. »

Elle s'était mise en quête de la candidate dès les premières nausées. Elle n'avait pas d'idée précise. Elle se disait que les exigences, les critères se définiraient d'eux-mêmes, au fil des rencontres. Elle avait vu des nourrices à la face réjouie, aux seins gonflés comme des ballons, vantant la qualité de leur lait comme une vache ferait l'article pour sa hampe à l'oreille de maquignon. Elle avait reçu des mademoiselles, de France, d'Angleterre. Elle les asseyait dans le salon jaune, celui où si longtemps auparavant… Mais peu importait à présent. Les jeunes femmes, latinistes, musiciennes, expertes en point de croix, en tricot, en astronomie conjuguaient mille et un verbes à la première personne. Je ceci. Je cela. Mais si vous êtes si savantes et si parfaites, que faites-vous dans mon salon jaune ? Pourquoi ne changez-vous pas le monde ? Pourquoi ne créez-vous pas des écoles ? Elle s'ennuyait en les écoutant. Sentait une aversion brutale pour leur menton, fuyant ou en galoche, pour leurs cils, tombants ou absents, pour leur peau, trop grasse ou crevassée. Il y avait eu des gouvernantes, raides comme des pieux, aux longues dents jaunes de cheval, qui avaient étudié l'influence du régime alimentaire sur les tout-petits et lui promettaient des résultats mirobolants pour peu qu'elle acceptât de priver l'enfant de viande et de laitages. Je me fiche de ce que mon enfant mangera, pensait Kristina, je me fiche qu'elle parle six langues et apprenne à jouer aux échecs, je ne veux pas qu'elle s'ouvre sur le monde, je ne rêve pas d'une savante, ni d'une sportive, il m'est complètement égal qu'elle soit sage ou éveillée, calme ou réactive. Qu'elle dorme la nuit m'importe peu. Ce que je veux, c'est que personne, jamais, ne la, n'ose la... C'est alors que ses yeux étaient tombés sur l'article dans le journal. Un vieux journal dont on se servait pour emballer les fromages. Elle tournait en rond dans la cuisine après avoir congédié une énième postulante quand ses yeux avaient déchiffré un titre, malgré eux : « La perpétuité pour un coup de hache ». Le journaliste était outré. La sentence lui paraissait clémente. Pendaison ou guillotine lui aurait mieux convenu. Il s'alarmait de l'aveuglement des juges. Y voyait la fin d'une certaine civilisation. Les signes d'une décadence. La coupable avait commis un crime de la pire espèce, d'une barbarie horrifiante, et voilà comment la justice la punissait !

Kristina déballa le fromage, aplatit les pages anciennes tachées d'auréoles de gras. Une jeune femme originaire de France (mais c'était sans doute faux, une gitane plutôt) avait été engagée par une famille des environs de Copenhague à l'âge de dix-sept ans pour s'occuper de la petite Lydia. Après plusieurs années d'un service impeccable, perdant la tête et s'armant d'une hache, elle avait tranché en deux, de haut en bas, comme une bûche (le journaliste avait donné cette précision), Horst Blemer, le garde-chasse qui avait (selon les dires de la harpie) abusé de l'enfant dont elle avait la garde, âgée de douze ans au moment des faits. Kristina vérifia la date de l'édition, bénissant l'économie de la cuisinière qui ne jetait jamais rien. Bientôt dix ans. Elle avait trouvé. C'était elle. Une femme prête à tout pour défendre un enfant. Une femme assez puissante pour soulever une hache, assez courageuse pour s'en servir, assez habile pour viser le milieu du crâne, assez acharnée pour enfoncer la lame jusqu'en bas. Une force de la nature. Une justicière. Zelada Noriere. Kristina nota le nom, et alla trouver maître Lustiger. C'était le meilleur. Il l'aiderait.

Femme ou homme, gouvernante ou monstre terrifiant, cela n'avait plus d'importance à présent. Emportée loin du salon, Kristina volait d'un palier à l'autre, dans les couloirs, sous l'œil de ses ancêtres peints en brun sur bronze aux murs du manoir, prisonnière d'une étreinte rare, l'étreinte d'une meurtrière. Je suis l'élue, chantonnait Kristina pour elle-même, et toujours, je l'emporte. Ainsi s'achevait sa ritournelle. Mais voilà qu'un nuage masquait son soleil. Ces passions… brrr… pourquoi les déclenchait-elle toujours chez des êtres grotesques, des andouilles comme Prilépine, des truies comme Zelada ? Je mérite tellement mieux, songea Kristina en voyant miroiter si clairement la face du seul amour qui lui importât qu'elle en pourrissait de chagrin.

La fête était gâchée, mais les fêtes organisées par Kristina l'étaient toujours. À cause de son excès d'ardeur, de la dimension inhumaine de ses ambitions. On avait l'habitude, on ne s'en formalisait pas plus que cela. Miss Halfpenny avait ordonné à la bonne de jeter les restes de la pièce montée, cet empilement vulgaire, ces éponges à crème sans parfum, et avait servi un clafoutis tiède surmonté de groseilles à maquereaux glacées et d'une chantilly à la pistache, recette d'un vert discret, en harmonie avec la tapisserie parme de la salle à manger, une consistance semblable à celle d'une cuisse de nourrisson, un parfait équilibre entre acidité et

douceur. Prilépine avait porté un toast à la maison Matthisen, en l'achevant par un « Sans oublier notre cher René »
qui clouait le capitaine de Maisonneuve dans un coin obscur
du tableau. Rose s'était réfugiée sous la table pour pleurer et
Mama Trude, croyant qu'un chien rôdait, lui avait décoché
un coup de bottine en plein visage. Se rendant compte de sa
méprise en entendant les pleurs redoublés de la petite, elle
s'était retirée sans dire bonsoir, lançant un regard à ses corni-
chons de fils et à la pauvre musaraigne, son gendre, qui avait
parcouru six ou sept mille kilomètres en quelques jours pour
assister à cet anniversaire et repartirait le lendemain matin
à cinq heures sous une pluie battante, sans un baiser de son
enfant, sans une caresse de son épouse, sans qu'elle-même ait
eu le temps, le courage, la patience de lui dire... Mais que
lui aurait-elle dit ?

Rose avait attendu que Zelada vienne la secourir, la tirer
de sous la table. Les adultes la pensaient couchée. Ils l'avaient
oubliée. C'était son anniversaire de cinq ans, mais tout le
monde s'en fichait. Et Zelada ne venait pas. Rose saignait du
nez, elle avait goûté son propre sang, elle allait peut-être mourir et Zelada ne revenait pas. Enfin, au milieu de la nuit, dans
les effluves tassés de cigare, de gras d'agneau, de vin renversé
et de poudre de riz, Nounou s'était montrée. Sans écouter les
plaintes de Rose, elle lui avait distraitement nettoyé le museau,
puis l'avait mise au lit, une chanson aux lèvres.

« Maman est méchante, avait dit Rose en serrant Zelada
dans ses bras pour lui souhaiter bonne nuit. Elle n'ira jamais
au paradis, avait-elle ajouté, soulagée par la solennité que

cette référence au trépas et à ce qui s'ensuivait conférait à son discours.

– Moi non plus, je n'irai pas, répondit Zelada en s'étirant. Alors comme ça, tout va bien. »

Et le lendemain matin, Nounou avait valsé, persiennes closes, dans la salle à manger puante. Rose de trente ans s'en souvenait. Elle avait vécu cet anniversaire comme une initiation, un passage. Parfois elle avait l'impression que c'était cette nuit-là, de façon très précoce, qu'elle était devenue adulte. Le reste du temps, elle se disait que la métamorphose n'avait tout simplement jamais eu lieu.

Elle se pencha à l'une des fenêtres ouvertes. La fraîcheur du soir, la texture de l'air, la rumeur secrète de la ville (un coucou, les sabots d'un cheval, plus loin un moteur, un chien qui aboie, un cliquetis, un ruissellement entre deux pavés, une voix qui appelle – tout bas, une autre voix qui répond) apaisaient sa colère. Elle s'arma d'un chiffon, d'un seau d'eau parfumée à l'essence de lavande, et, comme au temps du Café Moderne, œuvra à la propreté avec autant de sérieux et de concentration que Michel-Ange en avait consacré à son plafond ; car sa pensée le ressuscitait toujours lors des grands ménages.

Dans les pages d'un carnet, 1924

« Ne mets pas tant de sucre dans ton thé, ma minette. Tu as déjà trempé trois biscuits à la cuillère dedans et…
– Tu comptes les biscuits que je mange ? » demanda Rose. Elle était flattée de l'attention, outrée par l'ingérence.
« Je ne les compte pas, rétorqua Louise. J'ai dit ça comme ça. Trois. Mais j'aurais pu dire six.
– J'en ai mangé trois.
– C'est bien ce que je pensais. »
Louise plissa les lèvres vers le bas en signe de satisfaction, ce qui dessina une drôle de ride transversale entre sa bouche et son menton. Rose s'en voulut d'avoir surpris cet instant de laideur. Ces derniers temps, le grand sourire de Louise semblait rétrécir, comme aspiré vers l'intérieur. Ses mâchoires se serraient à la moindre contrariété. Mais j'adore notre vie, se dit Rose, volant au secours de leur amour. Notre vie et notre Nid. Le Nid n'était pas seulement sa maison, leur maison, c'était un lieu mythique, un musée de la pensée en action, de la provocation utile, de l'innovation amoureuse. Louise et elle y avaient reçu, la semaine passée, une invitation de la société fabienne de Londres. Pas assez féministe, avait soufflé Louise en froissant le joli papier nervuré. Pas assez socialiste,

avait pensé Rose en jetant la boule ainsi formée au feu. Elle se sentait tour à tour exaltée et impuissante. Le plus souvent, elle se voyait comme une usurpatrice. Malgré la beauté de leur existence, un goût âcre persistait. Mais sur cela aussi les deux femmes divergeaient. Ce qui pour Rose était une racine de honte contre laquelle elle continuait de buter six ans après constituait aux yeux de Louise une juste revanche. Cela concernait l'héritage. Car Ronan était mort et leur avait tout légué. Ronan était mort des suites d'une blessure de guerre, six ans plus tôt, comme les autres, un an après Jacques, deux ans après Lucien, Éloi et Fifi, un an avant Charles, Auguste et Alfred. Ils vous envoyaient une lettre radieuse et deux semaines plus tard c'était un bras que vous receviez (tout ce qui reste de votre pauvre fils, frère, mari, père).

Ronan était rentré alors que toutes et tous le croyaient perdu : il n'avait pas écrit depuis huit mois. Les autorités avaient mis un certain temps à identifier le grand bonhomme aux petites mains qui ne supportait pas les boîtes à musique et marmonnait à longueur de journée dans le lit d'une maison réquisitionnée qui servait d'hôpital aux abords de Guingamp. Il avait été transporté là-bas en état de choc (c'est ce qui était indiqué dans un rapport que Rose avait eu un mal de chien à obtenir, se félicitant cependant qu'il en eût existé un, alors que dans la plupart des cas aucune information n'était consignée). Son livret militaire avait disparu, la plaque qu'il portait au cou également. Quant au matricule qui figurait encore sur son bracelet, il était illisible, le maillechort ayant été attaqué par un acide, ce que l'on ne s'expliquait pas, mais alors pas du tout, comme ne cessait de le répéter l'officier qui avait reçu Rose après deux ans de démarches. Elle voulait surtout savoir qui était l'autre soldat, mais l'officier considérait que le seul mystère à éclaircir était la provenance et la nature de l'acide. Au bout d'une heure de discussion, il avait fini par demander à Rose, excédé :

« Mais enfin, madame, de quoi me parlez-vous ? Quel autre soldat ?

– Celui dans le ventre duquel le lieutenant Jouarre de Senonches avait la main, après l'explosion.

– La main dans le ventre, vous dites ? Mais je ne vois pas dans ce dossier que le lieutenant Jouarre de Senonches ait perdu une main ? Y a-t-il erreur ? Cherchez-vous à me faire comprendre que la main de votre mari…

– Ce n'est pas mon mari.

– … Que la main de votre mari est restée dans le ventre d'un autre brave ? »

Rose avait attrapé son sac et quitté le bureau sans prendre le temps d'enfiler son manteau. Elle espérait une explication, une vérité. Dans la rue, elle avait pleuré de rage et de frustration. Elle continuerait à questionner Ronan, même s'il n'avait plus qu'une ou deux heures de conscience par jour.

« Laisse-le en paix, lui conseillait Louise. À quoi ça sert ? Il est mourant. Tu vois bien. Pour moi, il est mort. »

Elles étaient au chevet de Ronan, debout de chaque côté du lit. Elles se disputaient, ne se supportaient plus. Un cadavre vivant les séparait. Louise l'avait déjà enterré. Rose tentait encore de le sauver. À son arrivée au Nid, Ronan ne marchait plus, ne parlait plus, sauf dans son sommeil. La nuit venue, il se tenait debout sans assistance et murmurait de très faibles « Oh, non. Oh, non ». Un comédien ! pensait Louise. Un fainéant. Un faible. Elle aurait voulu qu'on l'en débarrasse. Elle n'aimait pas pleurer. Elle avait besoin d'agir. La guerre était finie. Elle voulait faire la fête. Son mari ne lui convenait plus du tout. Elle se bouchait ostensiblement le nez dès qu'elle entrait dans la chambre qu'il occupait. Parfois elle allait même jusqu'à repousser Rose avec ce reproche : « Tu sens lui. » Rose s'éloignait en rouspétant. Elle retournait voir Ronan, le lavait, le changeait et l'engageait à revenir sur les mots qu'il prononçait en dormant.

Le miracle qu'elle attendait avait eu lieu un matin, alors qu'elle lui prenait la main et lui disait, comme chaque jour :

« Mon cher Ronan, comment vous portez-vous, aujourd'hui ? Vous avez parlé cette nuit. Je me suis levée pour vous écouter. Vous avez dit : "Oh, non. Oh, non."

— Pas lui ! poursuivit Ronan d'une voix qui semblait avoir parcouru le désert, les forêts, les plaines et les villes de trois cents pays. Pas lui. Un garçon. Un enfant. C'est moi qui l'ai tué, car ma main, après l'explosion, ma main était dans son ventre. Les entrailles sont de toutes les couleurs, savez-vous ? C'est chaud et doux. Ça tremblote. Ma main était dedans. Je ne l'y avais pourtant pas mise. Moi qui porte toujours des gants, savez-vous ? Je ne mets pas les mains n'importe où. Mais voilà que l'obus est tombé à quelques mètres. Nous avons été soulevés, retournés. Lui, pauvre petit, il a été éventré. C'est-à-dire que la peau qui enveloppait ses viscères a été découpée, voyez-vous ? Retirée comme un couvercle. Il n'en restait rien. Il n'y avait plus que ses intestins pâles, gris et légèrement translucides. Et son foie, si lisse, si beau. Du bleu. Du rouge, bien sûr. Mais aussi du vert et du jaune. Et ma main au milieu. Dans toute cette humidité tremblante et chaude. Je ne voulais pas retirer ma main. Comprenez-vous ? C'était affreux, mais c'était aussi la chose la plus agréable. Oh, non, non, non. »

Il pleura trois ou quatre secondes puis ferma les yeux. Il ne mourut que six mois plus tard, sans avoir jamais reparlé. Louise, à qui Rose avait raconté la scène, la traitait de mystique. « Plus pucelle que Jeanne d'Arc et plus dingo, encore ! » disait-elle.

À l'enterrement, madame Jouarre de Senonches mère portait un étrange chapeau en velours mauve, plein de replis, de bosses, de boudins, et piqué de longues plumes orangées qui créaient un contraste troublant. Rose avait passé la cérémonie à examiner ce couvre-chef, comme si elle avait eu sous les yeux les entrailles ouvertes du jeune soldat dont le ventre avait, durant un instant de volupté illicite, enfermé la main du mari de Louise. Louise qui, de son côté, s'était mis en tête d'enfiler son costume d'homme et avait été déçue de ne choquer personne. Quels temps vivait-on, où même les offenses les plus inattendues, les libertés les plus saugrenues se déployaient dans une si parfaite indifférence ?

« On ne peut plus rester ici, dit-elle, de retour au Nid. Ronan rêvait de la rive gauche. Commence à ranger, ma Rose. On déménage. »

Avant même d'avoir touché l'argent de l'héritage, Louise avait versé des arrhes pour l'appartement de la rue Delambre. « Le banquier s'est montré très compréhensif », avait-elle dit à Rose, avec cet air qu'elle prenait pour la rendre jalouse, la rendre folle. Cet air de beauté souveraine à laquelle rien ne résiste. *Les arrhes*, avait écrit Rose sur un carnet qu'elle cachait dans la doublure d'un paravent. *Ce mot vient de loin. Il ne ressemble à aucun autre. Les gens qui le prononcent s'en gargarisent souvent. Il est hirsute pour cause de h. Il est hésitant pour cause de double r. Je trouve que Louise exagerrhe. Louise est une veuve de guerrhe. Louise a le feu au derrierrhe. Je suis un laiderrhon. Mais je suis fierrhe. Fierrhe de ma verrhtu lugubrrhe. Si elle lit ces lignes, j'en mourrhai.* Elles avaient déménagé huit jours après l'inhumation.

Un décorateur – trois doigts en moins et longue barbe pointue – avait, comme il le disait en moulinant l'air de sa main lacunaire, « travaillé l'idée de tapisserie ». Sièges et murs seraient assortis. Il avait commandé à un atelier lyonnais des brocarts de teintes différentes pour chaque pièce. Ainsi, dès l'entrée, on plongeait dans une atmosphère de songe et de mystère (Gérald Figuérise était amateur de formules poétiques) par la magie d'un bleu d'encre ou d'abysses marins. Le long couloir était bordé de bancs revêtus de la même soie. En passant au salon, on était comme au bois, grâce au vert feuille de la tenture sur laquelle se dessinaient des silhouettes de peupliers vert amande en velours ras. Les fauteuils, les bergères, les méridiennes, étaient tendus à l'identique. Il y avait même un tapis rond. « Inouï, s'écriait Gérald Figuérise. Inouï ! »

Il semblait bouleversé par sa propre trouvaille : une pelouse artificielle en courtes pousses de laine, avec dans le secteur exposé à l'ouest, cinq pâquerettes en coton à broder disposées en étoile et qu'il avait demandées tout spécialement à l'artisan pour en faire la surprise à Louise. Celle-ci, flairant la flagornerie et décidant d'y répondre par un accès de mauvais caractère et d'esprit de contradiction, avait passé son temps à piétiner les pauvres fleurettes, allant même jusqu'à les grattouiller du bout de ses richelieus comme s'il s'était agi de défauts ou de taches, empêchant ainsi Gérald d'en vanter la finesse. Rose trouvait les tissus atroces, surchargés, inquiétants, mais elle adorait la mauvaise grâce de Louise. La chambre était d'un rouge tirant sur le rose, « Framboise écrasée ! » commentait Figuérise en chuintant légèrement, « Très sensuel. » Après son départ, Louise l'avait singé : « Viens ma Roje ! Viens que je t'écraje sur notre beau lit framboije écrajée » car, bien évidemment, le couvre-lit (une pièce indienne, fort rare, avec dentelle et sequins) était du même ton que les murs. Louise aurait voulu un cabinet de toilette lavande, mais Rose était intervenue, étonnée la première par la conviction qui pointait dans sa voix : « Non, dans le cabinet de toilette, pas de tapisserie. Du blanc et du bois, ce sera notre petit Danemark. » « Va pour le petit Danemark », avait accordé Louise, tentée de s'affranchir des décors chargés et bourgeois de son enfance, sans jamais trouver quoi mettre à la place, car elle manquait d'imagination. En elle, la volonté occupait tout l'espace.

Rose voyait les notes des fournisseurs s'accumuler sur le secrétaire, des papiers de différentes grandeurs, d'épaisseurs variées, portant des chiffres qui l'effrayaient, suivis de tant de zéros qu'elle s'y reprenait à plusieurs fois pour les lire. C'était comme au temps de l'installation à Saint-Germain-en-Laye, à l'époque où Kristina ne jurait que par la provenance, truffant ses commentaires de notations géographiques : « De Gênes ! De Venise ! De Bâle ! D'Albi ! D'Istanbul ! De Bruges ! » Les camions allaient et venaient, débardant, déballant. À midi le vestibule était empli de caisses en bois. À quinze heures ne gisaient plus sur le sol que les copeaux. Le personnel avait tout mis en place, tout rangé. Et le lendemain, on recommençait. Kristina donnait de bons pourboires et faisait quelque chose avec ses yeux, quelque chose que, seule dans sa chambre, Rose tentait de reproduire : d'abord on fixait intensément la personne, puis on noyait le regard en abaissant très légèrement les paupières et, une demi-seconde avant de quitter l'autre des yeux, on les ouvrait grands, sans les écarquiller, comme par inadvertance. Rose avait si bien observé le mouvement des prunelles et des muscles faciaux de sa mère qu'elle était capable de les imiter au millimètre. Face à son miroir, elle se lançait à elle-même les œillades que Kristina réservait aux livreurs et, miracle ? surprise ? horreur ? elle était aussitôt prise d'indécence, rougissait, plaçait sa main entre ses jambes, comme si un oiseau ou plutôt un grand lys blanc parfaitement épanoui s'apprêtait à jaillir de son corps. Est-ce moi qui suis malade ? se demandait-elle. Comment le mouvement d'un œil peut-il produire pareil cataclysme ? Effrayée par le pouvoir magique de ses yeux, elle s'efforçait de ne jamais les poser sur personne afin de ne pas courir le risque de l'impudeur.

Les femmes – elle en était pourtant une – lui demeuraient une énigme. Si on lui avait demandé à quel groupe elle appartenait, elle ne se serait jamais reconnue dans celui qui accueillait avec une telle évidence Louise ou Kristina. *Moi, je suis les pauvres et les déshérités*, écrivait-elle dans son carnet. Relisant la phrase à l'encre noire, elle était fascinée par la vérité qu'elle recelait, autant qu'interloquée par son évidente fausseté. Je suis née au manoir, je suis une Maisonneuve, seule héritière des Matthisen, future maîtresse du manoir dans le Jutland – car, à sa connaissance, ses oncles n'avaient pas eu d'enfants. Elle se sentait moins proche d'Hubertine Auclert et de Marguerite Durand que de Louise Michel. « Mon anarchiste de pacotille ! lui lançait Louise, exaspérée par sa vue bien trop courte. Tant que nous ne voterons pas, rien ne sera possible », lui répétait-elle avec condescendance. Rose secouait la tête. Elle aurait voulu répondre qu'elle n'appartenait pas à ce « nous », qu'elle voulait la fin de la misère et que c'était pour elle le seul préalable possible. Elle aurait aimé agiter les factures qui s'empilaient sur le secrétaire en demandant : « Avec quel argent payons-nous ces meubles absurdes, ces rideaux à 1 000 francs, ces bergères si rembourrées qu'on ne peut s'y asseoir sans rebondir ? » C'était l'argent de Ronan. L'argent, on devait pouvoir le gagner, que l'on appartînt à l'un ou l'autre sexe. Comment pouvait-on le dépenser dans des fanfreluches, alors qu'aux alentours des Halles, des enfants couraient pieds nus et risquaient de se faire écraser par les omnibus dans l'espoir d'attraper un morceau de pain ? Certains matins, Rose se réveillait révolutionnaire, mais elle était aussitôt arrêtée dans son élan par des pensées mélancoliques, une fatigue à vivre, une lassitude inexplicables qui, malgré elle, la faisaient aspirer au confort.

Ronan était mort, et morts aussi tous les autres, les amis, les cousins, les beaux-frères, les oncles. Du côté de Louise, bien sûr, car du côté de Rose, à part René, aucune perte n'était à déplorer. Les siens s'étaient éclipsés longtemps avant. Mais tout de même, elle sentait le déséquilibre et considérait avec stupéfaction ce monde d'amazones qui s'était peu à peu repeuplé de vieillards, d'éclopés et d'adolescents. Le fait que les hommes eussent disparu lui redonnait parfois, assez vaguement, l'envie de se marier. Elle se soupçonnait d'aimer la marge, de toujours préférer le contre-courant. Et voilà qu'elle rêvassait de nouveau aux épais cils noirs d'Arthème Guédalia, à ses cernes violet et brun, semblables à des pétales de crocus, qui soulignaient ses yeux, donnant l'impression qu'ils se reflétaient dans ses pommettes. À ses côtés, il lui arrivait de se sentir admirée, supérieure. Il était poète et tentait de publier. Où en était-il avec Chalumeau ? Et Vivier d'Arnonce ? Tous deux lui avaient promis une parution, dans une revue ou une anthologie, elle ne se rappelait plus. Il était si triste la dernière fois qu'elle l'avait vu. Si déçu.

« Mais surtout par moi, s'était-il empressé d'ajouter. Je suis déçu de ne pas être le génie que j'aurais voulu être. Vous croyez au génie, Rose ?

— Voyons voir, avait-elle dit. Non. » Puis tout à trac : « Avez-vous lu Guillaume Apollinaire ?

— Vous y croyez Rose. Vous croyez au génie. Pourquoi

penseriez-vous à lui autrement ? "Un cœur à moi, ce cœur changeant." Ces mots ont été écrits pour vous. Vous pensez noir et vous dites blanc. Vous ne croyez pas au génie, mais vous croyez à Apollinaire. C'est noir, ou c'est blanc ?

– Vous vous en souvenez, alors ?

– Je me souviens de tout. De chaque col que je vous ai vue porter. Je me souviens de la longueur de vos ongles, d'un vaisseau éclaté dans votre œil. Je me souviens d'un pli sur votre bas qui dessinait comme un sourire à votre cheville. »

Rose s'était sentie rougir.

« Vous êtes très observateur. Ce qui est parfait pour un poète.

– Cela n'a aucune importance pour un poète. Le poète ne regarde pas le monde. Il écoute les mots se rencontrer, s'entrechoquer, se fondre dans sa tête.

– Voilà que vous théorisez.

– Je théorise par déception. "Un cœur à moi, ce cœur changeant." Ça n'a l'air de rien. Comme souvent les poèmes d'Apollinaire. Rien et absolument tout. Moi, je m'échine. Et pour quel résultat ? Nous sommes amis depuis trois ans maintenant. Connaissez-vous un seul de mes sonnets ? »

Rose avait rougi de nouveau, mais sous une impulsion différente. Arthème lui avait offert des plaquettes, de minces livrets imprimés de ses mains. Jamais elle n'était parvenue à les lire. Elle n'essayait même pas car c'était autre chose qu'elle voulait obtenir de lui. Qu'aurait-elle fait du chant de l'oiseau, quand c'était une de ses plumes qu'elle convoitait ? Lorsqu'elle recevait un de ses écrits (*Sept lueurs d'automne, À croire que pour tes yeux*, *Histoire du soldat ivre*), elle portait aussitôt, et sans y réfléchir, le papier à son nez. Elle humait les fibres, les passait sur sa joue, les pressait entre ses mains.

Ils étaient sur le palier, à moins d'un mètre l'un de l'autre, et elle avait senti quelque chose, quelque chose dans son corps de poisseux et d'irrésistible, mais voilà que madame Abélard, la gardienne, avait surgi.

« Votre grande sœur me fait dire qu'elle repassera vous prendre à six heures. Elle ne s'est même pas arrêtée. Elle m'a crié ça par la fenêtre de sa voiture. Comme si j'étais ses jambes. Comme si j'étais son téléphone. »

Madame Abélard avait une jolie moustache grise au-dessus de ses lèvres bleutées et un certain talent pour la formule. Elle savait pertinemment que Louise et Rose n'étaient pas sœurs, mais comment aurait-elle dit : Votre amie ? Votre femme ? Votre compagne ? Votre collègue ? Elle les avait unies par les liens, plus forts et plus sacrés à ses yeux, de la fraternité. Personne n'aurait songé à s'en plaindre. Et il était également vrai que Louise utilisait Madame Abélard comme une autre paire de jambes, un pigeon voyageur, un téléphone, un lance-pierre. Rose ignorait les détails de leur commerce. Louise lui versait-elle de l'argent en échange des mille et un services qu'elle exigeait d'elle ? « Madame Abélard, vous serez bien gentille de nous monter un poulet cuit vers neuf heures », « Madame Abélard, vous qui maniez si bien l'amidon, voyez ce que vous pouvez faire avec ces chemises », « Un peu après minuit, si cela ne vous embête pas trop, un entremets aux fraises que vous irez chercher chez Novices et Sœur, avec un pot de crème de chez vous ». Elle lui confiait des colis, lui donnait ses bas pour qu'elle en arrête les échelles, la faisait remonter, à peine descendue, pour lui demander si elle n'avait pas trouvé, par hasard, dans l'escalier, une de ses épingles à chignon en nacre qu'elle avait égarée. Madame Abélard ne lui refusait jamais rien. Courait les rues par tous les temps, avec son parapluie noir et cabossé quand il pleuvait à seaux ou que le soleil était trop fort ; il la faisait ressembler à un corbeau, ou à une grande chauve-souris. À force, ses varices finiront par éclater, songeait Rose, fascinée par les nœuds violacés, épais, tortueux qui grimpaient comme du lierre à l'assaut de ses jarrets.

Elle nous espionnait, s'était dit Rose. Elle nous surveillait. Madame Abélard avait entendu des voix dans l'escalier et, aussitôt, elle avait pris son poste dans le renfoncement d'une fenêtre. Elle avait des antennes. Avait tout vu et tout entendu. C'était son métier. Gardienne. Gardienne de l'immeuble, mais aussi de ses habitants. Gardienne des bonnes mœurs comme des mauvaises. Pour qu'elle fût satisfaite, il fallait que rien ne changeât. Elle priait ardemment sainte Geneviève, patronne des bergères (car à sa connaissance, il n'existait pas de sainte protectrice des concierges), pour que son cher immeuble demeurât le logis des propriétaires occupants. Les locataires, c'était la mort. La valse, le renouvellement, et donc la mort. Elle veillait à la stabilité des couples, encourageait les visites et les fêtes qui apportaient de la gaieté dans la maison, mais se méfiait des tête-à-tête, trop risqués, trop propices à l'amour. Elle avait lu un roman qui traitait justement de ce sujet.

Arthème avait levé la main, à peine. Pour quelle raison ?

s'était demandé Rose. Pour serrer la mienne, la poser sur mon
bras, me caresser la joue, suivre sur mon épaule une mèche
échappée. Le bras du garçon était retombé dans un soupir. Je
l'ai blessé, s'était-elle dit. C'est ainsi, à chaque rencontre. Je le
blesse. Comme si j'étais la flamme et lui la phalène. Je brille
pourtant si peu. Et quelque chose m'attire vers lui. La flamme
est-elle attirée par l'insecte qui vole autour d'elle ? Mais il
ne vole pas. Il n'a pas la constance vertigineuse et imbécile
des éphémères incapables de quitter leur orbite. Il vient vers
moi, en ligne droite, de très loin, de nulle part, comme s'il
n'habitait pas la ville mais un très lointain désert, un désert de
conte. Il file d'un coup, droit sur moi, et repart brusquement,
comme il est venu, avec rapidité et détermination. Ainsi, il
avait disparu.

*

Rose prit un quatrième biscuit et l'émietta distraitement
dans sa tasse. Après avoir porté la boisson à ses lèvres, où
se déposèrent quelques fragments de la croûte meringuée
qui flottaient à la surface, elle dit : « J'aimerais retourner aux
calanques. »
Louise la regarda, comme on regarde une pierre sur le chemin en se demandant s'il ne s'agit pas plutôt d'un cadavre
de moineau ou d'une patte arrachée à un lapin. Les paroles
que Rose venait de prononcer n'avaient aucun sens pour
elle. Elles n'avaient produit aucun son. Sinon Louise se serait
levée, aurait pris leurs manteaux, la clé. Elles seraient sorties,

auraient claqué la porte, seraient montées dans la voiture. « Nous achèterons des robes en route », aurait dit Louise à la sortie de Paris. « Où dormirons-nous ? » aurait demandé Rose à la tombée du jour. « Dans les bras l'une de l'autre », aurait répondu Louise. Et elles auraient roulé. Mais récemment, la courroie qui reliait si fidèlement le désir à l'action s'était détendue. Louise rêvassait. On la voyait moins souvent au volant de sa nouvelle Quadrilette rouge. Il lui arrivait de marcher, car une idée lui trottait dans la tête, une idée que le bruit du moteur ne réussissait pas à chasser. Elle ne parvenait pas à lui donner un nom, à la formuler. C'était comme une démangeaison mentale.

La nuit venue, quand Rose dormait et qu'elle-même ne pouvait fermer l'œil, Louise se redressait, dos contre l'oreiller, afin de mieux regarder sa trouvaille. Sa gorge se serrait alors, son larynx remontait comme pour pleurer. Elle n'aurait su dire ce qui la traversait, la certitude de son amour et de l'adoration qu'elle recevait en retour, le sentiment de ne pas être à la hauteur, de n'avoir pas la force. Parfois, mais elle se serait pendue plutôt que de se l'avouer, Louise se demandait si ce n'était pas cela, cette crispation du cœur, cette inquiétude sans objet, à la fois légère et infiniment sombre, qui occupait l'esprit des mères au chevet de leurs enfants.

Peut-être était-ce à cause de l'écho. L'écho d'un dialogue que son corps futur entretenait avec son corps présent, une querelle assourdissante et qu'elle était impuissante à arbitrer. À l'approche de ses cinquante ans, Louise commençait à percevoir la plainte de ses muscles las, désireux de se changer en graisse. Abandonne-nous, exigeaient-ils. Laisse faire le poids. Laisse faire le temps. Cesse de lutter. Ils mettaient une ardeur perverse à la persuader : Cède à la paresse, lui chantaient-ils. Puisque à présent il t'est devenu impossible de t'améliorer, puisque le mieux n'entre plus dans ta perspective, laisse-toi tenter par le pire. Succombe au vertige de la débâcle. Plus jamais ta peau ne se tendra, sauf à trop manger, à te bourrer jusqu'à craquer. Jamais plus ton visage n'embellira, pourquoi ne pas l'enlaidir, puisque – tu nous l'accorderas – l'important reste de progresser, quelle que soit la direction. Plonge dans l'excès. Continue d'être intrépide, transforme la chute en ascension, la descente en montée. Qui peut désirer trente années de déchéance ?

Louise se regardait dans le miroir. À l'extérieur, aucun signe n'apparaissait, la décadence était inimaginable. Mais de l'intérieur, certaines douleurs, certains grincements, et parfois, en lumière rasante, des plissés subtils et invisibles pour les autres, à la naissance du cou, amorçaient un changement d'équilibre, une polarisation nouvelle. Moi qui croyais avoir tant de facettes, songeait Louise, je n'avais qu'un recto et un verso. Recto vers la vie. Verso vers la mort. Me voici déjà en train de partir. Comme c'était triste et comme c'était soudain. Elle n'avait pas peur de vieillir, car elle était déjà vieille. Elle n'avait pas peur de mourir, car elle était déjà morte. Rose serait son Phoenix. Rose qui n'avait jamais été belle, dont le ventre de bébé continuait à prospérer douillettement sur ses hanches étroites, dont les seins, si tard venus, commençaient à peine à se dessiner, ne comprenait rien à tout cela. La révolution avait lieu en silence, un silence qui les séparait autant qu'il les unissait. Rose sentait des étapes successives se dessiner dans leur amour à la manière d'un architecte débutant qui imagine les différents niveaux d'un édifice. Elle veillait à maintenir la symétrie, à préserver l'aplomb, mais se sentait parfois perplexe face à une douceur nouvelle chez Louise, une tolérance inédite chez celle qui ne laissait rien passer. Ses calculs pouvaient à tout moment s'avérer faux. Parfois, aussi, Rose se surprenait à ne penser qu'à elle-même. L'espace d'un instant, elle cessait complètement de songer à Louise. La solitude l'exaltait alors, jusqu'à ce qu'elle cède à un affolement soudain, terrifiée par cet excès d'autonomie.

Rose travaillait toujours à l'Opéra-Comique. Elle avait une chef au-dessus d'elle, Eugénie Vermeer, grande, maigre, presque chauve et les yeux globuleux – mais commandait à présent une armée de cousettes. À Louise qui la suppliait d'abandonner cet emploi, Rose répondait : « C'est là que je pense.

– Tu ne peux pas penser à la maison ?

– Non. À la maison, je ne veux penser qu'à toi. »

Louise souriait et Rose se mordait les joues. C'était la vérité et pourtant sa salive avait un goût de mensonge. En écrivant dans son carnet, entre cinq et sept heures du matin, tandis que Louise terrassait enfin son insomnie devenue récemment chronique, son souffle épais ressemblant alors au ronronnement d'un chat, Rose s'efforçait de comprendre ce qui la liait à ce travail. Ce n'était pas la compagnie des autres filles dont les pépiements l'agaçaient, pas plus que le spectacle des étoffes, des fils et de la multitude d'accessoires qui l'avait autrefois fascinée. Les artistes, elle en recevait maintenant davantage au Nid qu'elle n'en croisait dans les coulisses. La fosse d'orchestre continuait d'exercer un fort pouvoir d'attraction sur elle, ainsi que les différentes cages d'escalier (combien y en avait-il ? Quatre ? Dix ?). Mais cela ne suffisait pas à expliquer son ardeur, sa ponctualité, ni le sentiment de soulagement qu'elle éprouvait chaque fois qu'elle pénétrait dans le théâtre. Le grincement même de la porte, lorsqu'elle la poussait à deux mains pour l'ouvrir, comme elle l'avait un jour noté dans le carnet, produisait sur elle l'effet d'un chant d'oiseau dans l'aube : espoir, paix, permanence. À court d'arguments, et alors que le sommeil tentait de s'emparer d'elle, elle avait écrit : *Je travaille pour rembourser Ronan.* Elle ne mettait pourtant pas cet argent de côté, ne le versait à aucune œuvre dédiée aux anciens combattants ou à la mémoire des morts pour la France. C'était une dette morale. Une dette d'honneur. Et elle avait l'impression, s'en acquittant ainsi, c'est-à-dire très virtuellement, d'effacer certaines scènes féroces auxquelles elle avait assisté. Quelques lignes plus loin, elle se demandait : *Mais qui était-il, cet homme, pour moi ? Le mari de ma femme ? Comment puis-je écrire cela ? Comment ma vie peut-elle avoir si peu de sens ? Pourquoi faut-il que tout s'y déroule à l'envers ? Oui, c'est cela. Ma vie est l'envers du cercle à broder. Regardez-le d'en haut et peut-être verrez-vous l'alouette se poser sur l'iris ; regardez-le d'en dessous et c'est une forêt de fils embrouillés et de nœuds. J'ai beau m'efforcer de créer un motif, de là où je me tiens, je ne profite que du désordre.*

Elle se rappelait le bruit des genoux de Ronan sur le parquet du salon. Il serrait les mains de sa mère entre les siennes et gémissait : « Maman, maman ! Ne les laisse pas me prendre. » La vicomtesse Jouarre de Senonches détournait le regard. Elle sifflait entre ses dents : « Veux-tu bien te lever ? » puis, s'adressant à son vieil ami, le maréchal Berche-Amangard : « Vous vous souvenez comme, petit, il aimait à faire du cheval sur vos genoux ? Il est resté très enfant. Dites-lui que tout se passera bien. Dites-lui que vous lui avez trouvé un joli grade dans le génie. » Le maréchal, tout en tapotant maladroitement la tête de Ronan – il avait eu exactement le même geste pour son épagneul, à son arrivée, afin d'intimer au chien de demeurer dans le vestibule –, avait assuré : « Tu ne seras jamais en première ligne, mon garçon. J'ai mis mon propre fils au télégraphe. Vous serez comme deux pois dans une cosse. » Mais Ronan n'écoutait pas. Ses plaintes, ses trilles dans l'aigu, ses sanglots dominaient les autres voix, sans compter le martèlement de ses gros genoux sur les lattes qui grinçaient. « Tu vas cesser à la fin ! » s'était écriée sa mère en le frappant à la figure de toutes ses forces. L'énorme topaze qu'elle portait à l'index (« Comme le font les gitanes ! » aimait-elle à dire) avait balafré le visage de Ronan.

La vicomtesse et le maréchal avaient quitté la pièce. Rose avait attrapé un napperon sur la table pour éponger le sang.

« Nom d'une cigogne ! s'était exclamée Gertie, la servante. Madame ne vous le pardonnera jamais. Sa dentelle du Puy. » Portant les mains à son visage, elle avait ajouté, sans vraiment savoir ce que cela voulait dire, mais songeant que la précision ajouterait du poids au crime commis : « L'œuvre d'une béate authentique ! »

Où était Louise alors ? Rose ne parvenait plus à la localiser dans son souvenir. Elle avait pourtant été présente à l'heure du thé, quand on avait servi les délices turcs rapportés d'Istanbul par le docteur Goetz, ami voyageur de la famille. Un instant, au moment où Louise avait tenu entre ses doigts effilés un loukoum – mais ne prononçait-on pas lokum ? – au-dessus des lèvres de Ronan et que le sucre glace avait dessiné autour de la bouche du bon géant un étrange sourire de clown, Rose avait été traversée par l'idée que Ronan et René étaient la même personne, ou plutôt le même principe humain incarné dans deux avatars différents. N'avaient-il pas presque le même nom ? Plusieurs fois déjà au cours de sa vie, elle avait été troublée par des ressemblances exagérées, allant jusqu'à la gémellité, entre des personnes qui ne se connaissaient pas et ne s'étaient jamais rencontrées. *Ou alors*, écrivit-elle dans son carnet, *peut-être s'agit-il chez moi d'un défaut de vision. À la manière des daltoniens qui ne distinguent pas certaines couleurs et sont moins sensibles que d'autres à la variété réelle des teintes, je suis aveugle aux détails qui améliorent le discernement. Là où la plupart voient des individus, des êtres uniques, je perçois des types, je définis des paires.* N'était-ce pas aussi une façon d'expliquer la tendresse qu'elle avait toujours éprouvée pour Ronan, l'instinct de protection qu'il éveillait chez elle, et surtout, le respect qu'elle aurait aimé qu'on lui témoignât ? Il n'était pas resté à l'abri de la cosse.

Rue Delambre, sous un réverbère,
19 novembre 1928

« Es-tu sûr qu'il faut attendre l'huissier ?
– C'est ce qu'a dit Vergnolles.
– Il a dit qu'on l'attende ici ?
– Ici.
– Sous un réverbère ?
– Il a pas précisé.
– Il a dit, rue Delambre à la hauteur du 15. On peut pas se tromper vu qu'il roule ses r comme un tambour major. Rue Delambrrrrrre.
– Il avait pas prévu qu'il pleuvrait.
– Faut croire que non.
– Il avait pas prévu que le bébé aurait froid.
– Comment tu sais qu'il a froid ?
– Ben y pleure.
– Peut-être qu'il a faim.
– Comment savoir ? Ça parle pas, ces petites bêtes. Mais nom d'un chien, qu'est-ce que ça miaule. »

Les deux agents, dans le cône de lumière qui dessinait un cercle parfait autour de leurs pieds, regardaient le bébé. Un enfant de deux ou trois mois. Une fille, leur avait-on dit. Elle avait survécu à l'accident parce qu'elle avait été éjectée du véhicule avant qu'il ne prenne feu. Ses deux parents étaient morts brûlés. L'idée que l'enfant avait respiré la fumée des corps calcinés de sa mère et de son père procurait une drôle de sensation à Pernuse, le plus jeune des deux agents, dont la femme venait de mettre au monde un gros garçon qu'ils avaient prénommé Hilaire. Pernuse était tantôt horrifié, tantôt rassuré par ce qu'il se représentait, sans vraiment se le formuler, comme une forme de cannibalisme. Sans doute que ça la fortifiera, se disait-il pour se rassurer, ému et rebuté à la fois par la face de chiot furibard du nourrisson à la merci des gouttes glacées. Il tenta maladroitement de l'abriter sous sa capote, faillit la faire tomber. Les pleurs redoublèrent.

« Qu'est-ce que c'est que ce chambard ? » s'écria soudain une femme dont la tête avait jailli d'une petite fenêtre à battant unique située dans leur dos. Puis, se radoucissant : « Dame, la maréchaussée !

— Nom, prénom, qualité ! ordonna Henri-Pol Mordache, le plus âgé des agents.

— Abélard, Lorette, Germaine, Sidonie. Gardienne.

— Connaissez-vous madame Rose de Maisonneuve ?

— Ça se pourrait.

— Ne finaudez pas avec nous.

— Je la connais. Quatrième droite. C'est à quel sujet ?

— Au sujet de sa filleule.

— Plus pour longtemps, remarqua madame Abélard. Si vous la laissez à fondre sous la pluie. Les bébés, c'est pas en sucre, mais c'est pas non plus en pierre. Rentrez-moi cette petite.

– On a ordre d'attendre l'huissier dehors », répondit Pernuse.

Tous trois criaient pour couvrir les pleurs de plus en plus puissants de la fillette. Des volets et des fenêtres s'ouvraient dans la nuit. Des regards épiaient la scène.

« Comment qu'y s'appelle votre huissier ?

– Laurier.

– Y viendra pas, déclara madame Abélard.

– Sûr qu'y viendra, répliqua Mordache.

– Sûr que non, renchérit la gardienne. Y viendra plus. Je le connais. À c't'heure l'est fin cuit chez Filou.

– Chez Filou, vous dites ? demanda Mordache.

– Fin cuit ? fit en écho Pernuse.

– À neuf heures l'est au Picon. À la demie, l'est au blanc sec. À dix, l'est à la gnôle. Une horloge suisse.

– Qu'est-ce qu'on fait ? dit Pernuse en berçant tant bien que mal son ballot hurlant.

– Que veux-tu que j'te dise, mon p'tit père ? Y a plus qu'à monter. »

Au Nid, 15 rue Delambre, 19 novembre 1928

Louise, un cigare à la bouche, lunettes sur le bout de son nez ravissant, lisait à voix haute pour ses amis les articles qu'elle avait sélectionnés dans *Le Journal*.

« Vous préférez quoi ? demanda-t-elle, levant un instant ses yeux qui papillotèrent, agressés par sa propre fumée. "L'amitié, la pure amitié peut-elle subsister entre un homme et une femme ?" C'est signé Frédéric Boutet, une de nos plus jolies plumes, notez bien Ou aimez-vous mieux "Les fumeurs tiennent un congrès, expriment des vœux et élisent une reine" ? Ce cher Émile ne nous déçoit jamais. À croire qu'il ne se passe rien dans le monde. Loin de moi l'idée de vous influencer mais la fin de la galanterie, c'est un beau sujet. Alors, mes choux, qu'est-ce qui vous ferait plaisir ?

— Que tu ôtes ton cigare de ta bouche pour lire, répliqua Fernand depuis la bergère qu'il avait retournée pour s'en faire un trône viking (c'est du moins ce qu'il avait expliqué en début de soirée). On n'y comprend rien. Ça mâchonne, ça suçote, ça zozote.

— Eh bien voilà une amitié entre homme et femme qui ne va pas subsister longtemps si tu continues avec tes remarques, rétorqua Louise. À la demande générale, je vais donc vous administrer "Les fumeurs, etc.".. Et que les amoureux du suspense me pardonnent, la reine des fumeurs, c'est moi. "En France, commença-t-elle à lire d'une voix volontairement plate qui parvenait à rendre risible les plus sérieux des articles, il y a une catégorie de citoyens qui ne sont pas contents : il s'agit évidemment des fumeurs." »

La dizaine de convives écoutait, sourire aux lèvres. Rose fit passer des harengs qu'elle avait fumés elle-même en illustration du propos.

« Savez-vous, les filles, qu'en rentrant de chez vous, déclara Rétamble, qui forgeait le fer et avait, un temps, travaillé avec Eiffel, je ne me lave jamais les mains. J'aime garder sur mes doigts l'odeur de votre poisson gras. C'est comme si j'emportais tous les délices de votre maison dans mon lit. »

C'est alors que trois coups retentirent à la porte. Un silence s'ensuivit.

Qui venait au Nid sans sonner la clarine ?

D'autres coups furent frappés, plus impérieux encore. Pas un ne bougeait.

« J'ai vu une mise en scène de *Faust*, chuchota Berny, où le diable s'annonçait ainsi.

— Si c'est le diable, s'exclama Armide en bondissant sur ses pieds, je vais lui ouvrir. J'ai toujours voulu lui vendre mon âme.

— Que comptes-tu lui demander en échange ? interrogea Fernand.

— Des gros nichons ! » fit-elle en courant vers la porte.

Le Nid, cabinet de toilette,
19 novembre 1928

« Si on la noyait », propose Louise.

Rose ne répond pas. Elle est assise sur le rebord de la baignoire qui lui scie les fesses.

Le Nid, chambre à coucher,
19 novembre 1928

Les policiers ont dit qu'elle s'appelait Ida. Louise l'a aussitôt appelée Hideuse. « Je croyais qu'ils étaient tous morts, dans ta famille, a-t-elle déclaré. Increvables, ces Danois ; ils résistent même au feu. » C'est ce qu'elle a crié. Au début tout le monde s'esclaffait, parlait en même temps. Ils essayaient de faire suffisamment de bruit pour couvrir les pleurs du bébé. Le bébé. On l'avait mis dans la chambre. Sur le couvre-lit framboise écrasée, exactement de la même couleur que son horrible petite face convulsée.

« Nous sommes lesbiennes, a dit Louise aux agents. Rose de Maisonneuve et moi, on couche ensemble », a-t-elle insisté à l'intention du plus jeune des deux, un garçon joufflu avec une fine moustache filasse, qui semblait ne pas comprendre. Comme ils ne réagissaient pas, elle a continué à parlementer avec eux. « Vous trouvez ça bien, vous, pour un bébé, de vivre avec des gouines ? Vous trouvez ça normal ? Vous pensez que nous sommes fiables ? Et si vous étiez tombés sur deux hommes ? Qu'auriez-vous fait ? Vous leur auriez laissé cette braillarde ? » Puis (à l'adresse de la braillarde qui s'époumonait dans la chambre du fond) : « Mais tu vas la fermer, oui ?

Qu'est-ce qui se passe si on refuse ? Qu'est-ce qui se passe si on vous la rend ? Vous avez idée de ce que vous faites ? Vous débarquez dans la vie des gens et vous leur collez un mioche ? Vous vous prenez pour Dieu, ou quoi ? Je suis stérile. Vous comprenez le français ? J'ai baisé toute ma vie – et pas qu'avec ma gouine –, jamais je ne suis tombée enceinte. Vous appelez ça comment, vous ? Moi, j'appelle ça le destin. Et c'est pas deux jobards en képi qui vont changer ça. Mon destin. C'est sacré, un destin.

— Vous ne figurez pas sur le procès-verbal, madame, a énoncé calmement le plus âgé. Ce n'est pas à vous d'accepter ou de refuser. Nous désirons parler à Rose de Maisonneuve. La marraine.

— Messieurs, ai-je fait, me levant du fauteuil où je m'étais effondrée. Je ne suis pas la marraine de cet enfant. Je n'ai pas mis les pieds dans une église depuis plus de quinze ans. Je ne connais pas ces gens dont vous parlez. Les parents de l'enfant. C'est une erreur.

— Vous ne connaissez pas Ève Pariset ? a demandé l'aîné des policiers.

— Née Jensen, a précisé le plus jeune. Eva Jensen.

— Eva Jensen ? ai-je répété. Mais c'est une petite fille. »

*

Ils avaient trouvé un médaillon au cou de l'enfant. D'un côté, un portrait minuscule incrusté sous un verre bombé ; de l'autre, une inscription gravée dans l'or du boîtier ovale : Ida

Pariset, fille d'Eva Jensen, sous la protection de sa marraine, Rose de Maisonneuve. Les lettres étaient si petites qu'il avait fallu se rendre chez un bijoutier pour les lire à travers une loupe.

« Eva avait un père, ai-je dit, comme j'aurais brandi un bouclier. Ole Jensen.

– Mort à la guerre.

– Une mère. Agata Jensen. Vous pouvez sûrement la retrouver.

– Grippe espagnole.

– Un frère, peut-être ?

– Pareil.

– Et son mari ?

– Pas mieux. Il ne reste que vous. »

Eva, ai-je pensé. Eva, la cousine qui s'était prise d'amitié pour moi à la fête. Eva, dans sa robe d'un rose inquiétant, la fille d'Agata et Ole Jensen. Nos cousins français, avait dit ma mère. Ils habitaient Paris depuis dix ans. Ils m'avaient paru très jeunes, et si beaux. Beaux comme l'était Kristina : teint de cuivre et joues de vermeil, dents étincelantes et longs bras souples. Sauf qu'ils avaient quelque chose de plus qu'elle. Le leur avait-elle pardonné ? Car elle l'avait aussitôt senti, peut-être même plus rapidement que moi. C'était surtout elle que leur bonheur menaçait : ils étaient amoureux. Ils s'effleuraient le dos, les doigts, recherchant le contact l'un de l'autre, se parlaient à voix basse, se souriaient à distance, annulant la présence de quiconque venait se placer entre eux. Eva aussi était belle, mais il lui manquait cet éclat particulier qui faisait rayonner ses parents. Il y avait quelque chose de très légèrement terne chez elle, une mèche éteinte, que le rose un peu trop soutenu de sa robe, comme tachée de fraises, de cerises ou de sang, révélait incidemment. Je lui avais tourné le dos. Je m'étais endormie. J'avais refusé de jouer avec elle. Mais elle m'avait élue. Lorsque ses parents étaient venus la chercher, elle avait pleuré à gros bouillons. « Elle est à bout de forces », avait dit sa mère pour l'excuser. Dans ses sanglots, je l'avais entendue prononcer mon nom. Elle hurlait de douleur car, en quelques heures, elle était devenue ma siamoise et sa peau ne pouvait souffrir la cisaille des adieux.

Elle ne m'avait jamais oubliée.

Les policiers m'ont tendu le médaillon. Je n'ai pas eu besoin de loupe pour reconnaître le portrait. C'était un cadeau de monsieur Degas à ma mère. Il l'avait serti lui-même sous un demi-globe de la taille d'un ongle. « Vous pouvez le monter en bague, ou en broche », avait-il dit, croyant lui faire plaisir. Elle ne l'avait jamais revu après ça. Lui offrir le portrait de sa fille ? Quelle idée. Quel manque de goût. Son visage à elle aurait été d'un bien plus bel effet. Elle avait traduit ce geste d'affection comme une attaque délibérée. Miroir, mon beau miroir, avait-elle pensé. Degas n'avait-il jamais lu Blanche-Neige ?

Comment Eva s'était-elle procuré cet objet ? Elle avait dû le voler sur mon chevet, pendant que je dormais, avant d'être arrachée à moi par ses parents.

Eva Jensen, dans sa robe rose, avait grandi. Elle avait rencontré Thomas Pariset. Ils s'étaient mariés. Un à un, les membres des deux familles avaient été décimés : guerre, maladie, maladie, guerre, maladie, maladie. À chaque nouvelle disparition, ils se disaient que c'était la dernière. Le sort ne pouvait pas s'acharner ainsi. Il y avait des lois, ne serait-ce que celle du hasard. Une telle constance n'existait pas. La mort frappait à droite, à gauche, dans le désordre. Pas chez eux. Chez eux, elle retranchait les figures l'une après l'autre comme dans une partie de tarots macabre. Mais ils s'aimaient. Ils s'aimaient assez, malgré tout, pour avoir un enfant.

Et maintenant, l'enfant était là, sur le lit. L'enfant hurlait. Parce qu'elle avait froid, faim, qu'elle était mouillée, orpheline, souillée, seule, haïe.

*

L'enfant est là, sur le grand lit. Je la regarde depuis le divan. Je dis que je la regarde, mais je ne la regarde pas vraiment. Mes yeux sont ouverts dans sa direction. Je vois un paquet gris sur le couvre-lit framboise. Je pense à la robe de la petite Eva Jensen. Une robe vampire qui l'aurait vidée de sa vie. Le col haut était boutonné trop serré. Les manches gigot, elles aussi, bridaient excessivement ses bras dodus. Il faut que je cesse de penser à cette robe. Eva est grande maintenant. Elle n'a plus de robe. La robe a brûlé avec elle dedans.

Louise est partie. Les policiers avant elle. Les invités ensuite. J'aimerais partir, moi aussi. Je voudrais aller boire une bière très fraîche au Ritz. Je voudrais aller danser au Bal nègre. Je voudrais retourner aux calanques. Mais je n'ai pas le droit.

J'ignore ce qui m'en empêche. C'est à cause des cris. Les hurlements qui sortent du paquet. C'est le hurlement de la sirène au moment du bombardement. Il ne faut pas bouger. Une fois descendu à la cave, on attend que le vacarme cesse. Mais je ne suis pas à la cave. Je suis face au paquet sur le lit et je sens que dans quelques secondes, je vais me lever et m'approcher.

Le Nid, cabinet de toilette, une demi-heure plus tôt

« Si on la noyait », propose Louise.

Rose ne répond pas. Elle est assise sur le rebord de la baignoire qui lui scie les fesses.

« J'ai noyé des chatons autrefois, dit Louise. On les met dans un sac avec une pierre. Les bulles remontent à la surface. Ça fait un joli petit bruit et après, ça s'arrête. Ouvre le robinet, ma minette. On va prendre la vache à trois cornes que Marcel nous a apportée l'année dernière pour la Chandeleur. C'est du bronze. Ça la coulera direct. »

Rose ne bouge pas.

« Vas-y. Elle est sur la cheminée. La vache à trois cornes. Tu préfères le buste ? Mais il est en plâtre. Ça risque de cochonner les tuyaux. On dira qu'on a voulu la laver. Ce ne serait pas du luxe. Elle pue. On dira qu'elle est morte étouffée. »

Rose ne dit rien.

Louise ouvre la porte qui mène à la chambre. Les pleurs envahissent aussitôt le cabinet de toilette. Un souffle de tempête à faire trembler les murs. Louise se rend au salon. Elle prend une sculpture en bronze sur la cheminée. Un bloc noir, surmonté d'un autre bloc, lui-même hérissé de trois pointes, de la taille d'un lapin nain. Elle siffle l'air de *La Madelon*.

« La vache ! C'est lourd, dit Louise. C'est drôle, ajoute-t-elle en riant. C'est une plaisanterie. J'ai dit "la vache !" »

Rose est sortie du cabinet de toilette. Elle regarde Louise s'approcher du lit et lever la vache à trois cornes au-dessus du bébé.

« À trois, je lâche. Tu n'as pas fait couler l'eau, tant pis. Je lâche. »

Le Nid, chambre à coucher

J'ai dit non. J'ai dit non très fort. Je crois que j'ai crié. Louise a jeté la vache à trois cornes sur le plancher. Le bois a craqué dans un fracas d'os brisés. Louise s'est jetée sur moi. Elle a mis les mains autour de mon cou. Elle m'a fait tomber sur le sol, s'est assise en travers de mon corps. Elle m'a dit Salope. Salope qui ne m'a jamais aimée. Salope qui n'aime personne. Tu te crois supérieure avec tes airs de sainte-nitouche. Elle a serré ses doigts sur ma gorge. Espèce de putain. Profiteuse. Avec ta petite tête de mendiante. Avec ta vie pourrie. La pitié, c'est comme une robe pour toi, comme un collier. Elle serre encore plus fort. Tu aimes qu'on te plaigne, hein ? Eh ben, tu ne vas pas être déçue, ma gouine. Pucelle écœurante. Cancrelat. Je vais te crever et là tu comprendras peut-être ce que ça fait. Tu n'as pas de cœur. Tu n'as que ton gros bidon dégoûtant. Tu ressembles à un chimpanzé. Tu sens la naphtaline et le hareng. Si je ne t'avais pas sauvée, tu serais morte à la fumerie. Jamais tu ne m'as remerciée. Et moi, qui me sauve, moi ? Qui m'aime assez pour me sauver ? Qui va m'ouvrir ses bras, ses jambes, sa porte, son portefeuille, son porte-monnaie ? Qui va m'arracher à l'abrutissement ? Qui va me libérer de tes griffes molles de rat ? Tu es un rat, un cancrelat, une araignée. Tu as bu tout mon suc. Tu as mangé la chair fraîche de mes seins, de mes fesses. Garde-le ton bébé. Ta crotte.

Elle a desserré l'étau. Elle s'est relevée. A pris la sculpture sous son bras. L'a replacée sur la cheminée. Enfilé un manteau. Pris son sac. Claqué la porte.

Le Nid, chambre à coucher

Rose s'approche du lit. Elle colle ses tibias contre le montant et se penche pour regarder dans le paquet. La petite tête rouge vire au violet. Les cris percent ses tympans. Une noyade ? se dit-elle. Quel soulagement. Mais ses bras se tendent et défont le paquet. Aussitôt, quatre petits membres se mettent à gigoter. Rose saisit le torse en forme de haricot blanc dans sa camisole, comme un Soissons géant. Elle soulève. C'est léger, friable. La grosse tête roule vers l'arrière très fort, comme si elle n'était retenue à rien, comme si le cou n'était qu'un fil de laine. Rose garde une main sous le dos et glisse l'autre sous la tête. C'est chaud. Ça brûle légèrement. Les bras et les jambes gigotent plus fort. Ça pue. C'est mouillé. Brûlant et froid en même temps. Elle tient le corps arc-bouté à bout de bras. Horizontal. C'est difficile. Les hurlements, la gesticulation, le chaud et le froid. Elle le redresse. Le tient face à elle. Vertical. Parvient à maintenir la nuque à l'aide de deux doigts pointés comme un pupitre à l'arrière du crâne. Il va falloir que les cris cessent. Sinon elle le jettera par la fenêtre. Elle veut le jeter. Plus loin que la fenêtre. Elle veut le jeter dans le passé, jusqu'à hier. Hier où rien de cela n'existait. Elle ne le jette pas. Elle l'approche d'elle, lentement, sans le vouloir, curieuse de la puanteur, de la moiteur. La tête désarticulée brûle et rougit. Elle l'approche encore. La tête vient frapper le haut de sa poitrine. Animée d'une volonté propre, soudain autonome et efficace, la tête s'éloigne à peine. Quatre centimètres d'élan. Et *vlan !* L'oreille, la joue, la tempe, contre le haut de la poitrine. De nouveau le recul, l'élan subtil qui précède le bélier, et *vlan !* ça recommence. Une troisième fois. Rose prend alors le crâne à pleine main et le cale contre son cou. Elle embrasse le bébé. Effrayée par sa chaleur, par son silence brutal. Absolu. Elle berce la petite fille. Baise son front trempé. Lui dit toutes sortes de phrases sans queue ni tête puisées ailleurs que dans son cerveau. Puisées dans un monde qu'elle ne connaît pas. Un monde dont Ida vient de lui ouvrir la porte.

Le Nid, partout dans la maison,
à toutes les heures

J'ai fait téléphoner par madame Abélard. Elle a dit à Eugénie Vermeer que j'étais malade, que je ne pouvais pas aller travailler. Vermeer a dit que je n'avais jamais manqué, que c'était sûrement grave, que j'allais sans doute mourir. J'ai pensé que ce serait bien doux de mourir. Mais je sais à présent, à force d'avoir voulu mourir tant et tant de fois, qu'on ne meurt pas quand c'est pratique. On ne meurt pas comme on s'évanouit, comme on s'endort. Je sais aussi que la mort n'est pas une sortie. Je crois que je ne crois plus en Dieu. Je crois que le néant m'est apparu. Il m'est apparu comme la Vierge à ceux qui sont frappés par la grâce. Le néant s'est présenté avec sa face sans visage, son creux, le vertige de son aspiration vers l'infini du rien. J'ai noté cette phrase dans le carnet : *le vertige de son aspiration vers l'infini du rien.* C'est laid, mais c'est vrai. J'ai laissé traîner le carnet. Pour que Louise revienne. Pour avoir peur qu'elle revienne et qu'elle le trouve. Pour l'entendre se moquer de mes phrases lourdes, de ma philosophie à trois sous.

Hier matin, je ne l'aimais plus.

La semaine dernière, je ne l'aimais plus. L'amour comme

une branche soudain morte et qui casse, légère, sèche, brune et blanche. Une branche autrefois vive, souple, résistante, verte, crème, humide, chaque fibre mariée à sa fibre voisine. Une branche morte que cet amour. La honte de cette mort. L'embarras de cette mort. L'encombrement de cette branche qui bientôt pendra et tombera d'elle-même. Il y a un mois, je ne l'aimais pas. Elle passait sa main agile dans mon dos, entre mes cuisses. Je me concentrais sur la beauté de cette main pour me convaincre que c'était ma chance. J'étais la préférée de la plus belle des mains. De la plus tendre et de la plus experte des mains. Mais je roulais sur le côté. Je m'écartais. Quelque chose de machinal s'était inventé entre nous sans que j'y prenne garde. Dans la maison, il y avait les murs, la théière, les peignes, le guéridon, un rideau, une coupelle, et Louise. Sans plus de vibration qu'un objet. La honte de le découvrir. Mais voilà qu'elle est partie. Et voilà que je l'aime de nouveau. De l'ancien rameau vert fuse un gourmand neuf. Sous la branche morte pousse le drageon rougeoyant.

L'amour a ressuscité quand Ida s'est endormie. Dans le silence que son sommeil a fabriqué aussi soudainement qu'une chute de neige. Partout dans la maison, j'ai cherché Louise. Il fallait qu'elle voie cela, qu'elle se penche avec moi sur Ida endormie, qu'elle respire avec moi l'haleine épuisée, l'odeur de morve mêlée à l'arôme de jardin frais. Si elle était revenue alors, si elle avait recueilli dans son oreille l'ineffable apaisement, comme une couronne de fleurs posée mollement au sommet de la lutte, nous aurions, elle aurait. Mais elle n'est pas revenue. Je marche dans la maison. Je la cherche. Je veux lui raconter mon exploit. Le seul exploit que j'aie jamais accompli. Mais elle n'est pas revenue. Mes pieds me portent ici et là, partout dans la maison. J'ouvre les placards, je les referme et je me raconte, ou plutôt je raconte à celle que j'ai aimée, que je n'ai plus aimée et que j'aime de nouveau, mon épopée.

L'enfant, comme un bélier, a frappé son crâne contre l'huis de ma poitrine. Son crâne n'était pas fragile. Il n'avait rien d'une boîte. Il était opaque et dense comme du bois flotté, saturé de mucus et de rage. Chaud comme une brique mise au feu pour sécher l'humidité des draps. J'ai embrassé la tête et son odeur de forêt, d'animal. Mes mains tremblaient. J'ai reposé le paquet. J'ai défait ses brassières aux liens emmêlés, bravant les cris qui m'interdisaient tout et ordonnaient tout. Il fallait que je me dépêche, sans savoir pourquoi, pressée par une urgence, sous les ordres d'un commandement hurlé dans une langue étrangère, écrit en hiéroglyphes dans la grimace du visage. Plus je me hâtais, plus les rubans et les nœuds se serraient. J'y ai mis les dents. J'ai arraché. J'ai déchiré. Le corps est apparu brusquement, révélé, marbré de veines, sali de merde. Je l'ai essuyé avec les habits déchirés. Je l'ai saisi, par un talon, par un poignet. Il glissait. Il se tordait. Je l'ai emmené dans le petit Danemark. Plaqué sur la natte en coton. J'ai fait couler l'eau. Elle était froide, comme à la bouche d'une source de montagne. J'ai couru à la cuisine. En relevant une mèche sur mon front, je me suis étalé de la merde sur le nez. J'ai fait chauffer de l'eau. Les pleurs étaient loin. J'ai fermé les yeux parce que c'était bon d'échapper un instant au vacarme. J'ai eu peur que le bébé roule sur le carrelage, qu'il se blesse contre un des pieds en fonte de la baignoire. J'ai couru jusqu'au cabinet de toilette. Écarlate et nu, il se débattait sur la natte. J'ai examiné sa tête. Le bébé était comme une coccinelle retournée, piégée par la rotondité de ses élytres. Il lui était impossible de se déplacer. Je suis repartie à la cuisine. J'ai porté la marmite d'eau bouillante. J'en ai renversé partout. Il en restait assez pour tapisser le fond de la baignoire, mêler l'eau chaude et l'eau glacée. J'avais peur de laisser échapper le corps. Je l'ai pris contre moi et, tout habillée, je suis entrée dans la baignoire avec. Je l'ai nettoyé. J'ai couché le bébé dans l'eau. J'avais froid et je me disais que j'étais peut-être en train de le tuer. Parfois, l'eau mêlée de merde et de morve recouvrait son visage. Comment faire ? Plus je le lavais et plus je le salissais. Il hurlait tant que je me suis mise à crier, moi aussi, sur le même rythme. Haaaaa-haaa-ha-haaaaa. Je suis sortie de la baignoire. J'ai fait écouler l'eau sale. J'ai ramassé le bébé. Je l'ai rangé dans une serviette sèche. J'ai remis de l'eau à chauffer et j'ai recommencé. À la troisième opération, l'eau était enfin claire, tiède, et le bébé pleurait moins fort. Le cabinet de toilette était jonché de tissus en désordre, sales, froissés, maculés. J'ai séché le bébé dans un drap. Je l'ai enroulé, j'ai effleuré son visage du bout des doigts. Au moment où mon auriculaire a approché ses lèvres, sa bouche s'en est emparée. Il a avalé ma dernière phalange et l'a sucée avec une puissance inimaginable. Il a tété mon doigt et s'est endormi.

Loge de madame Abélard, décembre 1928

« Ça va lui faire du bien, à la petite, dit madame Abélard.
– Vous êtes sûre ?
– C'est bon pour les bronches. Ça dégage. »
Joignant le geste à la parole, elle tira une longue bouffée
sur sa gitane et recracha la fumée droit sur le visage du bébé
qui, pleurant déjà, pleura encore plus fort.
« Voyez comme ça la stimule ! s'exclama madame Abélard.
J'en ai pas eu moi-même, mais j'en ai élevé des tas et croyez-
moi, je m'y connais mieux qu'un médecin. Pour les bronches,
rien ne vaut la fumigation. »
Rose dodelinait de la tête. Elle avait envie de dormir. Elle
aurait aimé manger. Elle aurait bien voulu sortir faire quelques
pas dans la rue. Mais depuis trois jours, rien de cela n'était
possible. Madame Abélard l'avait aidée pourtant. Elle lui avait
montré comment nouer un lange, comment emmailloter le
corps à la fois mou et récalcitrant. Ensemble, elles avaient réussi
à nourrir la petite. « Pas de lait, avait déclaré madame Abélard.
Il n'y a que le lait de la mère qui vaille. Pauvre loupiote. L'en
aura plus. Le lait des vaches, c'est bon pour les veaux. Donnez-
y du bouillon. Ça la fortifiera. » Rose avait suivi les conseils de
sa gardienne. Elle avait préparé un bouillon.

Une fois qu'il fut prêt, elle se demanda comment le faire boire au bébé. Sa bouche était si petite. Sans compter que dès qu'il ne dormait pas, il hurlait et s'agitait en tous sens. Elle essaya avec une cuillère à café, avec une tasse, avec un couvercle, avec le bec de la théière. Rose pleura de rage, de fatigue. Madame Abélard était repartie. Et Louise qui n'était toujours pas revenue. Eugénie Vermeer avait appelé de Favart. Ils préparaient une grosse production. Ils allaient devoir la remplacer.

« Rappelez-la et annoncez-lui que finalement je suis morte, dit Rose à madame Abélard.

– Ça porte malheur, répliqua la gardienne.

– Au point où j'en suis », remarqua Rose.

« Passez-moi madame Vermeer… Oui, ici madame Abélard, la gardienne à madame de Maisonneuve. Elle s'est bien remise, je vous remercie, mais elle vous fait dire qu'elle ne pourra pas reprendre le travail parce qu'elle s'est fait enlever par un milliardaire. Il l'a emmenée à Monte-Carlo. Na ! » s'exclama-t-elle en raccrochant.

Le bouillon s'était répandu sur le torchon, sur la brassière, sur le menton du bébé et jusque dans ses oreilles. Si elle meurt de faim, ce ne sera pas ma faute, se dit Rose. J'aurai tout tenté. Elle mourra et voilà, ce sera terminé. Je pourrai recommencer à vivre. Une nausée lui souleva la poitrine. Saisie de terreur, elle prit une gorgée de bouillon dans sa bouche et en versa quelques gouttes dans le gosier grand ouvert. Le bébé déglutit et se remit à hurler. Elle appliqua alors ses lèvres contre celles du nourrisson et y fit glisser le reste du bouillon tout doucement, s'étouffant à moitié. La petite lapait, suçait sa propre langue en redemandait. Rose l'allongea sur la bergère, plaça le bol de bouillon sur un guéridon et s'agenouilla par terre. Entre chaque gorgée, le bébé hurlait, mais au bout de quelque temps, comme si elle avait compris le système, elle se mit à attendre gentiment que sa nourrice emplisse ses joues du bon liquide chaud. Rose se surprit à parler. « Voilà, dit-elle. Tu es mignonne. Tu bois bien. Tu vas être une grande fille. Voilà, ma nounourse. Je suis contente. C'est bon, hein ? Oui, c'est bon. » Rose se rendit compte que le bébé buvait ses paroles aussi goulûment que son bouillon. Elle la regarda longuement et pensa : Je n'ai jamais rencontré quelqu'un d'aussi intelligent.

*

« Vous devriez aller à la police, dit madame Abélard.
— Pour quoi faire ?
— C'est pas normal qu'ils vous la laissent, comme ça, sans rien vous dire de plus. Sans un papier. Elle a même pas d'affaires. Les bébés ça vient avec un trousseau. Sûrement que dans la maison de ses parents elle a un lit, des changes. Sûrement que ses parents avaient de l'argent, vu qu'ils étaient assez riches pour se tuer en voiture. Ça se fait pas. Si vous avez la petite en héritage, vous devez avoir le reste. La maison. Les comptes en banque. Tout. Faut aller chez le notaire. C'est la loi. Si vous êtes la plus proche famille, c'est vous qui héritez. Vous allez être riche. Y a pas de raison. Allez à la police et puis chez le notaire. »

Mais je ne peux aller nulle part, pensa Rose. Je dois m'occuper du bébé. Elle écoutait la gardienne, les yeux embués par le manque de sommeil, par la fumée de sa cigarette, elle se sentait perdue comme au fond d'un bois et plus seule qu'au cœur de l'océan.

« Je vous la garde, moi, si vous voulez. Comment qu'elle s'appelle déjà ?

— Ida.

— C'est rien moche comme nom. Mais je vous la garde quand même. Tu seras bien avec maman Lorette. Pas vrai, Idée ? Oh j'arrive pas à le dire, ce nom. D'où qu'y vient ? Tu seras bien avec maman Lorette, ma Didi. »

Maman Lorette, se répéta Rose. Oui, c'était si naturel. Pourquoi n'avait-on pas confié l'enfant à la gardienne ? Elle savait y faire. Elle en avait élevé des tas. Elle disait maman Lorette. Moi, je ne saurai jamais dire maman Rose. Elle songea qu'elle pourrait accepter, confier le bébé à madame Abélard, prendre ses affaires et disparaître, se jeter dans la Seine, fuir à Monte-Carlo ou embarquer dans un train puis sur un cargo à destination de Grand-Bassam. Elle entrerait dans les ordres, irait soigner les lépreux. De l'Afrique, elle gagnerait l'Inde. Lisait-on sur son visage qu'elle avait cessé de croire en Dieu ? Mais, tout en laissant ses pensées voguer d'un continent à l'autre, elle avait repris Ida des bras de maman Lorette et la serrait contre elle. Entre leurs deux corps, celui de Rose et celui d'Ida, une corde s'était formée, à plusieurs brins, comme une tresse ; elle avait l'élasticité et la résistance du caoutchouc. Elle s'était développée durant la dernière nuit de fièvre. Ida pleurait, les cheveux collés contre son front, rouge et suante. Rose avait allumé un feu dans la cheminée, puis retiré les vêtements du bébé, ne lui laissant que ses langes, et s'était allongée avec elle face aux flammes. Voilà, comme ça, tu as moins chaud, et si tu as froid, on se rapproche un peu du feu. Il faudrait que je te donne un remède, mais je n'en ai pas. Moi, quand j'ai de la fièvre, je bois un grog avec du rhum et du miel. Tu ne peux pas boire de rhum. Ça pique. On va rester un peu comme ça, toutes les deux, bien tranquilles. Tu vas arrêter de pleurer et tu vas faire dodo. Mais Ida n'avait pas envie de dormir. Elle regardait les flammes danser, jetait ses bras vers la lumière. Tournant son visage vers Rose, elle lui avait souri, avec un petit bruit de gorge, adorable, un gazouillis grave. Finalement, on s'amuse bien, toutes les deux, avait dit Rose, sans réfléchir.

« Bon, j'ai compris, fit madame Abélard. Je vais y aller moi-même. J'ai qu'à choper Laurier avant son Picon. C'était lui l'huissier de service. Y saura peut-être me dire quelque chose en souvenir du bon vieux temps. Vous pouvez pas savoir comme il était beau, ce Laurier, avant-guerre. »

*

Quelques jours plus tard, les nouvelles pleuvaient.

« C'est louche, dit madame Abélard qui avait fait le tour de Paris. Y en a qui se font engrosser sans coucher, vous, c'est tout comme. Paraîtrait qu'y aurait des dettes. Paraîtrait que c'était peut-être pas un accident. Y a un parfum de crapulerie là-dessous. Le père était pas net et la mère pas mieux. À votre place, je la mettrais à l'orphelinat, la petite. Y m'ont dit que ça poserait aucun problème. Ce serait pas la première gamine à qui ça arrive. Avec des parents comme ça, qui sait si c'est pas de la mauvaise graine. Ah, et puis va falloir partir. Votre sœur, elle a vendu.

— Vous avez vu Louise ?

— Elle est passée hier soir. Elle m'a dit que vous vous étiez mises d'accord.

— Comment était-elle ?

— Une beauté ! On aurait dit une vedette. Une voiture blanche comme j'en avais jamais vu. Et des plumes grandes comme mon bras sur la tête. Sa jupe devait pas lui arriver au genou.

— Elle était seule ?

— Vous avez déjà vu madame de Senonches seule ? Elle en avait fourré du monde dans sa Bentley…

— Elle a une nouvelle voiture ?

— Faut croire que oui. »

Je l'ai blessée, pensa Rose. Chaque fois que Louise s'achetait une nouvelle voiture, c'était après un choc émotif, une joie ou un chagrin. « Tu vas rendre cet enfant, m'avait-elle proposé. Tu vas le ramener à la police et tout redeviendra comme avant. Je t'emmènerai aux calanques. De là, on ira jusqu'en Espagne. On n'est pas forcées de tuer le bébé. On peut aussi le laisser là, dans l'appartement. Madame Abélard saura quoi faire. Elle s'en occupera. Elle s'est toujours occupée de nous. »

Les agents étaient repartis. Les invités avaient quitté la maison. Dans la chambre à coucher, le bébé pleurait. Louise avait pris les joues de Rose dans ses mains. Elle lui parlait avec des douceurs hypnotiques :

« Ma belle. Ma vie. Tu n'as rien demandé. Tu n'as pas mérité ça. Nous avons eu la chance d'échapper à ces chaînes. Nous avons choisi de ne pas suivre le cours normal de nos existences. Nous avons eu la force de détourner le lit. Et nous sommes libres, libres, libres. Ce bébé n'est rien pour toi. On ne le connaît pas. Il est affreux. Il nous casse les oreilles. Que veux-tu qu'on en fasse ? Tu n'as même pas voulu de Stephen ! C'était pourtant un épagneul pure race. C'est gentil comme tout, les épagneuls. On aurait pu avoir un beau chien rien qu'à nous. Mais bon, je ne t'ai pas forcée. Je l'ai rendu au maréchal. Ma Rose. Fais-moi confiance. Laisse-moi décider. Je sais mieux. Tu es commotionnée. Je te connais comme ma poche. Dans ces moments-là, tu n'as plus ta tête. C'est normal. Laisse-moi faire. On ira aux calanques. On se construira une maison en pierre face à la mer. On se baignera nues. On séchera au soleil. Fais-moi confiance. Ce bébé ne serait pas bien avec nous. On ne sait pas comment s'en occuper. C'est des trucs de bonne femme. C'est un métier. Avec moi, avec toi, elle ne survivra pas. Laissons-lui sa chance. Il y en a tant, des femmes qui veulent un enfant et qui n'en ont pas. Des femmes qui paieraient pour qu'on les enchaîne. Partons. Recommençons. Tu as un grand destin qui t'attend, sais-tu ? Tu as remarqué comme les gens t'écoutent, comme les meilleurs recherchent ta compagnie ? Tu es l'étoile qui monte. Édouard, mon ami du Sénat, tu te rappelles ? Il me parle de toi à la moindre occasion. Il cherche quelqu'un pour écrire ses discours. Tu as toujours voulu faire de la politique, non ? Tu es sur le point d'accomplir ton rêve. Ne laisse pas le hasard te barrer la route. »

Pourquoi n'avait-elle pas accepté ?

Quand cette conversation avait-elle eu lieu ?

Rose ne parvenait plus à se souvenir. Était-ce avant la vache à trois cornes, ou après ? Avant ou après la noyade ? Les cartes du temps avaient été battues. Seul un instant, comme un joker jailli du paquet, subsistait. Un instant accroché à un mot, le mot comme un fanion, indiquant le point de bascule. « Hasard ». Le hasard avait agi comme un sésame. Alors qu'elle était sur le point de céder, Rose avait fait volte-face. Alors qu'elle se voyait déjà faisant renaître l'amour aux calanques, elle s'était arrêtée, comme René en son temps, face à un dilemme, et elle s'était rappelée : « Si je pense blanc, je dis noir, mais au moment de dire noir, je bégaie et je finis par dire blanc. – Et donc vous gagnez à tous les coups. – Non, non, non. Je perds. C'était noir. »

Elle avait choisi l'enfant.

Guichet du Crédit municipal, janvier 1929

« Qu'est-ce que c'est ?

— Un médaillon.

— Oui, ça, je vois bien que c'est un médaillon.

— Alors ?

— Ça ne vaut pas grand-chose. La chaîne est en or, mais elle est fine. Le médaillon lui-même est en plaqué. Du vilain travail.

— Mais le portrait ?

— Quel portrait ?

- Sous le verre, là, regardez.

— Je ne vois rien. Qu'est-ce que c'est ? Une mouche ? On dirait une mouche écrasée sur un buvard.

— C'est moi.

— Comment ça, vous ?

— C'est mon portrait. Peint par monsieur Degas. »

Sous l'escalier, février 1929

Tout n'a pas été noir. Non. Ce serait exagéré de dire que les choses se sont affreusement mal passées. D'abord, Ida a guéri de sa fièvre. Elle a commencé à prendre du poids. C'est ce qui compte le plus, se dit Rose, sous l'escalier, dans la tanière qu'elle s'est aménagée. Elle attend que ses yeux s'accommodent à l'obscurité qui n'est que relative. Lorsque l'on referme la porte, on se croirait au fond d'une grotte, mais si on attend quelques minutes, on voit une baguette de lumière suivre le bord supérieur du battant taillé en oblique pour épouser l'escalier. Peu à peu, la baguette de lumière s'éclaircit et dessine des taches grises, noires, anthracite un peu partout. On distingue les contours du coussin, celui de la malle. Le duvet, roulé serré pour gagner de la place. Il ne fait pas froid ici. On est bien. Ida sait parfaitement que la noirceur finit par refluer. Elle attend sans un mot. Elle sait qu'une fois dans l'immeuble, une fois sous l'escalier, on ne doit faire aucun bruit. Rose ne se rappelle pas le lui avoir expliqué. C'est comme si elles l'avaient compris ensemble, au même moment, lorsque madame Abélard leur a confié la clé. L'immeuble se trouve au 23 rue Delambre. Madame Abélard y fait des ménages. Elle bénéficie du débarras où les propriétaires lui ont permis de ranger ses balais.

« C'est pas bien riche, mais c'est en attendant.

– Vous êtes si bonne, madame Abélard. Laissez vos affaires, elles ne nous gênent pas. Comment pourrais-je vous remercier ?

– *Tss-tss* », a fait la gardienne sous sa moustache.

C'est un bruit qui plaît beaucoup à Ida.

Tout n'a pas été noir, la preuve, elles sont ensemble. Ida et Rose. Le bébé et sa maman. C'est officiel à présent. Les papiers ont été signés et, pour cela, on peut même parler de miracle.

C'était quelques semaines après l'arrivée d'Ida. Le Nid avait été mis en vente. Rose rassemblait ses affaires. Elle avait porté presque tout ce qui lui appartenait au Crédit municipal (cela tenait dans une valise de 50 par 30). Elle espérait le retour de Louise. Redoutait de la voir. Était certaine d'avoir entendu sa voix dans l'escalier. Sentait fondre son cœur. Son estomac se serrer. Elle ne savait pas où aller, mais elle n'avait pas le temps de s'en préoccuper. Vers trois heures de l'après-midi, ses jambes se mettaient toujours à flageoler, à cause de l'épuisement. Elle avait rendez-vous le lendemain à la préfecture de police.

Je me battrai comme une chienne, s'était-elle dit. Mais pour quoi ? Il n'y avait rien de précisé sur la convocation. Allait-on lui retirer Ida ? Elle paierait. Elle donnerait tout ce qu'elle avait. Sauf qu'elle n'avait rien. Elle coucherait. Mais qui pourrait vouloir d'elle ? Avec ses cheveux qui commençaient à grisonner, qu'elle n'avait pas coupés depuis des mois, qu'elle peinait à attacher et qui bouffaient au sommet de son crâne. Qui pourrait vouloir de ses petites mains sèches et rouges, de ses yeux plissés, de ses cils qui la démangeaient ? Qui pourrait vouloir des engelures sur ses orteils, des gerçures sur sa bouche ?

« Ma petite Rose, il y a quelqu'un pour vous. »

La gardienne avait cessé de l'appeler madame de Maisonneuve depuis que Louise avait quitté les lieux. Rose ne savait si c'était par tendresse ou par mépris.

Ida sur la hanche, des mèches hirsutes tout autour du visage, des rougeurs au front, aux pommettes et au menton, elle se fit horreur en croisant son propre reflet dans le miroir de l'entrée.

« Qui est-ce ?

– Une dame. Je dirais, d'un certain âge. »

La dame entra sur les talons de madame Abélard, qu'elle congédia d'un geste sans équivoque.

Les deux femmes se regardèrent. Sans que Rose le lui ait proposé, la visiteuse s'installa sur la banquette bleu d'encre du vestibule. Rose ne put s'empêcher de noter la lenteur extrême du geste, l'élégance de la posture. La dame, toute de noir vêtue, tira une main très blanche de son gant et la passa sur son visage avant d'y poser son menton. Rose observait la façon dont le noir de la robe se détachait subtilement sur le bleu très foncé de la tapisserie, il semblait s'y dissoudre puis se rassembler pour former un motif, une masse douce et vibrante, comme un poumon jailli du mur. La femme regarda le bébé et dit :

« C'était donc vrai. Les racontars, finalement, ne font que

raconter. Ma pauvre petite. Et je suppose qu'ils t'ont bien vite abandonnée, les Marcel, les Fernand, les Berny, les Armide, les Octave et j'en passe. On dit que, lors des naissances, les gens accourent. C'est faux. Ils se rassemblent pour mieux disparaître. Pas un rat ne demeure sur le navire. Ils préfèrent en parler en ville, dans les dîners. Les bébés dont on parle ne pleurent pas, ne bavent pas, ne souillent rien. Ils dorment la nuit et n'ont jamais la rougeole. Je suis venue te voir. »

Rose écoutait la voix excessivement grave, familière et lointaine. Une connaissance ? C'était davantage comme une parente éloignée. Elle chercha d'un côté et de l'autre de ses ascendants.

« Je suis venue te voir, répéta la grande femme en noir. Il fallait que je règle ma dette. »

Elle ouvrit son sac à main et se mit à compter des billets.

« Je plaisante, fit-elle, en levant les yeux vers Rose, de cette voix toujours si grave qu'on l'aurait crue sortie du sternum et non des lèvres. Il ne s'agit pas d'une dette. On fait parfois les choses sans savoir pourquoi. Le temps se charge de donner un sens à nos actes. Ce sens évolue, au fur et à mesure. Quand j'ai pris tes cheveux, je ne considérais pas qu'il s'agissait d'un emprunt, encore moins d'un vol. Je suis entrée par hasard, au moment où Marthe te tondait. J'étais en rage. Louise t'avait repérée dès ton arrivée au Moderne – te souviens-tu, une table avec trois femmes, une limonade renversée ? –, elle ne parlait que de "la nouvelle petite de chez Marthe", c'est ainsi qu'elle t'appelait. On s'était disputées. Je voulais boire. Au lieu de ça, je me suis vengée. J'ai pris tes cheveux. Je les ai vendus. Un bon prix. Le marchand était étonné. Il a dit qu'il n'y avait que les Indiennes pour fournir une qualité et une quantité pareilles. J'avais repéré un modèle chez Jeanne Lanvin. Je suis allée jusqu'au troisième essayage. Quelque chose s'est passé. Je ne sais quoi. J'ai renoncé à la robe. J'ai investi l'argent chez un courtier. Il était fort. Il était honnête. L'argent a fait des petits, comme on dit. Je te le rends aujourd'hui, comme si tu me rendais Louise. Même si tu ne me la rends pas, en vérité. D'ailleurs, si tu me la rendais, je n'en voudrais pas. Il faut pouvoir tenir le rythme, non ? J'ai vécu tant de choses étonnantes avec elle. C'est l'amour de ma vie. Tu n'étais pas la première qu'elle ait ramenée. Je n'ai jamais connu quelqu'un d'aussi infidèle. Mais infidèle n'est peut-être pas le mot. D'aussi farouchement libre, disons. Avec toi, c'était différent. Tu étais sans défense, comme un oisillon tombé du nid. J'ai lu quelque chose dans son œil, une flamme, qui ne s'y était jamais trouvée avant. Certaines femmes ont de l'instinct maternel en excès. C'est un danger pour elles et pour ceux et celles qui les entourent. Louise souffrait de cette maladie, car, pour quelqu'un comme elle, quelqu'un qui refusait si viscéralement de s'attacher, l'instinct maternel était comme un fardeau, un véritable handicap. Tes sourcils se froncent. C'est comme si je parlais de quelqu'un d'autre, n'est-ce pas ? Tu ne reconnais pas ta Louise. Mais je t'assure que je sais ce que je dis. Je l'ai connue très jeune. À un âge où elle n'était pas si défendue. Combien de chats et de chiens a-t-elle recueillis ? Je suis étonnée que vous n'ayez pas eu d'animaux. Mais elle avait tendance à les laisser filer aussi.

Dès qu'ils grandissaient un peu, dès qu'ils se détournaient d'elle. Une vraie mère, avec la vraie folie d'une mère. Contre toi, j'ai su que je ne pouvais rien. Quand elle t'a ramenée de la fumerie, tu étais détruite. Les cheveux ras, de nouveau, presque chauve cette fois-ci. Une carcasse de caille, rabougrie, sans un gramme de chair, noircie, jointures en dedans, cou tordu. Il te manquait des dents, je crois. Ou était-ce autre chose ? Tes yeux sortaient de ton visage et tu délirais du matin au soir. Tu faisais sur toi. Tu t'en souviens ? La terreur, sans doute. Elle t'adorait. Tu saignes toujours ? Je me rappelle qu'elle avait fêté le retour de tes règles chez Maxim's. J'étais invitée. Ça ne te dit rien ? Tu avais passé la soirée dans un salon privé, un bandeau sur les yeux. Tu ne voulais voir personne, prétendais-tu. Alors Louise t'avait bandé les yeux. On buvait un fleurie qu'elle avait choisi pour sa robe vermillon. On levait nos verres. "Au sang de Rose !" devaient crier les invités. C'était païen, indiscret, grossier peut-être, et sans doute – même si tu étais à l'époque très peu consciente de toi-même et de ce qui se passait autour de toi – cela a-t-il été une épreuve. Je garde de cette soirée le souvenir d'une joie étrangement partagée. Nous étions fiers. Même ceux qui ne te connaissaient pas étaient fiers. Ronan… Non, je ne veux pas parler de Ronan. Il était retardé. Mentalement retardé. C'est ce qui a convaincu Louise, là encore. C'est moi qui les avais présentés. Je n'avais aucune idée derrière la tête. Comment aurais-je pu imaginer ? Louise ne résistait pas à la faiblesse. J'ai le malheur d'avoir, durant un temps, bénéficié d'une excellente constitution. »

Comme lors de leurs premières rencontres, une vingtaine d'années plus tôt, Rose ne pouvait décider si Dora était une fée ou une sorcière. Elle avait gardé d'elle cette image incertaine. Une impression de confort et de protection aussitôt démentie par l'imminence d'une menace, la sensation d'être évaluée puis dévaluée, observée et reléguée. Dora l'avait vue et continuait de la voir telle qu'elle était vraiment, sans artifice, sans masque, sans même celui que l'on enfile pour soi-même, histoire de ménager son amour-propre. Dora percevait Rose de l'intérieur, ce qui expliquait peut-être l'ambiguïté : face à elle, Rose était rassurée, soulagée, mais également à sa merci. Aucun des souvenirs dégradants que la visiteuse avait évoqués ne trouvait d'écho en elle, ils étaient pourtant exacts. Ainsi, des pans entiers de son existence lui avaient-ils échappé. Certains morceaux de sa vie appartenaient, comme un buffet placé au garde-meuble, à la mémoire d'une autre.

« Tu es une bonne mère, affirma Dora en lui tendant une liasse. Ça crève les yeux. 2 000 francs. C'est moins que ce qu'il faudrait, mais pour commencer… Ne me raccompagne pas. »

Rose, les billets de banque à la main, ne savait que faire. Elle se tenait immobile, le bébé sur la hanche, les joues encore rougies par le compliment.

« Retourne-toi, pars, reprit Dora. Ne reste pas plantée là à me regarder. Pars. Je vais mettre un certain temps à me relever. Mes hanches ne sont plus ce qu'elles étaient. Ce n'est un spectacle agréable pour personne. » Elle sourit puis ajouta : « Peut-être que si Louise me rencontrait aujourd'hui, j'aurais toutes mes chances. »

L'argent avait servi dès le lendemain. À l'officier de police qui avait interrogé Rose sur ses revenus, celle-ci avait répondu : « Je n'ai pas de problèmes de ce côté-là. »

Faisant mine de fouiller dans son sac à la recherche d'un mouchoir pour la petite, elle avait laissé les billets dépasser.

« Je suis rentière. Les Maisonneuve, Dieu soit loué, n'ont jamais eu à travailler. »

Elle avait mis une robe de Louise, s'était coiffée et maquillée, était venue en taxi, avait laissé tourner le compteur. Pour la voix et l'expression du visage, elle s'était inspirée de madame Jouarre de Senonches mère. C'était une des nombreuses leçons que lui avait enseignées Louise : l'argent achète tout.

« On me conseille une très bonne nourrice, mais j'ai promis à Dieu que s'il me gratifiait un jour d'une descendance, je m'en occuperais moi-même, je lui dédierais ma vie. Je prie beaucoup. Vous êtes croyant ? » (Toujours noyer le poisson, ça aussi, c'était une leçon de Louise.)

L'officier de police ne s'était pas exprimé sur le sujet. Il avait fait signer à Rose toutes sortes de papiers.

« Vous passerez à l'état civil », fit-il en donnant un dernier coup de tampon.

En sortant de la préfecture, Rose serra Ida contre sa poitrine.

« Ma fille, lui dit-elle. Ma fille. »

Elle s'était sentie immense. Plus grande qu'un arbre, qu'un immeuble. Elle avait demandé au taxi de l'emmener chez Mestre et Blatgé, avenue de la Grande-Armée. Avait acheté une voiture d'enfant, un cab à 300 francs, couleur havane avec capote en moleskine et doublure en satinette. Il était si grand qu'il n'entrait pas dans le taxi. Elle s'en était retournée à pied, poussant sa voiture avec la sensation qu'elle faisait l'admiration et l'envie de chacun. Arrivée rue Delambre, elle avait constaté que l'engin ne passait pas la porte cochère à cause des trois marches et du coude situés juste derrière. Elle l'avait laissé dans la rue. Il fut volé un quart d'heure plus tard.

Mais tout n'avait pas été noir. Elles étaient ensemble. Elles avaient chaud. Il restait un peu d'argent. Dora avait raison, les amis s'étaient vite égaillés, rue Delambre. Qu'aurait-elle fait à leur place ? Elle leur proposait une tasse de thé mais oubliait de mettre l'eau à bouillir. Elle prêtait l'oreille à leurs confidences mais les pleurs couvraient trop vite les murmures. On doit tant s'ennuyer avec moi, songeait-elle, car je ne sais plus rien, je n'ai plus d'opinion. Je me fiche de tout. J'ai envie de parler d'un petit pli sur l'avant-bras, ou de la façon dont un certain pied prend la forme d'un croissant de lune et dessine un arc vers l'intérieur dans le prolongement du tibia, lui-même arqué, souple comme un rouleau de feutrine. Je voudrais que mes visiteurs s'extasient sur le rire de gorge très inattendu et fort spirituel de ma fille. Ils n'étaient pas revenus. N'avaient pas insisté. Où les mettrais-je s'ils passaient, se demandait-elle, à présent que j'ai quitté le Nid ? Je t'en prie, Fernand, viens t'accroupir entre le coussin de la petite et mon balluchon. Ma chère Berny, laisse donc ta zibeline sur le trottoir, je n'ai pas de portemanteau.

Arthème serait resté, lui. Il aurait trouvé sa place. Rose aurait su où le mettre. Il n'avait pas l'habitude des salons. Elle se l'imaginait très bien sous un escalier. Mais Arthème s'était volatilisé quelques années plus tôt.

Bureau de poste, rue Littré, septembre 1929

Tiens, se dit Rose, étonnée, voilà que je suis assez vieille pour vivre les choses une deuxième fois. Elle ne parvenait pas à décider si elle aimait cette sensation. C'était comme le jour où, alors qu'elle n'était qu'une toute petite fille, Zelada lui avait donné une orange. La nourrice l'avait tirée d'un panier de friandises exotiques envoyé à Kristina par un admirateur. Rose, qui n'avait jamais vu ce fruit, l'avait croqué avec la peau, l'amertume et le sucre avaient éclaté ensemble dans sa bouche.

Elle était de nouveau au bureau de poste, elle s'y était rendue pleine d'espoir. De nouveau, une lettre pourrait changer sa vie, la sauver. La dernière fois, quel affreux moment. La lettre de Kristina et la mort d'Émile, juste après, comme si c'était la lettre, en somme, qui l'avait tué. Des phrases en grec lui revenaient à l'esprit tandis qu'elle patientait dans la file. Elle s'émerveilla une fois de plus des jolies terminaisons en *è*, des nobles mots en *os*. La musique remontait à son oreille. Dans sa main, elle tenait la paume vaillante de son enfant, qui, bien que n'ayant pas onze mois, se tenait déjà debout et commençait à marcher. Ida avait parfois des allures de vieille dame, petit menton sérieux rentré dans la poitrine. Mais dès qu'elle levait le visage, on reconnaissait l'admirable face Matthisen, cet ovale ouvert aux pommettes hautes, aux yeux larges, aux sourcils à peine dessinés sous le front cuivré, le vert-gris des yeux répondant au rose pétale des joues.

C'était Garance Coquillère qui avait conseillé à Rose d'écrire à sa famille. Elles s'étaient rencontrées au jardin du Luxembourg un matin de printemps. Garance était nourrice. « Nourrice-éducatrice », précisait-elle. Cette appellation avait mis Rose en confiance. C'était une chose que Zelada aurait pu dire, toujours à la recherche d'une nouvelle pédagogie. Garance était aussi petite et frêle que Zelada était grande et costaude, mais elles avaient en commun une même rigueur, une même dévotion et une façon très particulière de parler aux petits en les regardant toujours droit dans les yeux. Elle gardait deux enfants. Victor avait cinq ans. Il boitait. « Mais ses parents ne veulent rien savoir. Ils font comme s'ils ne le voyaient pas, disait Garance. Les parents, sale engeance. Je ne dis pas ça pour vous. Je vous observe depuis plusieurs semaines. Vous m'avez tout de suite plu. Ça ne vous dérange pas que je vous dise les choses franchement ? Vous m'avez plu parce que vous ne jouez pas les grandes dames, et puis, votre petite, vous lui parlez sans arrêt. Je me demande comment sa tête n'explose pas. Mais c'est bien. C'est très bien. Vous avez remarqué, vous aussi, comme ils se calment quand on leur parle ? Odile est comme ça. »

Odile, la cadette de trois ans, avait une énorme tête rouge piquée de rares cheveux blonds. Son crâne possédait une vilaine forme et elle avait tendance à entrer dans des colères terribles à la moindre contrariété. Garance faisait preuve de patience et de détermination avec elle. « Mais oui, grosse tête, disait-elle. Tu es fâchée. Je sais que tu es fâchée. C'est affreux ce qui t'arrive. Mais tu sais, ma grosse tête de pioche, tu vas te calmer, on va jouer à un jeu. Parce que tu es très maligne. Et, tu veux que je te dise un secret ? Quand tu seras grande, tu seras la plus belle pour aller au bal. Aujourd'hui, tu ressembles à un veau qui aurait avalé une grenouille, ou plutôt le contraire, mais bientôt, quand tes cheveux pousseront, quand tes épaules s'élargiront, tu verras. Fais-moi confiance. J'en ai vu d'autres, des bébés moches à faire peur. Toi, tu es ma préférée.

— Vous ne croyez pas que ça lui fait de la peine que vous lui disiez ça ? avait demandé Rose timidement.

— Au contraire. Regardez comme elle est apaisée maintenant. Ce qu'elle veut, c'est que je lui parle. Que je lui parle vrai. Les enfants ont horreur du mensonge. Le pire c'est qu'elle va vraiment devenir une grande beauté. Je m'y connais. Celle-là, j'en suis carrément toquée. »

Avec les jours qui rallongeaient et le soleil qui se faisait plus chaud, les deux femmes avaient pris l'habitude de passer de longues matinées ensemble. Rose s'était confiée. C'était la première fois, songeait-elle, qu'elle avait une amie et c'était un sentiment entièrement nouveau, d'une douceur incompréhensible. À chacune de leurs retrouvailles, elle en était frappée.

« Si tu veux, lui avait dit Garance, un jour qu'elles partageaient une limonade à la buvette, tu pourrais habiter chez moi. J'ai une grande chambre. On sera bien. Qu'en dis-tu ? »

Au-dessus de leurs têtes, les feuilles nouvelles, émoustillées par le soleil et le vent très doux, se frôlaient et se froissaient. Rose avait levé les yeux. La vie aurait pu être si simple. Une feuille parmi les autres feuilles. Dans les allées du jardin, d'autres femmes poussaient des landaus, d'autres enfants traquaient des cerceaux, des voiliers miniatures se croisaient paisiblement sur l'eau du bassin. Des messieurs, canne à la main, marchaient, l'air préoccupé. À quoi pensent-ils ? se demandait Rose. À l'essor de l'industrie, au prochain membre du conseil d'administration à renouveler, à leurs souliers qui n'avaient pas été polis à la brosse, comme ils aimaient, mais à la peau de chamois, ils pensaient à Josette sous la lampe rouge du Lapin Agile, à leur garçon mort autrefois dans les tranchées dont on n'avait retrouvé que la tête. Des femmes, le menton pointu perdu dans leur énorme col en fourrure, avançaient, alignant bizarrement les pieds, comme si elles avaient marché sur un fil, se tenant par le bras – Pour garder l'équilibre ? se demandait Rose. Elles bavardaient tout en progressant avec une immense précaution le long des allées sableuses. Peut-être prenaient-elles garde à ne pas soulever le moindre grain de poussière, de peur de gâter leurs escarpins de soie.

« Tu ne me gênerais pas, avait insisté Garance. Et comme la petite n'a plus son papa, on vivrait comme trois sœurs. »

C'était impossible. Rose serait bientôt à court d'argent. Elle ne voulait pas être une charge et elle craignait aussi que Garance n'en apprenne trop sur elle. Elle lui avait parlé d'un certain Jean, son amoureux de jeunesse, si habile et si brave, le père de la petite, mort de la tuberculose quelques mois plus tôt. Elle avait pétri ensemble Émile et Louise, avait raconté l'achat de la voiture en 1907, la façon dont Jean avait cassé la figure au concessionnaire qui lui avait manqué de respect. Malgré toutes les confidences, fausses ou vraies, qu'elle avait déjà faites à son amie, elle n'avait pas dit qu'elle vivait sous un escalier, que les camisoles de la petite étaient taillées dans ses vieux jupons, que ses chemises étaient rapetassées de partout, qu'elle avait amélioré la recette du pain mouillé d'eau en séparant la croûte de la mie afin de se donner l'illusion que les menus variaient. Elle lui avait menti, sans cesse, sur presque tout. Elle avait parlé d'une loge de gardienne au 23 rue Delambre qu'une cousine lui avait laissée au moment de partir se marier en province, elle disait qu'elle aurait bientôt un emploi à l'Opéra-Comique.

« C'est toujours si sombre les loges, avait rétorqué Garance. Moi je suis sous les toits. Je vois le soleil se coucher sur le bois de Boulogne. C'est à pleurer.

— Je préfère ne pas déménager pour l'instant, avait répondu Rose. Mais ce que j'aimerais, si tu étais d'accord, c'est faire envoyer mon courrier à ton adresse. J'ai eu des mots avec mon facteur.

— Ah, les hommes, avait soupiré Garance. Tu leur donnes ça et ils veulent ça. Mais si tu leur donnes rien, alors c'est l'enfer. »

Elles s'étaient arrangées ainsi et à présent, arrivée au guichet de la poste, Rose en profita pour communiquer sa nouvelle adresse à l'employé : Chez mademoiselle Coquillère, 11 rue Littré, sixième droite et encore droite.

« Vous avez une lettre. »

Oh, le joli timbre danois ! Le profil sage et majestueux de Christian X. Les genoux de Rose s'entrechoquèrent. Ida serra plus fort la main qu'elle sentait mollir dans la sienne. Se rappelant son évanouissement, Rose songea qu'il serait préférable d'attendre d'être assise pour décacheter l'enveloppe. Mais Ida tirait sur les doigts de sa mère. Rose baissa les yeux vers elle.

« Qu'est-ce qu'il y a, mon cœur ?

– Mose ? fit l'enfant.

– Qu'est-ce que tu dis ?

– Mose », répéta l'enfant plus fermement.

Rose s'écarta de la file d'attente et s'agenouilla face à son bébé. Son visage l'éclairait comme éclaire le soleil.

« Qu'est-ce que c'est, Mose ? »

Ida retira sa main de celle de sa mère et la plaqua sur sa poitrine. Rose sentit la chaleur et la légère moiteur de la paume.

« Mose, s'écria Ida, autoritaire.

– C'est moi ? Tu parles ? C'est moi, Mose ? »

Sur un papier nervuré couleur verveine, septembre 1929

Mademoiselle de Maisonneuve,

Votre mère vous remercie pour votre lettre. Elle se réjouit de la naissance de sa petite-fille. Elle aimerait connaître le nom du père. Elle vous informe que la somme de 50 couronnes sera versée sur un compte au nom de l'enfant, le premier mardi de chaque mois, jusqu'à sa majorité (acte déposé chez maîtres Wedel & Larsen).

Recevez ses sentiments affectueux.
Pour Kristina Matthisen, son secrétaire

Kristina n'avait jamais eu de secrétaire. Cette lettre n'avait aucun sens. De quel père parlait-on ? Rose avait pourtant précisé que l'enfant était adoptée. Elle avait écrit péniblement, dans des larmes qu'elle voulait cacher à son bébé perspicace, les noms d'Eva Jensen et Thomas Pariset. Une sépulture d'encre, s'était-elle dit, le cœur empli de chagrin et d'une affreuse gratitude : grand merci, chers cousins. Grand merci d'être morts. Quant à cette somme versée par mensualités, à quoi rimait-elle ? Rose n'avait aucune idée du cours de la couronne danoise. Ida n'atteindrait sa majorité qu'en 1949. À quoi ressemblerait le monde alors ? Cela paraissait si loin. 1949. Tout serait moderne et propre. Elle s'imagina son intrépide fillette, devenue une belle jeune femme, survoler l'Europe en avion. Des immeubles de verre et d'acier s'élèveraient vers le ciel. On aurait vaincu la pauvreté, les maladies. 1949.

L'écriture n'était pas celle de Kristina. Certains détails de la calligraphie lui semblaient toutefois familiers, en particulier les points sur les *i* et les *j*, très éloignés de leur base, comme poussés par le vent vers le bord droit de la page. Qui pouvait être à ce point pressé d'écrire ? Qui donc traçait des boucles si larges, dessinant de gros ventres aux *b* et aux *p* ? Rose avait pris la peine de rédiger sa lettre en danois, une langue exhumée pour l'occasion, étrangement intacte, conservée entre deux pages de sa conscience comme une fleur écrasée. Pourquoi lui répondait-on en français ? Avait-elle fait tant de fautes ? Elle avait écrit : *L'enfant et moi sommes en bonne santé, mais nous n'aurons bientôt plus de quoi manger.* Elle tenta de se remémorer la formulation exacte qu'elle avait utilisée. Se pouvait-il qu'elle eût été équivoque ? Elle avait crié au secours et on lui fixait un rendez-vous lointain. À l'urgence on avait appliqué une perspective froide et tranquille. Manquait-on de générosité ? Elle ne s'était pas attendue à une réponse tendre, mais elle avait été assez naïve pour penser qu'on lui accorderait une rente, ne serait-ce que pour mieux se débarrasser d'elle. Une avance sur un quelconque héritage. L'argent l'aurait fait taire. Elle l'avait plus ou moins promis, dans sa langue d'enfance.

Sans bouger du parapet de pierre sur lequel elle s'était installée avec Ida, juste à droite du bureau de poste, elle s'efforça d'imaginer les circonstances susceptibles d'expliquer les différents mystères contenus dans la courte lettre qu'elle avait entre les mains : Kristina était devenue aveugle, elle ne pouvait plus lire ni écrire seule, elle avait donc engagé un secrétaire particulier qui, connaissant mal la famille, n'osant pas questionner sa maîtresse et se fiant aux conventions et aux apparences plutôt qu'à son instinct, avait transformé une à une les informations fournies par Rose dans son message désespéré, afin qu'aucun cliché ne fût écorné. Ainsi, « J'ai adopté une petite fille » s'était transformé en « J'ai donné naissance à une enfant ». Eva et Thomas étaient relégués au rang de marraine et parrain. « Nous n'avons plus d'argent et nous mourrons bientôt de faim » (l'expression « mourir de faim », quand on la lisait dans le confort d'un salon bien chauffé, à quelques pas du chariot à pâtisseries de Miss Halfpenny, perdait beaucoup de sa force) avait été changé en « Comprenant que l'éloignement géographique complique nos affaires, j'aimerais savoir s'il vous serait possible de faire un geste en l'honneur de cet enfant ». Après quoi, il semblait tout naturel d'évoquer la question du père, ce qui sous-entendait qu'un soutien équivalent de la part de la branche paternelle était attendu, si ce n'est exigé. L'idée des 50 couronnes mensuelles ne pouvait avoir germé dans la tête de Kristina. Elle ignorait ce genre de sommes. Chez elle, on commençait à compter à partir de 500. Elle avait dû laisser l'initiative au secrétaire. Rose se représenta sa mère, les yeux dissimulés par de petits lorgnons noirs, assise dans le salon d'été, vêtue de l'une de ses robes en triple dentelle blanche (une étoffe qu'elle avait inventée et qu'elle commandait à ses diverses couturières : trois dentelles de provenance, d'épaisseur et de finesse variées, superposées, tissées ensemble et appliquées au corps comme des bandelettes de momification. Sur n'importe qui d'autre, c'était affreux, sur Kristina, c'était sublime), à demi allongée sur une chaise de jardin en osier, soupirant vaguement, détournant un instant la tête à la mention du nom de sa fille, conseillant au secrétaire (fou amoureux d'elle, forcément) de prendre la décision la plus convenable selon lui. Tout cela paraissait si proche et si vrai. Rose était au bord de croire à ses propres imaginations.

« Nous avons un château, ma fille, dit-elle à Ida qu'elle tenait sur ses genoux et qui caressait le papier nervuré à la jolie couleur verveine. Un château au Danemark. C'est très grand et très beau là-bas. Il y a un parc et après une forêt et encore après, un lac. On peut y pêcher des poissons et même s'y baigner en été. L'hiver, on y fait du patin. Les grandes personnes disent que la glace n'est pas sûre et qu'on doit se rappeler du petit Jan qui est mort en tombant dans un trou. Mais nous savons tous que le petit Jan est ressorti du trou, alors nous patinons. Quand il fait beau, on se promène et on ramasse des baies dans un panier. La cuisinière les veut pour sa confiture. Nous, on les écrase dans du lait. C'est une boisson magique. Je t'en donnerai. On ira. Je te montrerai le château.

Tu connaîtras Sorø. Tu en seras la reine. Mais avant ça, il faut qu'on trouve de l'argent. Un peu d'argent pour payer le train et aussi pour acheter à manger. Tu as faim ? »

À cette question, Ida répondait toujours non.

Paris, un automne, un hiver

Rose chercha du travail. Elle confia Ida à madame Abélard, qui lui expliqua, après une journée, que c'était trop dangereux · « Comprenez, la petite est si fine qu'elle pourrait passer entre les barreaux de l'escalier. Et moi qui monte et qui descend toute la journée ! » Elle la confia à Garance, mais la mère de Victor et Odile, l'ayant appris, menaça de renvoyer la nourrice. Elle emmena Ida avec elle aux Halles où elle triait les fruits, à la gare Saint-Lazare où elle astiquait les comptoirs et faisait les vitres des guichets, chez un médecin qui l'employait pour ouvrir la porte aux patients mais la congédia vite à cause des risques de maladies contagieuses véhiculées par la petite Ida. Un soir elle trouva des poux dans les boucles auburn de sa fillette. En la déshabillant, elle découvrit également des marques sombres sur son ventre et ses cuisses, comme de gros poinçons brunâtres. Songeant qu'elle préférait encore mourir de faim que de saleté, elle se priva de nourriture pendant trois jours afin de payer l'entrée du bain.

« Elle a des poux ? » lui demanda la matrone qui distribuait les serviettes. Rose faillit répondre oui, mais juste à temps elle remarqua que la jeune femme qui la précédait dans la file et qui avait répondu non à la même question en avait plein son chignon.

« Tu n'iras plus au travail avec moi, mon bébé, annonça-t-elle à Ida au retour des bains-douches. La ville est trop sale. Je vais prendre un emploi de nuit. Je serai serveuse. J'irai au travail pendant que tu dormiras. »

Ainsi commença leur vie nouvelle. Ensemble la journée, séparées la nuit. Au jardin, Rose sentait sa tête se décrocher de son cou, roulant sur son épaule. Elle s'endormait, assise sur un banc, même par grand froid.

« Tu es peut-être malade, lui dit Garance qui la trouvait pâle et ignorait tout de ses activités nocturnes. Manges-tu assez de fruits ? »

En entendant ce mot, Rose sourit.

Un fruit, se dit-elle. Comme il serait bon de mordre dans un fruit. Sa gorge se serra en pensant à Ida qui n'en avait goûté qu'aux Halles, six mois plus tôt, tapés, bruns, à moitié pourris, des fruits qui surprenaient les papilles par un goût soudain de poussière.

« Oui, répondit-elle d'une voix rêveuse. Nous avons dégusté nos premières cerises de la saison hier. Elles étaient si juteuses. On a taché nos tabliers. »

La veille, Ida et elle avaient partagé une saucisse qu'un marchand de la rue Montorgueil avait offerte à la fillette en échange d'un sourire. Ida avait de bonnes dents pour son âge et la saucisse grasse et juteuse l'avait ravie. Sur le petit réchaud qu'elle s'était installé derrière les toilettes de la cour, Rose faisait cuire de la soupe au chou quand elle rentrait du travail, aux alentours de cinq heures du matin. Les habitants de l'immeuble ne se doutaient de rien. Ils bâillaient une première fois vers huit heures et quart et croquaient dans leur croissant à neuf heures moins vingt. Le fumet avait eu grand temps de se dissiper. Seul le vieux domestique du troisième, celui qui servait la dame borgne et ses deux filles, l'avait surprise un jour.

« Je suis la nièce de madame Abélard, lui avait dit Rose. Je l'aide pour le ménage.

– Tant que c'est propre », lui avait-il répondu sans être dupe.

Parfois, la terreur lui serrait les tripes. On la dénoncerait, elle serait jetée dehors. On les chasserait à coups de pierres. Des sensations anciennes, qu'elle croyait oubliées, revenaient la visiter dès qu'elle fermait les paupières, mais aussi quand elle les rouvrait. Elle avait connu la vie des rues. Les événements se reproduisaient, se succédaient dans le même ordre, la poste et puis maintenant la dégringolade. Se pouvait-il, à vingt ans d'écart, que la vie se repliât sur elle-même ? Rose se sentait comme aspirée par une mâchoire immense prête à l'engloutir. Broyée par le râtelier du temps, entre les dents du passé et celles du présent, il ne resterait rien d'elle. Un nouveau cycle de l'horreur était lancé. Vingt ans plus tôt, elle avait traîné parmi les rats, emmitouflée dans l'odeur rance et sucrée de son propre corps. Elle avait vu sa peau se couvrir de squames, elle avait connu les furoncles, les ganglions, la gale. Elle avait bu l'eau du caniveau et s'était vidée sous des porches, dans des ruelles. Elle avait laissé des mains inconnues, sales, affreusement ongulées la toucher, l'agripper, la visiter. Elle avait échoué de l'autre côté de la honte, dans un recoin d'animalité. Rongée par la vermine, elle était devenue la vermine. Monsieur Wong l'avait ramassée. Il l'avait lavée et nourrie, lui avait enseigné une autre déchéance. Tout cela avait été enfoui sous les caresses de Louise, dans la soie des draps, entre les brocarts des tapisseries. Rose avait eu une deuxième naissance. Mais voilà que cela recommençait. Pourquoi fallait-il qu'elle ne connaisse que les extrêmes, châtelaine ou gueuse, grande bourgeoise ou va-nu-pieds ? Entre deux chemins, j'ai toujours choisi le mauvais, songeait-elle. Elle se rassurait en comptant les quelques sous économisés qu'elle cousait dans les ourlets de ses jupes. À la Tête de l'Art, où elle travaillait comme serveuse depuis trois mois, elle touchait de bons pourboires. Marie Sommier, la patronne, lui accordait sa confiance, les danseuses lui donnaient leurs bas à repriser. On remarqua qu'elle était douée pour la couture et capable de transformer les habits à peu de frais. On lui fit miroiter un emploi de costumière.

Mais un matin, de retour du cabaret, elle trouva la tanière vide. Ida avait disparu.

Au petit jour, rue Delambre, 1930

Rose ouvrit le battant sous l'escalier et la porte qui donnait sur la rue. Elle les bloqua l'un et l'autre en y glissant un couvercle cabossé, le talon cassé d'une bottine. Il fallait que la lumière entre. Elle déploya les couvertures, souleva les coussins, dans le jour naissant. Elle défit son balluchon, fouilla tous les recoins de ses mains folles. Glissa ses doigts au fond d'une chaussure, son poing dans une cafetière, comme si Ida avait pu s'y cacher. Aucun endroit ne lui paraissait trop petit ni trop étroit. Sa fille était là, quelque part, roulée en boule, dissimulée. Il fallait tout soulever, tout remuer. Elle tâta le plafond et les murs, suspectant la présence d'une niche secrète. S'attaqua aux tomettes du sol : si l'une était descellée, sa voisine l'était peut-être aussi, et ainsi de suite, livrant un accès à la cave. Elle s'écorcha les doigts, s'entendit gémir et râler. Elle ne craignait plus d'être découverte. Elle grimpa jusqu'au sixième, redescendit en trombe, certaine de trouver Ida dans la tanière. Rien. Elle monta de nouveau. Sonna aux portes. La plupart ne s'ouvrirent pas. On lui referma les autres au nez. On lui répondit que les quêteurs etc. Ma fille, balbutiait-elle. Une petite d'environ deux ans. Vous ne l'auriez pas vue ? Je crois qu'elle s'est cachée dans votre immeuble. Elle voulait me faire une farce. Elle descendit de nouveau. Rangea tout. Referma les portes. Se recroquevilla sur le lit qu'elles partageaient. Se souvint de l'haleine chaude et parfumée de son enfant se diffusant dans la nuit comme un encens. Elle bondit et s'étira tel un ressort. Rouvrit le battant puis la porte. Se mit à courir dans la rue. Se pencha sur chaque soupirail. Répéta le nom de sa fille. Ida. Ida, où es-tu ? Reviens, mon cœur. Sors de là. Elle alla frapper au carreau de madame Abélard.

« Ida ! Vous n'avez pas vu Ida ?

– Qu'est-ce que vous racontez ? Qu'est-ce qui vous arrive ? demanda la gardienne.

– Elle n'est plus dans son lit. Elle a disparu. On me l'a prise.

– C'est les juifs ! affirma madame Abélard. J'ai entendu dire comme quoi ils volaient les enfants. Je vous emmène à la police. »

Rose s'enfuit. Elle se mit à courir, remonta la rue Delambre, arriva au croisement avec le boulevard Raspail, redescendit par la rue Huyghens, entra dans le cimetière, chercha entre les tombes, parmi les buissons, derrière les stèles, sortit par la rue Froidevaux, emprunta la rue de la Gaîté. Aux rares passants qu'elle croisait, elle posait sa question, devenue aussi opaque qu'une énigme du Sphinx : « Auriez-vous aperçu une petite fille de deux ans ? » De nouveau rue Delambre, elle ouvrit chaque porte, fouilla les halls sombres, les cours désertes. Au numéro 32, elle entendit une voix.

« Mose ? »

Elle tourna la poignée de laiton.

À genoux, devant la première marche de l'escalier, Ida, armée d'un chiffon, tourna son beau visage vers elle.

« Mose, répéta-t-elle.

— Mon bébé, qu'est-ce que tu fais là ?

— Le ménaze.

— Pourquoi ?

— Pour gagner de l'arzent. »

Rose se jeta sur sa fille, la serrant jusqu'à l'étouffer.

« Pourquoi ? Pourquoi ?

— Pour aller au sâteau. »

Sous l'escalier, 1930

« Nous ne sortirons plus, dit Rose. Nous resterons là, l'une contre l'autre. Jamais plus je ne m'éloignerai. Jamais plus je ne te laisserai. Jamais plus les secondes ne s'écouleront avec la lenteur et le poids d'une goutte de mercure. Il arrivera ce qui est arrivé à la petite fille aux allumettes. Tu te rappelles cette histoire que je t'ai racontée. Je te la dis en danois et après en français. La petite fille qui gratte ses allumettes. Nous, il nous en reste six. Il fait moins froid ici qu'en plein hiver à Copenhague. Nous mourrons très doucement. Toi d'abord, parce que tu es plus petite. Moi juste après, de chagrin. Je te promets de ne pas mourir avant toi. Je ne t'abandonne pas, tu vois. Peut-être que là-bas, c'est bien. On ira voir ton grand-père René. Et Mama Trude. Elle était déjà vieille. Elle est sûrement morte elle aussi. Plus personne ne nous embêtera. On sera toujours propres. On se lavera avec des éponges de nuage trempées dans un arc-en-ciel. On sera toutes nues, mais oui, ma petite mémère. Et on aura des ailes dans le dos. Tu seras un bébé ange et moi, je serai ta maman ange. Ce n'est pas grave de mourir. Ce qui est grave, c'est d'être séparées. On ne sera plus séparées. C'est ça qui compte. Je n'irai plus travailler. On restera ici, le jour, la nuit. On sera cachées. Tu as faim ?

Moi non plus. De l'eau, on en a, mais je n'ai pas soif. J'ai sommeil. On dort ? On dort. C'est amusant, finalement. Tu fermes les yeux, d'accord ? Et moi, je te raconte une histoire. L'histoire de la petite fille aux allumettes. »

Une fois l'enfant endormie, Rose retrouva ses esprits. Elle haïssait le pathétique. Elle se tira les cheveux, frappa sa tête contre ses genoux serrés sur sa poitrine. Comment pouvait-elle être si faible, et si peu fiable ? Eva Jensen lui avait confié sa fille et voilà ce qu'elle en faisait. Pour une fois, serait-elle capable de se redresser, de se tenir seule et droite, d'avancer dans la bonne direction ? Dès le lendemain, elle irait au commissariat. Elle se dénoncerait. Elle demanderait à ce qu'on lui enlève l'enfant. Elle n'avait aucun droit de l'entraîner dans sa chute. Ida souriait dans son sommeil.

Soudain, une lumière se fit, vive et blanche comme un eclair, zébrant l'obscurité. Était-ce la mort, radieuse et puissante, enfonçant la porte de l'immeuble, déchirant la conscience de Rose ?

Rédaction du journal *Demain*, 1930

« *Demain.* Nous l'avons appelé ainsi, mon cher Paul, parce que c'est un journal que nous écrivons à deux mains, Laure Guédalia et moi.

— Tu veux dire à quatre mains, mon chéri.

— Il veut dire à quatre mains, confirma Paul.

— Tu veux dire à quatre mains ? insista Laure.

— Non, à deux mains et bientôt à trois. Moi, je suis gaucher, toi, tu es droitière. Vous, Paul, êtes-vous droitier ou gaucher ?

— Droitier, monsieur Guédalia.

— C'est sans importance. Pour nos pages poésie, j'ai pensé à quelqu'un.

— Alors le journal va devoir changer de nom. On ne pourra plus l'appeler *Demain.* Ce sera trois mains, puis quatre. Mais ça ne veut rien dire, s'agaça Laure.

— C'était une plaisanterie, ma chérie. On l'appelle *Demain* parce qu'on est tournés vers l'avenir.

— Moi, je trouve que ça ne fait pas sérieux.

— Nous ne sommes pas sérieux.

— À qui avez-vous pensé pour la poésie, monsieur Guédalia ? demanda Paul.

— Arrêtez de m'appeler monsieur. J'ai l'impression d'avoir trente ans. »

Arthème marqua un temps d'arrêt, laissa au pinson qui chantait dans la cour quelques secondes pour terminer son trille, et reprit :

« J'ai pensé... »

Il y avait pensé pour les pages poésie, mais il y avait aussi pensé en buvant un verre de vin blanc frais, en cueillant une fleur de trèfle, en écrivant son premier éditorial, en prenant rendez-vous avec le banquier ami de la famille, philanthrope et partisan d'une pensée libre, en remarquant que le soleil entrait dès huit heures par la fenêtre de son bureau. Il y pensait quand il s'allongeait sur le ventre. Il y penserait demain. Il y avait pensé en enlaçant Laure, il y avait pensé en lui disant je t'aime. Cela n'enlevait rien, n'ajoutait rien. C'était une maladie agréable, une légère traîtrise constante qui ne retranchait aucune intensité à ses engagements.

« J'ai pensé à une femme.

— Je suis jalouse, c'est affreux.

— Tu as raison.

— Une femme pour la poésie ? Vous êtes sûr, monsieur Guédalia ?

— Paul, ça suffit. Au prochain "monsieur", c'est la porte. Laure est à la politique extérieure, vous êtes aux finances, je suis à la direction, qu'est-ce qui reste ? Mais peut-être trouvez-vous qu'une femme à la politique extérieure...

— Madame Guédalia a son doctorat, c'est tout différent.

— La femme à laquelle je pense n'a pas de doctorat. Vous

avez raison. Vous êtes médium, Paul. On pourrait ouvrir une rubrique horoscope. Elle n'a pas de doctorat, mais elle sait reconnaître un poète quand elle en voit un et inversement.

— Elle est jolie ? Oh, c'est affreux ce que je suis jalouse.

— Non, je ne dirais pas ça. Jolie n'est pas le mot.

— Elle est jeune ? Ne me dis pas qu'elle est plus jeune que moi.

— Personne n'est plus jeune que toi, ma douce.

— Quel âge ?

— Voyons voir… disons dans les quarante ans. Peut-être un peu plus. »

Laure partit d'un grand éclat de rire. Une femme de quarante ans dont on ne pouvait pas dire qu'elle était jolie. Sauvée !

« Des comme ça, tu peux en employer dix, si ça te chante.

— Mais il n'y en a pas dix comme elle. »

Il avait eu du mal à retrouver sa trace et été inquiet de la manquer. À la poste, on lui avait indiqué le nom de Garance Coquillère, c'était elle qui lui avait donné l'adresse rue Delambre. « Une loge, avait-elle précisé. Ce n'est pas très sain pour l'enfant, mais c'est en attendant mieux. » L'enfant, tiens. Un enfant. Il n'aurait pas cru… Une douleur, comme une écharde glissée sous un ongle. Il avait noté l'adresse, à deux pas du Nid.

La rédaction de *Demain* était située au rez-de-chaussée d'un immeuble de la rue Saint-Benoît. Une cour plantée d'arbres abritait toutes sortes d'oiseaux. Entre les pavés, de menus brins d'herbe poussaient. Les hautes portes-fenêtres qui sem-

blaient sur le point de se dégonder dès qu'on tentait de les
ouvrir laissaient entrer des flots de lumière, lesquels avaient
déjà décoloré les tentures qu'on arracherait bientôt pour les
remplacer, quand on aurait le temps, quand on aurait l'argent.
Une petite cuisine, vestige des anciens occupants, s'ouvrait
à l'arrière. Laure y préparait du thé très noir qui tachait ses
articles de pastilles cuivrées. Paul avait voulu y installer sa
table car il avait, disait-il, toujours éprouvé les plus grandes
difficultés à travailler dans des espaces trop vastes. La salle du
devant était donc réservée aux réunions. Quant à Arthème, il
s'était aménagé un coin en hauteur, dans la coursive. Laure
l'y avait rejoint. Elle écrivait le dos voûté, des feuilles posées
en tas sur ses genoux, une tasse de son thé fort en équilibre
toujours instable sur la rambarde.

Entre deux phrases, elle fixait le plafond, parfaitement
immobile, levait les mains de son article, écartait légèrement
les bras. Arthème la regardait faire, se disant qu'elle était
comme un oiseau de proie à l'envers, figé, ailes déployées,
attendant de fondre sur un mulot que seul son œil perçant
distingue. C'est ainsi qu'elle attrapait toujours les idées et
c'était à cause de ça, de cette manière qu'elle avait de planer
longuement pour trouver ce que personne d'autre ne pensait
à chercher, qu'il l'avait abordée, à la bibliothèque universitaire
où il traînait en quête de futurs collaborateurs. Elle avait cru
que c'était pour ses yeux, ses yeux bleus presque violets, qu'il
lui avait adressé la parole. Elle avait l'habitude, l'habitude
d'être belle, sans lassitude, avec une joie de petite fille qui
sourit quand on la complimente. Mais Arthème n'avait jamais

remarqué la couleur de ses yeux. Pas plus que sa beauté. Il se disait parfois, une main sur son sein rond et haut, qu'elle était parfaite, de la même façon qu'il aurait constaté, sous le trait d'une addition, que la somme était juste. Cela ne lui procurait pas plus d'émotion.

« Je t'aime pour ton intelligence, lui disait-il. C'est moderne.

— Oui, répondait-elle tristement, c'est moderne. C'est sans doute plus durable, et c'est ce que j'ai toujours souhaité. Mais ça me fait de la peine. Une peine qui me fait honte. »

Il lui caressait la joue qu'elle avait pleine comme une demoiselle du Fayoum :

« C'est bien. Continue de n'être pas contente. Un monde où personne n'est content est un monde qui avance. »

Il faudrait y aller le matin. Juste avant le lever du soleil. Il en aurait pour vingt minutes de marche. Laisserait Laure endormie. Laure qui dormait nue, à la grande surprise d'Arthème. Il n'avait jamais connu personne pratiquant le naturisme nocturne. Lorsqu'il s'éveillait avant elle, il soulevait légèrement la couverture pour vérifier. Oui, elle était bien là, comme un bébé à peine né, paraissant plus brune dans la blancheur des draps et la lumière teintée des restes de nuit.

Rose dormait habillée, il en était certain. Chemise de nuit jusqu'aux chevilles, fermée aux poignets et au col, robe de chambre en laine, bien serrée à la taille par une cordelette râpeuse. Il sourit en y pensant. Charmé encore, à des années de distance, par la candeur infernale de cette femme. Elle n'avait pas les détours, les exaltations, les manigances de celles qui cherchent à plaire. Elle jouait sa partition à plat. Ne calculait rien. Elle commettait des impairs, des gaffes. Elle l'avait blessé lui-même tant de fois, à cause de cette manière qu'elle avait de parler sans réfléchir, de ne poursuivre aucun objectif. C'était, en un sens, un stratège de génie, car elle n'avait aucune stratégie. Ainsi ne pouvait-on jamais prévoir la moindre de ses réactions, le moindre de ses gestes.

Elle l'avait embrassé. C'était inexplicable.

Elle avait bu. Ils avaient tous bu. On fêtait la rupture de Claire et de Fernand. Le Nid était enfumé, bruyant. On devait crier pour s'entendre. Louise avait fait venir les musiciens du Bal nègre. On se marchait dessus. On dansait. Les voisins se plaignaient. On les renvoyait chez eux avec une bouteille de champagne. Arthème avait hésité à répondre à l'invitation ; les fêtes qu'on donnait au Nid le mettaient mal à l'aise. Il se sentait à la fois jugeur et jugé. Ils étaient trop fous, trop extravagants, trop futiles, trop exhibitionnistes ; il était trop jeune, trop prude, trop sérieux, trop calme. Qui payait pour cela ? se demandait-il. N'y aurait-il pas eu mieux à faire avec cet argent ? Il se sentait pauvre, les trouvait dépensiers, s'estimait rabat-joie, les enviait terriblement. Il avait fait tinter la clarine avant de pousser la porte laissée entrouverte, longé l'interminable couloir bleu d'encre qui débouchait sur le salon carré, semblable à un aquarium, avec ses murs, son sol et son plafond verts. Les gros poissons y frôlaient les petits. On l'accueillait, on lui tendait un verre, une cigarette, on le tirait par le bras pour l'entraîner dans une farandole. Il résistait. Où était Rose ? Chercher le coin d'ombre, l'alcôve de silence, le gris, le feutre, un parfum de tilleul. Si elle n'était pas là, autant repartir. Il voulait lui annoncer qu'il renonçait à la poésie. Il avait prévu de le faire. C'était ce qui l'avait décidé à venir. Il le lui dirait et elle ne protesterait pas. Elle ne tenterait pas de le convaincre qu'il fallait changer d'avis. Elle ne dirait rien pour alléger sa douleur, pas plus qu'elle ne louerait son courage. Elle serait d'accord. Oui, c'était plus sage. Soit on était Apollinaire, soit… Elle ne l'avait pourtant pas lu. Elle ne lui parlait jamais de ses poèmes. De quoi lui parlait-elle ? De l'enfance, des mots, des promesses, mais aussi de boutons, d'organdi, d'eau de bleuet, d'un monsieur qui l'avait arrêtée dans la rue pour lui dire qu'il allait mourir. « Je suis condamné, lui avait-il confié. Mais j'aimerais une cigarette. Je vous la paie. On m'interdit de fumer, mais puisque je vais mourir, quelle différence ? J'insiste pour vous la payer. » Elle avait tant regretté, ce jour-là, de ne pas fumer. Leur conversation reprenait d'une semaine sur l'autre, comme si elle n'avait pas été interrompue.

Qu'à cela ne tienne, se dit-il. Puisqu'elle n'est pas là, je pars. Elle ne saura jamais que j'ai renoncé. Alors, dans le couloir, l'interminable couloir bleu d'encre, il l'aperçut. Elle revenait de la cour où elle était allée prendre l'air. Elle avait les joues roses, un air de fleur des champs, sans l'éclat d'un bouton d'or, plutôt le chaton recueilli d'une fleur de trèfle. Elle lui tendit les deux mains, en lui souriant. C'était rare, constatat-il, de la voir sourire. Rare et beau. « Vous voilà, mon chéri, chantonna-t-elle avec une diction légèrement émoussée par l'alcool. Comme vous êtes grand, ce soir ! Et comme vous êtes sérieux ! » Elle monta sur la banquette bleu d'encre pour le dominer et le voir d'en haut. « Voilà qui est mieux », déclarat-elle, se penchant légèrement sur le visage d'Arthème. Dans le couloir, ils étaient seuls. Seuls au monde lorsqu'elle posa ses lèvres sur les siennes, toujours souriante, et qu'elle glissa sa langue entre ses dents. Une goutte de salive tomba dans la gorge d'Arthème. Une goutte de salive, une étoile filante, une âme perdue, le butin d'une abeille.

Il n'y aurait pas d'après. Il ne lui dirait rien. Dans l'escalier qu'il avait descendu en courant, il avait plaqué les mains sur son flanc pour colmater la blessure, éviter que son sang ne s'en échappe, poignardé, comme par la lame désinvolte qu'un voyou lui aurait planté dans le ventre à l'angle de deux rues malfamées. Il n'était plus reparu au Nid.

*

Cinq ans plus tard, le matin du 11 octobre 1930, il déposa quelques gouttes d'essence de tilleul sur son foulard et quitta son appartement de la rue Bernard-Palissy en direction de Denfert, alors que le soleil n'était pas encore levé, pour aller offrir à Rose les pages poésie.

Il poussa la porte du 23, rue Delambre. La loge était vide, ou plutôt en travaux, encombrée de seaux, de cordes, d'outils et de montants de bois. Il avait trop attendu. Rose était partie. Auprès de qui pouvait-il se renseigner ? Il était trop tôt pour se rendre dans les étages, pour frapper aux portes. Il tourna sur lui-même, le cœur affolé, les poings serrés. Il engagerait un détective. Il retournerait le quartier. Il avait un cousin au quai des Orfèvres. Sous l'escalier, quelque chose cognait. Arthème tendit l'oreille. Un chien, peut-être, enfermé là par un maître cruel ou négligent. Un gémissement s'éleva derrière le battant de bois. Déçu pour déçu, autant se rendre utile, songea-t-il. Libérons l'animal. Faire un bien pour un mal, c'était dans son éducation. Une chose que son père lui avait apprise, « Le bien vous élève », avait coutume de dire Zacharie Guédalia. « C'est un tapis volant à la portée de tous », ajoutait-il, plissant les yeux. Arthème prit soin d'ouvrir la porte qui donnait sur la rue afin de faire entrer le jour dans le vestibule – il ne tenait pas à être surpris par le molosse –, puis, d'un coup, il ouvrit le battant sous l'escalier.

Ce que ses yeux virent, son esprit ne pouvait le comprendre. Il y avait là une mendiante, une pauvre créature qu'il avait effrayée et qui s'était aussitôt retranchée dans un coin du cagibi, les bras masquant son visage pour se protéger des coups, ou de la lumière soudaine.

« N'ayez pas peur, dit-il. Je ne vous veux aucun mal. »

Sorø, Danemark, 1931

Autour du lac, les hautes herbes jeunes, d'un vert tirant sur le blanc, ploient sous le vent comme une immense chevelure. Ida prête l'oreille aux clapotis de l'eau qui vient lécher la berge.

« *Vand ?* demande-t-elle, l'index pointé.

— Oui, c'est de l'eau, *min lille pige. Vand,* de l'eau. Le lac est si grand, regarde, on ne voit pas le bord. C'est comme une petite mer. Si tu veux, demain, on ira en barque. Oui. S'il fait beau, nous irons faire un tour en barque. Toi et moi.

— Et Mama Trude ?

— Mama Trude est trop grosse. On coulerait. Et puis elle est triste, tu sais ?

— Toi, Mose, tu es triste ? »

Rose ne sait quoi répondre. Elle est heureuse d'être assise au bord du lac avec Ida. Heureuse d'être de retour à Sorø, d'avoir vécu jusque-là, d'y avoir amené l'enfant. Mais son cœur est lourd et elle se demande comment expliquer cette nuance à la fillette. Elles sont arrivées la veille, à temps pour l'enterrement. Pendant les quatre jours qu'avait duré le voyage, Rose ne pensait à rien, ni à personne. Dès qu'elle essayait de se représenter les choses, son esprit se figeait, gourd comme au moment de l'endormissement. Les rails semblaient ne jamais devoir s'arrêter, les mener vers l'infini.

Elles s'étaient installées dans leur compartiment comme elles l'auraient fait dans leur nouvelle maison. Elles s'endormaient, serrées l'une contre l'autre, dès que le train s'ébranlait. Elles se nourrissaient de lait et de biscuits, s'adressaient aux autres passagers comme si elles avaient été chez elles dans la voiture, leur indiquant l'emplacement des lavabos, les heures auxquelles il était plus facile d'obtenir une boisson chaude, recommandaient de s'adresser au monsieur à moustache plutôt qu'au jeune homme aux yeux bleus, qui était fort joli garçon mais impatient, malpoli, et dont les ongles sales n'inspiraient pas confiance. Parfois, un virage soudain lançait un gobelet de soleil au visage de Rose, la forçant à entrouvrir les paupières. Elle protégeait les yeux de sa fille endormie, souriait aux autres voyageurs et regardait un instant le paysage fuir loin d'elle, car elle prenait soin de s'asseoir en sens inverse de la marche. C'était ainsi qu'elle avait toujours voyagé, songeait-elle, sans regarder vers l'avenir qui se précipitait sur vous comme une bête sauvage, mais plutôt tournée calmement vers le passé dont on parvenait à retenir certaines bribes tandis qu'il défilait à l'envers, jusqu'au néant. Se souvenir, quel luxe. Errer languissamment dans ces régions révolues qui n'attendaient rien de vous, n'appelaient aucune décision, aucun arbitrage. Le passé, une contrée qui ne s'offrait qu'à la contemplation. Elle se laisserait porter, à rebours si possible. Elle aurait voulu que le train roulât en sens inverse du temps, ainsi atteindrait-elle la stase, l'endroit de perfection, un sommet de la vie.

Ida et moi dans le train, entre Paris et Sorø, pour toujours, proches encore de ce que nous quittons, loin cependant de ce qui nous attend.

Ce qu'elles quittaient : le printemps des marronniers et des platanes, le soleil miroitant sur la Seine, les habits neufs, les jolies assiettes, leurs tabliers (elles avaient le même, Ida et elle, pour cuisiner, pour peindre), la chambre au plancher blond avec le poêle en céramique sur lequel cuisaient admirablement les bouillies et les soupes, le petit lit derrière un paravent, le lit d'adulte à côté de la table, pour écrire, pour corriger (Rose lisait assise et écrivait allongée), la fenêtre qui donnait sur un mur blanc, une abstraction, un piège à lumière, la lucarne à l'opposé de la grande fenêtre qui, certains jours de l'année, encadrait très exactement le soleil couchant virant au rouge, comme pour un tour de magie, le lavabo (c'est du latin, Ida, cela signifie « je lave »), le couvre-lit au crochet en fil de coton offert par Laure, le ventre de Laure, l'inquiétude dans les yeux d'Arthème quand il regardait le ventre de Laure, leur joie à tous les deux, leur jeunesse, leur bonté. Ils les avaient sauvées, Ida et elle.

Seul, Arthème n'y serait pas parvenu, embarrassé par les corps, supportant mal l'humiliation subie par Rose. Tandis que Laure était une bonne camarade, inventive, rieuse, armée d'une légèreté que Rose et Arthème ne possédaient pas. C'était Laure qui avait forcé Rose à écrire, alors qu'elle se remettait à peine, qu'elle était encore maigre à faire peur. « Manger, manger, c'est important de manger. Mais la santé, la vraie, elle est dans le travail, dans le cerveau qui chauffe. Vas-y, Rose, essaie. Au pire, ce sera mauvais. On ne le publiera pas. Personne ne sera au courant. Au mieux, tu te sentiras comme après une longue promenade en forêt ou en mer, comme à l'issue d'une partie que tu aurais gagnée, mais sans faire de perdant. Ce sera une bagarre, une bonne bagarre. C'est là qu'on prend des forces. Surtout nous. Surtout les femmes. » Rose l'avait écoutée, avait lu, commencé à écrire, jeté des feuilles qu'Ida ramassait, dépliait, aplanissait pour suivre de la pointe de son gros crayon rouge les rides que l'agacement et la déception de sa mère avaient tracées sur le papier en le froissant.

Quand Rose se relisait, elle avait l'impression d'être déguisée, de parader. Sa voix lui paraissait enflée. Elle s'en était ouverte à Laure qui pour toute réponse lui avait dit : « Tu sais, moi, je dors nue. » Rose avait froncé les sourcils. « Écris nue », avait ajouté Laure. Rose s'était demandé où cette femme si jeune avait appris pareil secret. Qui le lui avait transmis ? Comment avait-elle fait pour en saisir le sens ?

Un soir, elle avait ôté sa robe de chambre, sa robe de nuit et s'était glissée dans les draps ainsi dévêtue. Écrirai-je mieux demain ? s'était-elle interrogée. Avant l'aube, réveillée par le froid, elle s'était rhabillée. Même Louise, qui se dénudait à la moindre occasion, dormait en chemise. C'est une image, songea-t-elle ; mais elle pensa souvent, à partir de cette expérience, au contact raide des draps contre la peau, à la liberté des membres quand rien ne les entrave, à la gestuelle secrète, inconnue du sommeil.

Son premier article parut le 25 janvier 1931. Il s'intitulait

« 150 millions », titre emprunté à un poème traduit du russe qu'elle avait découvert en feuilletant sa plus fiable source : le *Journal des poètes*. C'était un papier maladroit et enthousiaste, gorgé de « et », de « mais », de « lors », de « cependant ». Laure avait senti ses yeux s'embuer en le lisant. L'émotion naissait entièrement de la foi, une foi absolue dans les mots. « Elle parle des vers comme Eiffel parlait de l'acier », avait remarqué la jeune femme.

Ce qui les attendait : car l'espace et le temps étaient mariés inexorablement, chaque minute les rapprochant de Sorø, les rails jetés vers le futur, un futur qui plongea Rose dans le passé car, là-bas, rien n'avait changé. À la gare de Roskilde une voiture portant les armes des Matthisen était garée. Un crêpe noir ceignait le bras du chauffeur. On déposa les bagages au château. Le rouge des briques : cube de sang posé sur l'herbe verte. Rose et Ida furent accueillies par Miss Halfpenny. « They've all gone to the cemetery, lui dit la minuscule pâtissière dont le visage avait à peine vieilli. Have a drink before you leave, mademoiselle. » Rose et Ida burent un verre de lait à la cuisine. Le goût du lait. La maison déserte. Rose caressa distraitement le bois blanc de la longue table en pin, la table sous laquelle la jeune Trude s'allongeait à l'abri des regards, à la merci de ses sept enfants qui la léchaient pour l'éveiller d'une mort feinte. L'odeur était la même, pain, sucre chaud et, plus loin, dans l'arrière-nez, graisse d'agneau. « J'ai sommeil, dit Ida, assise par terre, son pouce dans la bouche.

— Lève-toi, gronda Rose. On est parties vite, vite pour être là à temps. Il faut aller au cimetière. Tu dormiras au retour. »

Le télégramme n'était pas signé. *Kristina de Maisonneuve, née Matthisen, a rejoint Notre-Seigneur. Enterrement le 13. Présence souhaitée.*

« Comment faire ? s'était écriée Rose. On n'y arrivera jamais.

— Qui est Kristina ? avait demandé Laure, face à l'affolement dans lequel le petit bleu posé sur le bureau avait plongé Rose.

— Ma mère, répondit celle-ci.

— Ta mère est morte ?

— On dirait.

— Tu es triste ?

— Je ne sais pas.

— Tu trembles.

— C'est parce que j'ai peur.

— Peur de quoi ?

— De ne pas arriver à temps.

— Qui a écrit ? Tu veux que nous téléphonions. Tu as le numéro ?

— Je ne sais pas.

— Le 13, c'est dans une semaine. Où dois-tu aller ?

— Loin.

— Nous paierons. »

Sur le bord de la route, des milliers de fleurs se bousculent, jaune pâle, orange vif, bleu tendre, clochettes sur tiges trapues, houppettes sur aiguilles altières, pompons sur tuyaux à l'odeur d'ail. Plus la route monte, plus les fleurs sont nombreuses. Jusqu'au portail. Un ouvrage bas en fer forgé peint en gris clair. Le cimetière, au pied de la chapelle, parfum fort de buis, liserons fous. Ida court après la main de sa mère. Tombe, se relève. Attrape la main qui ne se tend pas, mais se referme néanmoins sur les petits doigts Les gens sont là, au bord de la tombe. Ils les attendent ? Non, ils attendent le pasteur, un jeune, un nouveau, toujours en retard parce qu'il fignole ses sermons. Un vaniteux. Trop bien rasé. Le cercueil est déjà descendu dans la fosse. Prilépine trottine autour du trou. S'arrête, se cambre, sort son ventre pour marquer sa profonde indignation et lance à la personne qui se trouve face à lui : « Rien, un rhume. Un rhume, je vous dis. Pas une bronchite. Entendez-moi bien. Un simple rhume. Une femme si délicate. Un rhume nous l'a prise. » Il se remet à trottiner. « Un rhume », dit-il à Mama Trude. « Un rhume », répète-t-il à une grande femme toute vêtue de mauve, véritable lilas humain. « Un rhume », dit-il enfin à Rose, à l'instant où elle atteint le petit groupe d'endeuillés. Hormis le médecin, tous se tiennent immobiles, comme figés par l'étonnement. L'étonnement d'être là, sous le soleil, dans la douceur et les effluves déchaînés des fleurs de juin, autour d'une tombe, la tombe de celle qui, dix jours plus tôt, pleurait de voir son nez si rouge et si long dans le miroir que lui tendait Zelada, Zelada vêtue de mauve car elle pense que c'était la couleur préférée de sa maîtresse.

Zelada. C'est donc elle, le lilas humain. Rose s'attendait si peu à la revoir que, dans un premier temps, son cerveau a refusé de la reconnaître. C'est bien elle pourtant, les épaules larges, les mains puissantes qui torturent un bouquet de violettes, les traits légèrement épatés. Pourquoi ne fond-elle pas sur moi ? se demande Rose. Comment fait-elle pour maîtriser l'émotion folle de me revoir après toutes ces années ? N'est-ce pas l'espoir de me retrouver qui l'a fait voyager depuis l'autre bout de la terre jusqu'à Sorø ? L'occasion est certes triste, mais la chance est si colossale. Se revoir. Se serrer de nouveau dans les bras, après vingt-cinq ans ? Ma nounou, où étais-tu passée tout ce temps ? Qu'as-tu fait de ta vie après qu'un beau jour de juillet 1906 nous avons tous été dispersés ? Comment avons-nous pu rester sans nouvelles ? Tu ne savais sans doute pas où me trouver. J'ai dû te manquer affreusement et tu t'es inquiétée. Mais je suis là. Là, et je viens vers toi.

« Bonjour mademoiselle », dit Zelada en se penchant vers Ida pour lui serrer la main.

Elle embrasse ensuite le front de Rose, sans la regarder, comme elle poserait distraitement les lèvres sur un mouchoir plié après la lessive.

Et Rose comprend, grâce à quelque chose dans l'air, à la distance entre les personnes, à l'expression de Mama Trude lorsqu'elle s'approche d'elle, que Zelada, durant tout ce temps, est restée aux côtés de Kristina. Elle n'a pas disparu, elle n'a pas fui, n'a pas couru aux quatre coins du monde au bras d'un inconnu, d'un voyou, d'un prince, ne s'est pas tordu les mains en se demandant ce que devenait sa petite Rose.

Elle a quitté Saint-Germain-en-Laye dans les malles de sa maîtresse. Elle a passé sa vie auprès de Kristina, à lui tendre un miroir, à ramasser ses gants, à coiffer ses cheveux (« Tu me fais mal. Quelle brute tu es ! Et ne glousse pas comme ça, je t'en prie »), à lui servir des toasts qu'elle effleure à peine de ses jolies dents de nacre, à la parfumer, à lui poudrer les épaules car sais-tu qui vient dîner ? Des consuls, des généraux, un duc, un amiral, un poète, un banquier, des ministres. Mais c'est toujours Prilépine qui se gave des miettes, avec son unique mèche de cheveux qu'il frise et fait tournoyer pour en couvrir son crâne plat (« On croirait qu'une cigogne a fait son nid sur sa tête, tu ne trouves pas ? »). Elle était là, tout ce temps, à admirer la contenance magnifique de Kristina de Maison-neuve, récemment veuve, lors de la cérémonie à l'ambassade, en l'honneur du défunt commandant. Les yeux de l'ambassa-deur, un brasier ! Elle était là, à écrire des courriers, lancer des invitations, lire les nouvelles, se demander comment envoyer quelques sous à la petite en France sans froisser la mère trahie (« Elle ne m'écrit que pour me demander de l'argent ! »), se faisant passer pour le secrétaire, décidant secrètement d'une rente pour l'enfant trouvée (Eva Jensen, quel pot de colle, même posthume), là à inspecter la morve jaunissante tirée à grand-peine du nez ravissant (« Ne le mouche pas comme ça, tu le fais rougir ! »), dicter d'une voix tremblante à l'employé du télégraphe les mots qu'elle n'aurait jamais cru devoir pro-noncer : Kristina de Maisonneuve, née Matthisen, a rejoint Notre-Seigneur (« Des majuscules à Notre-Seigneur, s'il vous plaît. Madame était très croyante »).

Le pasteur a terminé son discours dont Rose n'a pas saisi un mot. La terre retombe sur le bois du cercueil avec un bruit doux. Chaque pelletée écrase les certitudes anciennes. Ida s'est rapprochée de Mama Trude. La fillette est montée sur une stèle pour murmurer des choses à l'oreille de son ancêtre qui l'écoute attentivement. Les mains se serrent, les mouchoirs sortent des poches, n'essuient pas de larmes, sont rangés après un reniflement laborieux. Rose reconnaît les fermiers, la couturière, l'assistant du photographe, Lynn autrefois promise aux deux frères Matthisen et devenue directrice de l'école (« La pauvre, elle a perdu toutes ses dents », chuchote Prilépine en passant, à l'oreille de Rose). Des visages nouveaux se mêlent aux têtes connues. Un silence se fait Rose sent qu'on attend quelque chose d'elle, un discours, quelques mots du moins. Elle regrette de ne pas avoir emporté un ou deux poèmes. Elle les aurait lus. Elle se dit qu'il conviendrait d'évoquer avec plus de précision que ne l'a fait l'ecclésiastique débutant la vie et la personne de Kristina. Qui était-elle ? Le dire une dernière fois, avant que les cœurs ne se referment, y glisser l'épine de sa présence. Dire quelque chose, comme on nomme un enfant. Elle ne l'a pas fait pour son père, alors qu'elle aurait eu tant de souvenirs poignants à évoquer. Une phrase suffirait. Mais aucune ne lui vient. Tout est faux. Du toc. Du stuc. Rose regarde Zelada, son menton qui tremble, ses yeux rouges, ses mains qui ont fini par broyer les violettes. Elle lit dans son visage la vive lueur d'une intelligence singulière et d'un amour entier. Elle s'approche alors de sa nounou et la serre dans ses bras. L'une contre l'autre, elles pleurent.

Elles sortent du cimetière, se tenant par le bras. Ida est restée en arrière. Elle a décidé de faire le trajet dans la chaise à porteurs de son arrière-grand-mère, genre de cabane dorée munie de roues et de poignées que deux domestiques tantôt poussent, tantôt tirent ou soulèvent, selon le terrain, les virages, la fatigue.

« Alors comme ça, vous voilà mère », soupire Zelada.

Rose voudrait arracher ce « vous » comme elle arracherait un masque. Elle ne sait quoi répondre. Toujours elle a eu les banalités en horreur, et jamais Zelada n'en avait prononcé. Leurs échanges étaient si riches autrefois, si inspirants. Se pourrait-il que les personnes subissent, pareillement aux décors, une altération causée par le temps ? Laure avait prévenu Rose de cette douloureuse désillusion. « Tu vas revoir la maison de ton enfance et tout sera changé. Ta chambre te paraîtra minuscule, ton cheval en bois n'aura plus la crinière douce que tu aimais caresser, les marches de l'escalier te sembleront étroites et la cheminée mesquine.

— Comment le sais-tu ? Tu es si jeune ! lui avait demandé Rose.

— Je l'ai lu dans un livre une première fois, et ensuite, je l'ai vérifié par moi-même. Je te rappelle que j'ai déjà vingt-cinq ans. »

Oui, peut-être était-ce cela, la déception causée par une trop forte idéalisation. Pourtant, à son arrivée à Sorø, Rose avait été frappée par l'énormité de la bâtisse rouge ; au salon, le feu qui brûlait dans une cheminée haute comme elle lui avait semblé un bûcher véritable. La table de la cuisine, les volets, les balustrades, tout était grand dans le monde retrouvé de son enfance. L'illusion n'avait pas fonctionné. Peut-être, à la différence de Laure, n'avait-elle rien idéalisé.

« Oui, j'ai une fille, répond Rose. Mais je ne suis pas sa mère. Tu sais qui est sa mère ? Sa vraie mère, je veux dire ?

— C'est vous », répond Zelada d'une voix blanche, voilée.

La nourrice avait-elle tant vieilli ? Se pouvait-il qu'elle eût perdu l'esprit ?

« Tu te souviens d'Eva Jensen ?

— La petite Eva, fait Zelada sans sourire. Elle avait un sacré caractère, cette gamine. Je n'aimais pas son genre. Vous étiez beaucoup plus éveillée au même âge.

— Eva était un ange. Elle était si sage, si mesurée.

— On voit que ce n'est pas dans vos bras qu'elle s'est débattue, la furie. Ses parents ne parvenaient pas à la maîtriser. C'est moi qui l'ai collée dans le cab. Quelle nuit.

— Que s'est-il passé cette nuit-là, Zelada ? Tu peux me le dire, aujourd'hui. Tu m'as abandonnée, n'est-ce pas ? Tu es partie avec ma mère. Pourquoi nous a-t-on séparées ?

— De qui parlez-vous ?

— De toi et de moi. Pourquoi nous a-t-on séparées ? répète Rose, sentant des larmes anciennes lui remonter aux yeux.

— Et votre maman, dans tout ça ? Que faites-vous de votre maman ? Ne soyez pas ingrate. Surtout pas un jour comme aujourd'hui. Vous avez toujours eu bon cœur. Et c'est bien naturel, car vous tenez d'elle. »

Le cœur de sa mère, une crypte. Rose n'avait jamais été invitée à y pénétrer. Elle aurait voulu raconter à Zelada les années de misère, la solitude, le rejet. Mais c'était une perspective qui échappait à la nourrice. Placée à un autre endroit du tableau, elle en ignorait certains détails. Les lignes de fuite lui apparaissaient entièrement différentes, biaisées. C'était une affaire d'angles, une géométrie complexe dont aucun théorème n'aurait su rendre compte.

La table était dressée quand les invités rentrèrent. On mangea du chevreuil, de la friture de perchot, du sandre rôti, toutes sortes de champignons, des jambons de sanglier, des fromages frais, des confitures, des beignets en sauce myrtille. Ida regardait les plats défiler avec méfiance, elle conseillait son arrière-grand-mère sur les choix les plus judicieux. Mama Trude se réfrénait bravement, assommée par le chagrin et l'absence de chagrin.

« Viens par ici, la musaraigne, dit-elle à Rose au moment de quitter la table.

— Où sont tes fils ? demanda Rose.

— Jörn est en prison, je crois. Quelque part en Afrique. Et Søren est dans un hôpital, en Suisse. Avec ce que je lui donne, il ne peut pas se payer l'hôtel... mais ça revient aussi cher, finalement. L'avantage, c'est que quelqu'un s'occupe de lui. C'est important pour une mère, sais-tu ? Que quelqu'un s'occupe de ses enfants. Comment va ton père ? Je sais qu'il est mort, mais j'ai tellement envie d'avoir de ses nouvelles. C'est un garçon qui m'a toujours beaucoup plu. Très vite je l'ai aimé. Alors que je croyais ne plus jamais pouvoir aimer personne. Que se passe-t-il quand l'horloge cassée sonne l'heure ? »

Les convives avaient quitté la salle à manger parme et ses lambris sombres. Prilépine avait trottiné quelquefois autour de la table recouverte d'une nappe brodée blanc sur blanc, comme aimait Kristina. Il murmurait « Quel grand malheur, quel terrible malheur » avec la constance imbécile d'une poule. Ida s'était endormie, la tête sur les genoux de Mama Trude dont elle aimait le nom, la grosseur, le regard.

« Si j'avais rencontré un homme comme lui plus tôt… Non, c'est faux. Ce n'est pas l'homme qui compte, car ton grand-père l'oberstlojnant Edward était, avait été… Pourquoi faut-il que les verbes se conjuguent toujours au passé dans mes phrases ? J'ai quatre-vingt-sept ans. La plupart de mes organes ne fonctionnent plus. Un médecin, s'il m'examinait, dirait que je suis morte. Je ne sais même pas si mon cœur bat encore. Mais mon enfance est si près de moi, tout près, juste derrière mon épaule. Tu comprends ? Ta maman est morte. C'était ma petite fille. Quelle enfant terrible. Elle était si vive. C'était elle, de tous mes enfants, qui posait le plus de questions. Ma raisonneuse. J'avais une théorie. Si on verse du citron dans le lait, il caille ; j'imaginais qu'il en allait de même avec la mort et la vie : une goutte de mort dans la vie et ça caillait, c'était fichu. Je me suis retirée. Je me suis trompée, sans doute. J'aurais dû continuer avec les enfants qui me restaient mais je n'ai pas pu. Je me suis pétrifiée, comme le témoin d'un crime. Pauvre Zelada. Mais tu connais son histoire, non ? »

Mama Trude regarda sa musaraigne, fille de la musaraigne. Elle tendit la main vers un chou garni de crème pâtissière, le porta à ses lèvres, puis renonça. Elle posa sa paume vide contre le front chaud de la petite fille qui dormait sur ses genoux.

« Ton père ne t'en a pas parlé ? fit-elle. Nous étions si proches, lui et moi. Nous discutions bien. Au début en tout cas. Kristina nous a éloignés. Volontairement, je crois. Elle était jalouse. Chaque fois que je le voyais, je le trouvais diminué, comme un clou qu'un marteau aurait enfoncé dans un mur, de plus en plus fort, de plus en plus régulièrement. C'est étonnant le mal que l'on parvient à se faire les uns aux autres, alors qu'il suffirait de laisser la nature et le temps s'en charger. Si nous savions à quel point nous sommes menacés, si nous nous doutions des tortures que le grand dessein nous réserve, crois-tu que nous aurions plus d'égards les uns pour les autres ?

« C'est la première fois, aujourd'hui, que je sortais, depuis des années. J'étais couchée. Je restais au lit. J'étais semblable aux habitants de la caverne. Les mouvements du monde ne me parvenaient que dans un jeu d'ombres et de marionnettes. Une fois, une seule, pour tes cinq ans, je crois, j'avais fait l'effort de la quitter. Une excursion malheureuse. C'était une erreur. Voilà cinquante ans que j'attends la mort. Mais elle ne vient pas. C'est une forme très sophistiquée de malédiction. À présent j'utilise le peu de forces qui me restent à tenter de comprendre non pas ce que j'ai fait pour mériter ce qui m'arrive, car j'ai depuis longtemps cessé de croire en une justice quelconque, mais plutôt la forme de ce qui m'est arrivé. J'éprouve le besoin de tracer une ligne, de broder le motif. Je ne devrais pas pouvoir me lever. Mais je me suis levée. Je me suis levée pour enterrer ma fille. Cela n'a aucun sens. Mon

333

équilibre était intact, me tenir debout, poser un pied devant l'autre n'était pas plus difficile que de sucer une cuillère de miel. Penses-tu que je suis immortelle ? Indestructible ? Pourquoi faut-il que je survive ainsi ? C'est une étiquette cousue à la naissance. On ne peut s'en débarrasser sans s'arracher la peau. Ma mission constituait à voir, à assister impuissante au spectacle de la misère, à prendre la douleur. Je me demande quelle étiquette est cousue sur ta peau, la musaraigne. J'aimerais mourir cette nuit. Mais je ne mourrai pas. Ce sera comme d'habitude. Je ne meurs jamais. Tu connais l'histoire d'Achille ? C'est un peu mon histoire et le début de la tienne. Tout est là. Comme un péché originel inversé. Ce que la mère d'Achille a fait pour son fils, ta mère l'a fait pour toi. Elle t'a trempée dans le Styx, sans te tenir par le talon. Elle t'y a jetée tout entière en te confiant aux bras d'une tueuse. Kristina savait ce qu'elle faisait. Elle a choisi Zelada, une femme capable d'assassiner. »

Rose écoutait sa grand-mère lui parler sans vraiment comprendre ce qu'elle lui disait. Trop de choses nouvelles, inconnues se bousculaient. Certains fils étaient repris, d'autres coupés, l'aiguille affolée piquait en tous sens à l'envers et à l'endroit du cercle à broder qui bientôt se brisa, libérant l'étoffe percée, rapiécée. Pour finir une image se dessina enfin. Rose sentit sa vie se retourner. Elle demanda dans un souffle « Mais qu'a fait Zelada ? », à quoi Trude lui répondit, déroulant le parchemin du passé avec la distance et l'ironie d'un conteur de légendes.

Ainsi, songea Rose, soudain éclairée, c'était ma mère que

Zelada aimait. Toute sa vie ma nourrice a rendu grâce à celle qui l'avait tirée de sa geôle, à la jeune fille qui l'avait sauvée. Comment ai-je pu ne pas m'en rendre compte ? Zelada s'occupait simplement de moi pour remercier Kristina, pour qu'elle l'aime en retour.

Rose ne se sentait pourtant pas lésée.

« Il manque quelque chose, fit-elle, au terme du récit.

— Il manque toujours quelque chose, dit doucement Mama Trude pour ne pas réveiller Ida qui remuait dans son sommeil. Ton père avait la clé. Tu te souviens sans doute de ses manières de philosophe. C'était un brillant stoïcien. On ne pense ce qu'on pense que pour éloigner l'horreur de la mort, sais-tu ? Il avait une façon charmante, vraiment, de manier le doute, comme un matador sa muleta. Je n'ai connu les corridas que chez Mérimée, mais tout de même. Alors que le danger fonçait sur lui, il se décalait à peine, changeait d'idée, faisait voler sa cape et revenait intact se dresser face au taureau, à l'ennemi, à la mort. Il faisait de ces déductions parfois, de ces erreurs. C'était un véritable génie du non-sens. Moi qui n'avais pas ri depuis si longtemps, je m'étranglais presque à l'entendre. Il avait trouvé le moyen de tordre la logique comme Houdini tordait l'acier. Un autre homme que lui, et la maison Matthisen se serait effondrée. Non qu'elle soit aussi… mais passons. Un autre homme que lui, et nous nous serions entredévorés. À travers son tamis nous filions comme de l'eau. Imagine-le, la musaraigne, raconter notre histoire. Tout y serait en place. Par amour pour ses enfants, Trude décide de ne plus les approcher, ainsi les protège-t-elle, ainsi leur épargne-t-elle la contagion. Je n'ai jamais été aussi noble que dans le regard de ton père. Le moindre de mes actes trouvait une justification dans sa pensée tortueuse. À ta naissance, Kristina, par amour pour toi, pour éviter de te nuire, engage la seule personne dont elle est sûre qu'elle saura te défendre. Tu me suis ? C'est amusant, non, de renouer avec les calculs abracadabrants de ton papa ? Quel homme délicieux et inventif, vraiment. Voici qu'il vient de démontrer post mortem que dans notre famille, plus que dans toute autre, on sait aimer nos enfants. »

Mama Trude partit d'un grand éclat de rire qui se brisa dans un sanglot. Ida se dressa aussitôt, réveillée par les secousses, par un cri. Son arrière-grand-mère étouffait. Elle se hissa sur les gros genoux, debout, face à la tête braillante, la tête informe. Entre ses petites mains chaudes de sommeil, elle prit le visage baigné de larmes pour y déposer un baiser.

Assise au bord du lac, Rose admire le tourbillon au sommet du crâne de sa fille. Les cheveux tournent tous dans le même sens, malgré le vent qui essaie de contrarier le vortex originel. Elle se penche pour en respirer le parfum à la racine. L'odeur du lac, la fadeur insensée de l'eau douce peuplée de poissons dont la chair est plus molle et plus fine que celle de leurs cousins marins, vient s'y mêler. Un oiseau, apparu soudain dans le ciel, tombe. Il chute, bec vers le bas, les ailes plaquées contre les flancs. Il pénètre dans les flots sans une éclaboussure, telle une lame. Ida demande :

« Qu'est-ce que c'est ? »

Avant que Rose ait pu répondre, l'oiseau ressort brusquement de la surface endormie, miroitante, et fuse vers le haut, un gardon gigotant piqué au bout du bec. Le haut et le bas, songe Rose, comment faire la différence ? Le monde s'est renversé. Elle ignore si elle le préférait tel qu'il était avant.

Le haut, le bas, murmure Rose en suivant d'un doigt le mouvement naturel des cheveux de sa fille qui s'enroulent hypnotiquement. Comment savoir ? À droite, à gauche ? Où aller ? Car tout n'est qu'un cercle. Et toujours, celle qui m'abandonne me sauve, ma mère d'abord, puis Zelada, et Louise enfin.

Elle sourit en pensant qu'un jour, Ida aussi l'abandonnera. « Tu m'abandonneras, ma chérie. Il le faudra parce que moi, je ne t'abandonnerai jamais », dit-elle à la fillette qui ne l'entend pas car, attirée par la perfection de l'eau, par son parfum presque inexistant, par ses reflets joueurs, Ida se déshabille lentement et entre dans le lac.

Réalisation : Nord Compo à Villeneuve-d'Ascq
Achevé d'imprimer par CPI
Dépôt Légal : août 2015. N°111270-3 (130790)
Imprimé en France